회생무사 9

초판 1쇄 발행 2024년 12월 26일

지은이 ㅣ 성상현
발행인 ㅣ 최원영
편집장 ㅣ 이호준
편집디자인 ㅣ 박민솔
영업 ㅣ 김민원 조은걸

펴낸곳 ㅣ ㈜ 디앤씨미디어
등록 ㅣ 2002년 4월 25일 제20-260호
주소 ㅣ 서울시 구로구 디지털로32길 30 코오롱디지털타워빌란트 1301-1308호
전화 ㅣ 02-333-2513(대표)
팩시밀리 ㅣ 02-333-2514
E-mail ㅣ papy_dnc@dncmedia.co.kr
블로그 ㅣ blog.naver.com/gnpdl7

ISBN 979-11-364-5845-2 04810
ISBN 979-11-364-5380-8 (SET)

※ 저자와 협의하여 인지는 붙이지 않습니다.
※ 이 책은 ㈜ 디앤씨미디어(파피루스)가 저작권자와의 계약에 따라 발행한 것으로 본사와 저자의 허락 없이는 어떠한 형태나 수단으로도 내용을 이용할 수 없습니다.

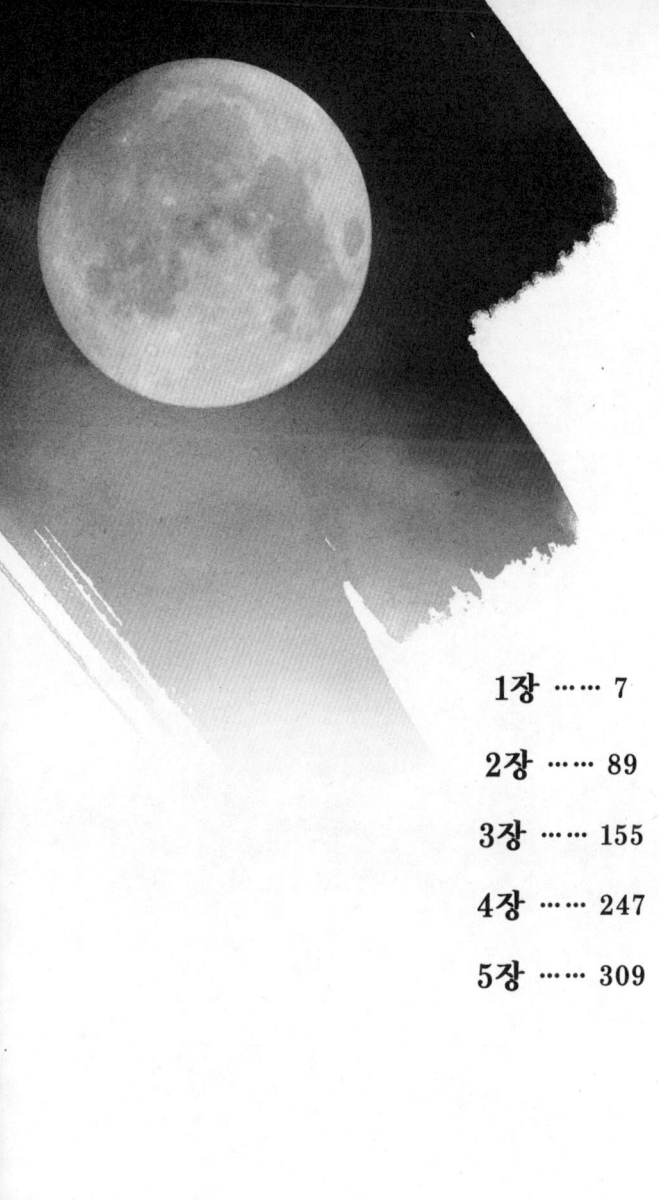

1장 ······ 7

2장 ······ 89

3장 ······ 155

4장 ······ 247

5장 ······ 309

回生武士

1장

1장

 고서각의 퀴퀴한 공기. 고서 내음 가득한 그 독특한 향취는 이제 남궁연연의 체취처럼 느껴졌다.
 이 냄새를 맡을 때는 늘 남궁연연이 있었고, 남궁연연과 만날 때는 늘 이 고서 냄새가 묻어나곤 했다.
 "아늑한 곳이구려. 그래도 되는지는 잘 모르겠지만."
 "평범한 서고 느낌이 아니긴 하지. 내 비밀 기지 같은 느낌이니까."
 "비밀 기지라. 두근거리는 단어구려."
 장평과 남궁연연은 서로를 마주 보며 앉았다.
 "변했구려. 처음 봤을 때에 비해 아주 많은 것들이 변했구려."

"그렇지. 우리가 원한 것들과……."

소녀의 병약하고 미성숙한 몸은 한 사람의 여자로서 성장하였고, 빈약하고 허술한 사내의 근골은 수준 높고 강력한 근골로 환골탈태하였다.

"우리가 원하지 않은 것들로 인해서."

그러나 바뀐 것은 신체뿐만이 아니었고, 모든 변화가 긍정적인 것들만도 아니었다. 남궁세가는 장평이라는 거물을 끌어들이기 위해 내다 버렸던 남궁연연에게 미인계를 강요했고, 장평은 그 사실에 불쾌함을 느꼈다.

"그래도 변하지 않은 것도 있잖아."

"무엇이 말이오?"

"우리의 관계."

남궁연연은 턱을 두 손으로 받친 채 장평을 바라보았다.

"네가 알고 있는지 모르겠지만, 너는 나와 대화하면서 단 한 번도 다른 생각을 한 적이 없었어. 내 말 한 마디 한 마디에 집중하고, 진지한 표정으로 질문하거나 반문하곤 했지. 내 앞의 너는 늘 나를 보고 있었고, 나는 나를 보고 있는 네 눈이 너무나도 마음에 들었어."

장평은 그녀가 의도적으로 생략한 말을 잘 알고 있었다.

〈날 무시하던 다른 사람들과는 달리 말이야.〉

장평은 잔잔한 미소를 지으며 말했다.

"소저는 늘 지혜로웠소. 소저의 말을 귀담아듣지 않은 자들은 그들이 놓친 것들의 가치조차 이해하지 못할 거요."

"그렇게 말해 주는 네가 좋아. 뻔한 칭찬인데도 내 마음을 울리는 네 목소리가 좋아. 다시 듣지 못하게 될 것이 두려울 정도로."

남궁연연은 말했다.

"너를 좋아한다는 마음을 처음으로 자각했을 때, 네 여자가 되어 너와 혼례를 올리고 싶다는 생각을 처음으로 품었을 때, 내가 느낀 것은 두려움이었어."

"무슨 두려움을 느꼈던 것이오?"

"만약 우리가 혼례를 올린다 해도 이런 관계가 지속될 수 있을까?"

남궁연연은 음울하고 흐린 얼굴로 읊조렸다.

"거의 대부분의 연인들은 혼례를 올려. 그 말은, 그들 모두는 최소한 혼례를 결정하는 순간에는 서로의 삶을 합칠 정도로 강렬하게 사랑했다는 말이겠지. 하지만 그 뜨겁고 달콤한 연애를 거쳐 맺어진 이들은 왜 부부가 된 이후에는 서로를 미워하고 의심하고 다투게 되는 걸까?"

"불안한 거요?"

"두려워."

남궁연연은 힘없이 중얼거렸다.

"내 인생에서 날 존중해 준 사람은 너밖에 없었어. 하지만 내가 너와 결혼하게 되면 넌 친구가 아닌 남편이 되잖아. 남편이자 가장(家長)인 네가 아내인 날 존중하지 않을까 두려워. 그때의 내가 할 수 있는 것은 베개를 눈물로 적시는 것밖에 없다는 것을 잘 알기에 불안함을 금할 수 없어."

없는 일은 아니었다.

중원의 문화는 가부장제. 특히 거칠고 남성적인 무가(武家)는 더욱더 그런 성향이 강했다.

그리고 남궁세가의 가풍은 다른 무가들에 비해서도 더욱 냉정했다.

남궁연연은 보았고, 겪었다.

무공이건 인맥이건 '가치'가 없는 여자들이 겪는 일들을.

지금 일선을 넘기 직전인 자신의 사랑을 되짚어 보며 불안함을 느낄 정도로.

그리고…….

"……어쩌면 그냥 친구로 남는 편이 좋을지도 모르겠다고 생각할 정도로."

"그것이 소저의 결론이오?"

장평은 차분한 눈으로, 흔들림 없이 남궁연연의 눈을

마주하는 진지한 눈으로 그녀를 바라보았다.

"만약…… 그렇다면?"

"소저의 결론을 존중하겠소."

장평의 눈빛은 늘 그렇듯이 진지했다.

그 순간, 남궁연연은 아련한 후회를 느꼈다.

'나는 그가 말려 주길 원했던 거구나. 위로하고 안심시켜 주길 바랐던 거구나.'

그러나 장평은 늘 그렇듯이 그녀의 판단을 존중했다.

'어차피 인연이 아니었던 거야.'

남궁연연은 씁쓸한 기분으로 체념했다.

'장평 같은 영웅에게 내가 무슨 가치가 있겠어? 사해의 미인들이 그를 기다리고 있는데. 남궁세가라는 짐덩이까지 달린 나 같은 말라깽이가 무어라고 장평을 감히 원할 수 있겠어?'

남궁연연은 힘없이 읊조렸다.

"잘 가. 장평."

그녀가 장평에게 품었던 감정이 사랑이었다는 것을 실감하면서.

"우린 여전히 '친구'니까 도움이 필요하면 언제든 찾아오도록 해……."

"소저의 의견은 잘 알겠소."

장평의 대답에 힘이 쪽 빠진 남궁연연이 맥없이 고개를

숙이는 순간이었다.

"하지만 싫소."

장평의 단호한 목소리가 그녀를 당황하게 한 것은.

"응?"

"소저의 의견을 들었고, 그 의견은 존중하겠소. 하지만 이젠 내가 말할 차례요."

장평은 남궁연연을 바라보았다.

"나는 소저의 결론이 마음에 들지 않소. 지금 소저의 목소리와 표정도 마음에 들지 않소. 지금 소저가 느끼는 비애(悲哀)도 마음에 들지 않소. 그리고 무엇보다도 그 모든 것이 소저의 착각 때문이라는 것이 마음에 들지 않소."

"착각?"

"그렇소. 착각."

장평은 남궁연연을 바라보았다.

"소저는 착각하고 있소."

"뭘?"

"내가 소저를 존중하는 이유를."

"그게 뭔데?"

"그것은 소저가 재인(才人)이기 때문이오. 소저는 박학다식하여 다양한 지식을 지니고 있으며, 학문의 변화와 진보에 대한 깊은 이해를 지니고 있소. 마교의 '과학'조차도, 그리고 호교신공인 건곤대나이까지 해석해 내었소."

장평은 확신에 찬 어조로 말했다.

"소저의 학문은 일가(一家)를 이루었소. 존중받아 마땅한 재주를 존중할 뿐. 그 사이에 어떠한 사감(私感)조차 없소."

"장평……."

장평이 떠올린 것은 그리 오래되지 않은 한순간의 추억이었다.

〈내 학문은, 내 세계관은 결코 부서지지 않아. 내가 아는 모든 것이 틀렸다 해도, 나는 결코 꺾이지 않아.〉

건곤대나이가 중력에 대한 무공이라는 것을 말하던 밤, 남궁연연은 저런 눈빛을 했었다.

〈틀렸다는 것을 안다면 다시 시작하면 되니까.〉

그 순간, 장평은 느꼈다.

남궁연연이라는 학자의 강인함과 용맹함을.

장평은 그녀의 탐구(探究)하는 열정을 존경했고, 지식을 대하는 겸손함에 매료되었다.

"내 약속하겠소. 그 누구도 소저가 걸어온 길을, 그리고 소저가 이뤄 낸 것들을 폄하하게 두지 않겠소."

장평은 굳건하면서도 상냥한 눈빛으로 말했다.

"설령 그것이 소저 자신이라 하더라도."

남궁연연은 울 것 같은 표정을 지었다.

"치사해……."

가장 듣고 싶었던 말을, 가장 듣고 싶을 때 듣게 되다니. 그것도 가장 듣고 싶었던 사람에게서, 가장 듣고 싶었던 말투로.

"······미리 준비라도 해 왔어?"

"이미 오래전에 준비되어 있었소. 우리가 처음 만난 그 날부터."

장평은 자리에서 일어났다.

"학식에 대한 존중에는 어떠한 사감도 담기지 않았소. 내가 사감을 품은 것은 소저요. 내가 고마움을 느끼는 것도, 연모하는 마음을 품은 것도 남궁소저요."

"장평······?"

그는 남궁연연을 바라보았다.

"허명과 풍문 너머의 나 장평은 보잘것없는 필부요. 어지러운 세상 속을 방황하는 어리석은 사람이오. 목적지는커녕 방향조차도 제대로 잡지 못할 때가 많았소. 하지만 그런 내가 언제나 마음을 기대고 의지할 곳이 있었다면 그건 바로 남궁소저였소."

"장평······."

"내 걸음걸음마다 소저가 함께하고 있었소. 내가 이룬 모든 것에 소저의 지혜가 함께하고 있었소. 소저가 내게 베푼 것은 소저의 생각보다 많고, 내가 소저에게 의지하는 마음은 소저의 생각보다 크고 깊소."

장평은 남궁연연의 앞에 한쪽 무릎을 꿇었다.

"결혼은 처음인지라 내가 좋은 남편이 될 수 있을지는 잘 모르겠소. 직업이 직업인지라 소저를 슬프게 만들 일이 없을 거란 약속도 못 하겠소."

의자에 앉은 여자와 무릎을 꿇은 사내의 눈높이는 비등했다. 서로의 눈동자에서 흘러넘치는 감정들을 감출 수 없을 정도로 가까운 거리였다.

"하지만 남궁 소저를 평생 존중할 자신은 있소. 그 누구도 소저를 해치거나 모욕하지 못하도록 만들 자신은 있소. 남궁 소저에게, 누군가에게 사랑받는 사람의 행복도, 여자로서의 기쁨도 가르쳐 줄 자신이 있소."

"……여자 몸은 많이 다뤄 봤으니까?"

장평은 쓴웃음을 지었다.

"아니라고 하면 믿을 거요?"

"아니."

장평은 남궁연연에게 말했다.

"내가 청혼하겠소. 나와 결혼해 주시오, 남궁 소저. 무림을 위해서도, 남궁세가를 위해서도 아닌, 우리 두 사람의 행복을 위해 나와 함께해 주시오."

"나 따위가 행복해질 수 있을까? 정말로?"

남궁연연의 마음속에서 오래 묵은 악령들이 스멀스멀 기어 올라왔다. 평생 들어 온 무시와 멸시가 빚어 낸 불안감과 자괴감.

물리칠 도리는 없는, 오직 학문에 대한 열정과 투지로 덮어 둘 수만 있었던 오래 묵은 악령들이 남궁연연의 시야를 검게 물들이기 시작했다.

너는 아무것도 아니라고. 네 주제를 알라며 익숙한 말들을 속삭이기 시작했다.

무너질 것 같았다.

그 말을 부정할 수 없기에 악령들의 압박에 숨이 막혀 왔다.

그 순간.

"있소."

화르르륵!

장평의 짧지만 단호한 대답에, 그녀의 인생 내내 달라붙어 있던 악령들이 삽시간에 불타올랐다. 평생 사라질 일 없으리라 믿었던 마음속의 그늘에 한 줄기 서광이 비쳐 들어왔다.

"스스로가 불안하고 의심스러우면 날 믿으시오. 소저를 존경하고 소저를 사랑하는 나의 안목을 믿으시오."

태양 같은 장평의 미소를 보며, 남궁연연은 깨달았다.

감정의 둑이 무너지고, 행복함이 얼굴에 번져 나갔다. 기쁨의 눈물이 속절없이 흘러내렸다.

남궁연연은 자신의 표정이 엉망진창이라는 것을 잘 알

고 있었다.

"그래. 네 말대로야. 나는 행복해질 자격이 있어."

그렇기에 그녀는 몸을 던지며 장평의 목을 끌어안았다.

"나는 천하의 장평이 사랑하는 여자니까!"

가슴이 벅차오르는 행복감과 함께.

* * *

얼마의 시간이 지났을까.

흥분이 가라앉은 그 자리에, 편안함과 행복감이 스며들어왔다.

고서각의 먼지 덮인 마루 위에 장평과 남궁연연은 편안히 누워 기분 좋은 침묵을 느끼고 있었다.

장평의 팔을 베고 누운 남궁연연은 행복함과 사랑이 담뿍 담긴 눈으로 장평의 옆모습을 바라보았다.

"왜 그러시오?"

"잘생겨서."

"나야 당연히 잘생겼지. 이 정도는 되어야 남궁 소저를 꼬실 수 있지 않겠소?"

장평이 너스레를 떨자, 남궁연연은 새초롬한 눈으로 말했다.

"얼마나 많은 여자가 지금의 나처럼 네 옆에 누웠을까

신경 쓰이기도 하고."

"컥……."

예상치도 못한 빈틈을 찔린 장평은 얼빠진 표정을 지었다. 남궁연연은 까르르 웃었다.

"그런 표정 짓는 거 처음 봐."

"단언컨대, 무림 전체를 통틀어 소저만이 볼 수 있는 표정이라오."

"그래, 그렇겠지."

남궁연연은 다정한 눈으로 장평을 바라보았다.

"장평."

"응?"

"부탁이 있어."

"말해 보시오."

"네가 날 아내로 만들었으니."

그녀는 장평의 얼굴선을 손가락 끝으로 훑으며 말했다.

"날 네 여자로 만들어 줘."

"내게 안기고 싶단 말이오?"

"그래."

남궁연연은 확고히 결심한 눈으로 장평을 바라보았다.

"오래전부터 꿈꿔 왔었어. 내가 네 처음은 아니겠지만, 네가 내 처음이었으면 했었어. 그리고 이제는…… 그러지 말아야 할 이유도 없고."

"진심이오?"

"응. 그 어느 때보다도."

남궁연연은 장평의 목에 두 팔을 감았다. 연형법을 꾸준히 수련한 덕분에 성인 여성의 체형이 되었다고는 해도, 성인치고는 작고 마른 몸이었다.

"너는 아주 많은 미인들을 만났겠지. 미색도 몸매도 출중한 무림의 미인들을."

남궁연연은 속삭이듯 말했다.

"그녀들에 비하면 내 몸이 빈약한 건 나도 알아. 하지만……."

"다른 사람들과 비교할 필요는 없소."

장평은 상냥한 미소를 지으며 남궁연연의 볼을 어루만졌다.

"내가 청혼한 사람은 천하를 통틀어 소저 한 사람밖에 없으니까."

"응. 알았어."

남궁연연은 고개를 끄덕였다.

이미 밀착한 두 얼굴이 서로에게 가까워졌다. 누가 먼저랄 것도 없이 두 사람이 자연스럽게 입술을 포개려는 순간이었다.

그때였다.

"으흠. 으흠."

저 멀리서 누군가의 헛기침이 들렸다.

오직 절정고수인 장평만이 들을 수 있을 정도의 작은 소리가.

"……후."

쓴웃음을 지은 장평은 자리에서 일어났다.

"어디 가?"

"중요한 회의가 있다는 걸 잊었소. 재촉하러 사람이 나와 있소."

"응…… 그렇구나."

남궁연연은 잠시 섭섭함을 느꼈지만, 고개를 끄덕였다.

이 또한 장평의 삶. 남궁연연이 받아들여야 하는 것이었으니까.

그 순간, 남궁연연은 두 손으로 장평의 멱살을 잡았다.

"……?"

그리고 발돋움을 하며 장평의 입에 입술을 포갰다. 서툴고 거친, 입술에 입술을 밀어붙이는 듯한 입맞춤이었다.

"푸하!"

장평이 빤히 쳐다보자, 남궁연연은 홍시처럼 빨개진 얼굴로 외쳤다.

"왜. 아내 될 사람으로서 입도 못 맞춰?"

"아니오. 그저…… 연습을 많이 시켜줘야겠다는 생각

이 들었을 뿐이오."
"……그 정도야?"
"그 정도요."
"그럼 연습하자. 매일매일 하고, 자주자주 하자."
"그거 좋은 생각이구려."
장평은 미소를 지었다.
"어차피 우리에겐 함께할 시간이 많이 있으니까."

* * *

맹주실 지하. 비밀 회의실.
그곳에는 드물게도 두 사람이 앉아 장평을 기다리고 있었다.
첩보와 공작의 책임자 미소공주.
정치와 외교의 전문가 황백부 용태계.
"드문 조합이로군요."
용태계와 미소공주가 동시에 장평을 만나는 것은 처음 있는 일이었다.
"듣기 전부터 긴장되는군요. 대체 무슨 일입니까?"
"그 전에 내 하나 묻겠네."
용태계는 차분한 목소리로 물었다.
"남궁 소저와는 어떻게 하기로 했나?"

"사생활입니다."

미소공주는 날카롭게 답했다.

"이젠 아니다."

장평은 눈을 가늘게 떴다.

"괜찮으시다면, 절 부르신 이유부터 듣고 싶군요."

미소공주는 침묵했다. 그 대신 용태계가 입을 열었다.

"안휘성에 큰 문제가 일어났네."

그가 말하는 것을 봐서는 무림의 일이 아닌, 정치적인 문제인 모양이었다.

"복잡하고도 까다로운 문제가 연쇄적으로 일어나고 있지. 섬세하고 정교하게 대처해야 하는, 민란(民亂)이나 역모로까지 이어질 수 있는 문제가."

그 순간, 장평은 미간을 찌푸렸다.

안휘성의 패자가 누구인지 잘 알고 있기 때문이었다.

"남궁세가의 세력권이군요. 그곳에서 문제가 생겼다는 건……."

장평은 조금 전 자신의 품 안에서 행복해하던 남궁연연의 눈빛을 떠올렸다.

그녀의 이름이 '남궁'연연이라는 사실과 함께.

"남궁세가가 불온한 움직임을 보이고 있네."

불길함을 느끼는 장평을 향해, 용태계는 무정할 정도로 담담하게 말했다.

"무림의 율법이 아닌 국법으로, 역모의 혐의로 다뤄야 할 수도 있는 움직임을."

장평이 예상한 것보다 더 나쁜 말을.

* * *

안휘성을 덮친 재앙은 서쪽에서 찾아왔다.

삼 년 전 겨울. 그 해의 겨울은 유난히 길었고, 봄은 유난히 늦었다.

서쪽에서 불어온 찬 바람 때문이었다.

농사는 그야말로 신농유업(神農遺業). 사람이 할 수 있는 모든 노력을 다한다 하더라도, 그들의 손이 닿지 않는 곳에서 작황이 정해지곤 했다.

지금처럼 파종 시기를 놓쳤다면 더더욱 그러했다.

"올해는 흉년이겠군."

안휘성의 농부들은 긴 탄식과 함께 구황작물(救荒作物)을 준비했다.

메밀, 조, 기장, 콩, 순무 등등.

보리나 벼에 비해 영양가도 적고 생산량도 적었지만, 악천후와 흉년에서도 튼튼하게 잘 자라는 작물들이었다.

안휘성에 흉년이 든 것이 불행이라면, 중원은 광대함은 천만다행이었다.

"이걸로는 가을까지도 못 버티는데, 그 이후는 어쩌죠?"
"사 와야지 별수 있나. 다들 형편 되는 대로 각출하세나."

구황작물로도 부족한 분량은 다른 지역의 잉여분을 사들이는 것으로 그 해는 그럭저럭 버틸 수 있었다.

그리고 그다음 해.

이 년 전의 겨울은 날씨부터가 심상치 않았다.

"뭔 겨울이 이리 덥담……?"

농부들은 본능적인 불길함을 느꼈다.

따뜻한 날씨 그 자체보다도 불안한 무언가가 있었다.

"눈이 안 오는군."

그 겨울 내내 눈이 내리지 않았다.

그리고 다음 봄. 파종의 때가 오기 시작했음에도 비가 내리지 않았다.

봄비도, 소낙비도. 하다못해 여우비조차도 오지 않았다.

신록이 우거져야 할 봄임에도 불구하고, 논밭은 메말라 쩍쩍 갈라지고 있었다.

작년에는 구황작물이라도 심을 수 있었지만, 지금 같은 상황에서는 구황작물조차도 심을 수 없었다.

대참사였다.

"이대로는 백성들이 다 굶어 죽는다!"

저 멀리서 다가오고 있는 대재앙. 관원들은 지위 고하

를 막론하고 발로 뛰고 밤을 새며 어떻게든 대응책을 찾아보기 위해 노력했다.

농부들도 할 수 있는 모든 노력을 다했다. 어떻게든 물을 길어 최소한의 규모에서라도 농사를 지으려 노력했고, 산이나 들로 나가 사람이 먹을 만한 산나물을 캐거나 뱀이나 쥐를 잡아다 식량을 벌충했다.

그나마도 할 수 없는 자들은 기우제나 제사라도 지냈다.

죽음이 다가오고 있었다.

굶주림이라는 형태의 죽음이.

삼 년 전의 흉년이 최소한의 아사자(餓死者)로 마무리 지은 것은, 살아남으려는 이들의 발버둥과 발에 물집이 잡히도록 뛰어다닌 관원들의 노력 덕분이었다.

관원들은 하루가 멀다 하고 조정에 상소를 보내어 구휼(救恤)을 간청했고, 주변 지역의 관원들에게 구걸하다시피 식량을 지원받았다.

그러고도 식량이 모자라, 자발적으로 사재까지 털어 식량을 사들일 정도였다.

그리고 일 년 전.

목숨만 붙어 있을 뿐, 비쩍 마른 사람들은 간절한 눈으로 하늘을 바라보았다.

하지만 비는 오지 않았다.

1장 〈27〉

이제 사람들은 굶주리는 것이 아니었다.

죽어 가는 것이었다.

산이고 들이고 거둬 먹을 만한 건 이미 작년에 모두 먹었고, 최후의 희망으로 남겨 두었던 파종용 씨앗들마저 모두 먹었다.

그래도 부족했다.

이미 두 해를 버틴 이들의 몸은 기름기 하나 없이 바짝 말라 있었고, 더 이상은 굶주림을 버틸 도리가 없었다.

이젠 정말 조정의 구휼 말고는 기댈 곳이 없기에 태수(太守) 같은 현장의 목민관(牧民官)은 물론, 안휘성의 총독(總督)까지 북경으로 달려와 돗자리를 깔고 통곡할 정도였다.

"황제 폐하! 구휼미를 주소서!"

"안휘성의 백성들을 버리지 마시옵소서!"

이국의 사신들이 제집처럼 드나드는 곳이 북경. 이 시위가 황제의 체면에 똥칠을 하는 짓이자 자신의 출셋길이 막히는 행동임을 알면서도, 그들은 백성들을 살려 보고자 할 수 있는 모든 노력을 다했다.

그러나 조정에서도 일부러 구휼미를 풀지 않은 것이 아니었다.

정말로 식량이 없기 때문이었다.

좀 더 정확히 말하면, 안휘성 인근의 잉여 식량이.

중원은 광대하니, 어느 지방이 흉년일 때에도 어느 지방은 풍년이기도 했다.

제국 전체의 작황을 따지자면, 올해는 오히려 풍년에 속했다.

문제는 풍년이 든 지역들, 잉여 식량이 존재하는 지역들은 안휘성에서 너무 멀다는 것이었다.

식량이 부족한 것이 아니었다. 수송 능력이 부족한 것이었다.

그 때문에 조정에서는 수송 능력이 허락하는 선에서 전국의 잉여 식량들을 안휘성으로 수송할 계획을 준비하고 있었다.

물론, 목민관들 또한 그 계획을 알고 있었다.

"구휼이 늦으면 백성들은 모두 죽사옵니다!"

"저희 목을 거두시고 부디 백성들을 살려 주소서!"

문제는 안휘성의 백성들에게는 시간이 없다는 점이었다.

이미 최소한의 식량으로 두 해를 버틴 기아(饑餓) 상태의 몸. 제국에서 식량들을 운반하고 재배치할 시간에, 안휘성의 백성들은 굶어 죽게 될 것이었다.

적어도 수십만, 많으면 수백만.

그 꼴을 도저히 눈 뜨고 볼 수 없기에 목민관들은 시위를 벌이는 것이었다.

자신의 출셋길이 막힐 것을 알면서도.
"짐이 과분한 신하들을 두었구나."
결국, 황제 또한 최후의 수단을 썼다.
"안휘성 일대의 군량고를 열라."
군대 몫의 식량을 아슬아슬한 선까지 빼는, 자칫하면 군란(軍亂)으로 이어지기 딱 좋은 최후의 도박을.
그렇게 안휘성의 백성들은 짧은 기간이나마 시간을 벌 수 있었고, 조정에서 준비 중이던 식량 재배치 계획이 이루어질 때까지 살아남을 수 있었다.
그야말로 전쟁이었다.
인간의 지혜가 집결해 세워진 제국의 행정 체계와, 흉년이라는 자연재해 사이의 전쟁.
하지만 승전이라 할 수는 없었다.
그저 안휘성 사람들을 생존시키는 것에 성공했을 뿐.
실추된 황제의 권위나 과부하된 수송 체계 등등 아주 많은 문제들이 남아 있었다.
그것이 작년까지의 상황이었다.
그리고 새봄을 맞은 지금, 안휘성은 올해마저도 봄 가뭄을 겪고 있었다.
메마른 대지에 또다시 흉년이 밀려들고 있었다. 더 이상 버틸 힘도, 기댈 곳도 없는 백성들을 향해서.
그리고 지금, 분기탱천한 한 사내가 깃발을 높이 들어

올렸다.
 한마디 호령으로 족히 천하를 뒤흔들 수 있는 사내.
 대협객(大俠客), 개방 방주 불굴신개(不屈神丐)가.

* * *

"안 좋은 상황이군요."
 장평은 심각한 표정을 지었다.
 협객이라 불리는 자들은 하나같이 장평과 잘 안 맞았다. 심지어 아버지 장대명조차도.
 하물며 대협객이라는 대명사를 별호처럼 달고 다니는 자라니.
 만약 장평에게 결코 만나고 싶지 않은 사람의 명단을 만들라면, 제일 처음으로 적힐 이름이었다.
"불굴신개라면 생각을 '안 하는' 사람 아닙니까?"
"그래."
 천하의 용태계도 불굴신개에 대해 생각하는 것만으로도 피곤한 모양이었다. 그는 우울한 표정으로 고개를 끄덕였다.
"한번 뜻을 정하면 뒷일을 '생각하지 않는' 사내지."
 협객들은 대개 옳은 일이라면 이해타산을 따지지 않는 사람들이었다.

하지만 그들도 최소한의 융통성은 있었고, 사리분별 또한 있었다.

문제는 불굴신개는 그 협객들 가운데서도 대협객, 옳다고 믿는 일에 어떠한 융통성도 없는 자라는 것이다. 그가 한번 행하기로 마음먹은 일은 그 누구도, 그리고 무엇도 막을 수 없었다.

'아버지보다도 한술 더 뜨는 작자지.'

협객인 장대명은 장평을 위해 몇 번이고 자신의 소신을 꺾었지만, 대협객 불굴신개의 결정을 바꿀 자는 없었다.

그는 의롭지 않은 일은 생각조차 하지 않았고, 오직 진실만을 말했으며, 한번 약조한 것은 반드시 지켰다.

불굴신개라는 별호답게, 그 사내가 뜻을 정하면 뜻을 꺾는 것은 불가능했다. 예상도, 대비도, 교섭도 할 수 없는 자가 무림에서 가장 크고 강대한 세력인 개방을 이끌고 있기까지 했다. 다른 사람들에게 있어서는 일종의 자연재해 같은 인물이었다.

"불굴신개는 공식적으로 선언했네. 개방이 나서서 안휘성의 백성들을 도울 것이라고."

"선언이군요."

장평은 쓴웃음을 지었다.

요청도, 제안도 아니었다. 선언이었다.

참으로 불굴신개다운 행동이었다.

"불굴신개 자체를 어떻게 할 수는 없네. 개방의 구휼을 막을 수도 없고."

그리고 불굴신개를 막을 수 없는 것은 용태계조차도 마찬가지였다.

불굴신개는 선언한 대로 행동할 것이고, 누가 어떤 행동을 해도 그의 움직임을 막을 수는 없었다.

무림 최고수 중 하나인 불굴신개 본인과, 협의에 미쳐 부귀영화를 마다한 십만 개방도 전원을 몰살시키지 않는다면.

"사적인 구휼은 개방과 전쟁을 벌이기엔 너무 사소한 문제지."

그러나 개방과 불굴신개가 협의 다음으로 중시하는 것이 인의(人義)와 충의. 황실이나 무림맹 입장에서 개방은 유용하고 믿을 수 있으며 최소한의 비용으로 부릴 수 있는 자들이기도 했다.

"그러니 하겠다는 대로 놔둘 수밖에."

어떤 의미로는 단순한 일이었다.

"그럼 뭐가 문제인 겁니까?"

"남궁세가."

장평의 질문에 대답한 것은 미소공주였다.

여기서부터는 계략과 음모의 영역이기 때문이었다.

"남궁세가는 개방에 협력하기로 약조했다. 식량 창고

및 개방도의 숙소를 제공하고, 본가와 더불어 산하 문파도 개방의 구휼 계획에 동참하기로 했지."

"따뜻하고 정겨운 소식이군요."

"그럴 만한 인물이 아니라는 점이 문제지."

사리사욕을 멀리하는 불굴신개가 일종의 자연재해 같은 존재라면, 남궁세가의 가주인 창궁검존(蒼穹劍尊) 남궁풍양은 정확히 그 반대의 인물이었다.

그는 부귀영화, 정확히는 권세에 관심이 많았고, 높은 수준의 언변으로 많은 유력자들과 우호적인 관계를 맺고 있었다.

거래, 협정, 혹은 혼맥의 관계로.

"불굴신개가 무림에서 가장 거대한 방파를 지닌 존재라면, 남궁풍양은 천하에서 가장 넓은 인맥을 가진 자다."

"통제 불능과 야심가의 조합이군요."

장평은 깨달았다.

"뜻을 정한 불굴신개는 아무도 막을 수 없겠죠. 다만, 교활한 자라면 불굴신개의 행동에서 이득을 취할 수는 있겠군요."

"우리가 걱정하는 것이 바로 그거다. 남궁풍양이 불굴신개의 구휼 계획에 동참하여 제국에서 가장 귀중한 자원을 훔칠 생각일 수도 있다는 점이."

"그게 뭡니까?"

"민심."

이젠 다시 정치적인 영역이었다. 미소공주 대신 용태계가 입을 열었다.

"충성심이란 것은 굉장히 추상적인 개념이라네. 자네나 나처럼 황제라는 '사람'을 직접 만날 수 있는 백성들은 드물지 않나. 그들은 그저 막연하게 관아의 지시를 따를 뿐이지. 황제가 누구인지, 뭐 하는 사람인지도 모른 채로, 황제는 제국의 주인이며 자신들은 제국의 백성임을 믿어 의심치 않지."

"모호하군요."

"그래. 하지만 그 모호하고 타성적인 충성심이 제국을 지탱하고 있네."

용태계는 심각한 표정으로 말했다.

"굶는 가족에게 식량을 베푸는 은혜. 포기했던 혈육들이 되돌아오는 은혜. 구휼 현장에서는 이런 수많은 은혜들이 베풀어지고, 아주 강렬한 감정들이 피어나지."

"구명지은에 대한 감사의 마음이요."

"그래. 굶주리던 자들에게 그들은 그야말로 구세주일 테니까. 하지만……."

용태계는 차분히 말했다.

"만약 그들이 구휼 받은 이들에게 '사소한' 부탁을 한다면, 구명지은을 입은 이들이 그 부탁을 거절할까?"

"아니요."

"그 점이 문제일세."

용태계는 말했다.

"불굴신개는 무시해도 좋네. 선의를 품은 자연재해와 같으니, 의심은커녕 신경 쓸 필요조차 없지. 하지만 남궁세가는 다르네. 남궁풍양이 불굴신개에게 동참해 자금과 인력을 할애한다는 것은 그만한 대가를 얻을 계획이 있다는 뜻이네."

"그게 뭡니까?"

"문제가 바로 그걸세. 모르겠다는 것."

용태계의 말이 끝나자, 미소공주는 장평을 바라보며 말했다.

"그러니 그걸 알아내는 것이 네가 할 일이다. 무림맹주의 대리인이자……."

용태계가 이어 말했다.

"황제 폐하의 대리인으로서."

팅!

용태계가 손가락으로 뭔가를 튕기자, 장평의 손 위에 금으로 된 원판이 잡혔다. 몸을 틀고 있는 다섯 발톱의 용이 새겨진 원판이.

"이게 뭡니까?"

"오조룡패(五爪龍牌). 황제 폐하께서 직접 임명한 전권어사(全權御史)인 조룡어사(爪龍御使)임을 증명하는 패일세. 자네는 방금 공식적으로 제국의 모든 관료들의 생사여탈을 정할 수 있는 권한을 받은 걸세."

용의 발톱은 부여된 권위와 권한.

하나의 발톱을 가진 일조룡패는 흔했고, 이조룡패는 가끔 있었다. 삼조룡패는 드물었다.

오조룡패는 있다는 사실조차 의심되곤 했다.

제국의 국법을 넘은 초법적인 권한을 상징하는 것이다. 황권을 대행하는 황제의 대리자를 뜻하는 것이기에.

장평 또한 놀라움을 금할 수 없었다.

"무림맹의 전권이야 그렇다 치고, 무관무직의 야인을 오조룡패의 조룡어사로 임명하셨다고요?"

"지금의 안휘성은 공권력이 무너진 복마전일세. 그 안에서 누가 무슨 일을 꾸미고 있을지는 아무도 알지 못하네."

용태계의 원론적인 얘기 속에는 불안함이 담겨 있었다. 그 자신의 불안감이 아닌, 황제와 조정이 품고 있는 불안감이.

"그렇기에 내가 황제 폐하께 진언했네. 사안마다 북경까지 보고하고 윤허를 받을 시간조차 아껴야 한다고."

그리고 그 대답이 지금 장평의 손에 들려 있는 오조룡패였다.

용태계는 차분히 말했다.

"황제 폐하와 무림맹주의 이름 아래, 자네가 행한 모든 일은 면책되고 면죄될 것이네. 그 무한한 권한으로 모든 것을 살피게. 의심스러운 모든 자를 배제하고, 걸림돌이 있다면 치워 버리게. 무림인이라면 무림맹의 이름으로, 관원이라면 조룡어사의 권한으로 처분하게."

"예, 맹주님."

포권한 장평은 등을 돌렸다.

책임이 막중했다. 어깨가 무거웠다.

그리고 그의 등 뒤에서 현실인지 환청인지 모를 나직한 목소리가 들려왔다.

"설령 그것이 남궁세가라고 하더라도……."

환청이었다고 믿고 싶은 소리가.

* * *

회의를 마친 장평은 무림맹의 골목을 걷고 있었다. 품 속의 오조룡패는 장평의 가슴만큼이나 무거웠다.

'남궁세가.'

회귀하기 전의 전생. '장평'의 기억 속에서 남궁세가는 별 탈 없이 무던히 지내다가 남궁벽운이 가주직을 물려받았다.

그리고 그 이후에도 별다른 잡음도, 풍문도 없는 모범적인 명문세가로 활동해 왔다.

적어도, 세간에 알려지기로는.

'그들은 대체 무슨 생각을 하고 있는 건가?'

마음이 무거웠다.

아련히 떠오르는 남궁연연의 모습 때문에.

그때였다.

탁!

누군가가 가볍게 장평의 등을 쳤다.

"야, 왜 그렇게 어두운 표정이야?"

쾌활하게 웃는 것은 모용평이었다.

"모용평."

장평은 내심 놀랐다. 무림맹 안이라서 방심한 상태에 심란한 와중, 그렇다고는 해도 장평은 그의 인기척을 느끼지 못한 것이었다.

"너 확실히 많이 늘었구나."

"그럼!"

모용평은 장평을 보며 말했다.

"일은 다 끝났어?"

"그래. 업무는 다 끝났지."

"그럼 술이나 마시러 가자. 천당각에!"

천당각.

다른 때였다면 피했을 터였다.

하지만 지금은 달랐다.

'마교가 얽혀 있는지 확인할 기회다.'

장평은 고개를 끄덕였다.

"그래, 가자. 천당각."

* * *

장평과 모용평은 호송과에 남아 있던 악호천과 함께 천당각으로 향했다.

"안휘성에 흉년이 삼 년째라고 하던데. 과장님은 알고 계셨습니까?"

"작년 쯤에 지나가듯 들었던 것 같긴 하네. 안휘성에 가뭄이 들었다는 소문은."

"모용평 너는?"

"나? 전혀 몰랐는데."

장평은 쓴웃음을 지었다.

사실 드넓은 중원에서 가뭄은 일상다반사였다. 제국의 한 성(省)만 해도 다른 나라 하나만 한 크기였고, 중원의 한쪽 끝과 반대쪽 끝은 서로 기후조차도 다를 정도였다.

광대한 제국에서 흉년이란 어디선가 늘 벌어지는 일상적인 일이었다. 같은 해의 어딘가는 풍년이 있듯이.

그저 지금처럼 몇 해씩 이어지는 경우가 드물 뿐이었다.

"가뭄이 덮친 곳이 안휘성 북부라 하던데, 그곳은 농업에 치중한 곡창지대가 아니었던가?"

"예, 그렇습니다."

무림은 기형적인 체계였다. 하지만 그 근간을 두자면, 셋으로 나뉘었다.

무장 호족, 범죄자, 그리고 상업 관련자.

"그럼 무림과는 연이 없는 것이 정상이겠지."

자금의 흐름이 크고 빠르며 역동적인 것이 상계. 그 돈을 노리는 범죄 또한 잦았고, 당연히 폭력적인 범죄도 잦았다. 그에 맞서기 위해 상계도 무력을 갖춰야 했고, 무림방파들은 상계에 뿌리내린 채 깊게 개입하고 있었다.

그런 상계에 비해 농촌의 삶은 느릿느릿하고 평온했다.

그들은 한 해를 두고 계획을 짰으며, 어떠한 일이건 몇 달은 걸렸다.

돈이 도는 시절은 오직 잠깐의 추수철뿐.

그나마도 훔치거나 빼앗기 좋은 현금이 오가는 일 없이, 장부의 숫자를 고치고 곡식 수레가 오가는 거래가 대다수였다.

"어지간히 막 나가는 도적놈들이 아니면 굳이 농촌을

노리진 않을 테니까."

 상계에 얽힌 호족들이 자체적인 무력을 갖출 필요가 있다면, 농촌의 호족들은 굳이 그럴 필요가 없었다. 그들은 재력과 영향력으로 관아와 조정에 연을 만들어 두는 쪽을 택했다.

 지주(地主) 출신의 몇몇 무림방파를 제외하면, 농촌은 무림과는 별개의 세상인 것이었다.

 전생의 '장평'이 기억하지 못하는 것도 이상한 일은 아니었다. 상계와 암흑가의 밑바닥에서 구르던 삼류 낭인이 관심 가질 필요가 없는 일이었으니까.

 마찬가지로, 지금의 파사현성 장평이 모르는 것도 당연한 일이었다.

 그는 무림 전체를 바라보며 마교에 맞서기에도 바빴으니까.

 '하지만 전생에서 불굴신개가 개입하지 않은 것은 확실하다.'

 불굴신개가 직접 협객기(俠客旗)를 높이 들고 십만의 개방도를 소집한 것은, 무림 전체를 떨쳐 울릴 중대사였다.

 아무리 삼류 낭인이라 해도 '장평'이 알지 못할 리가 없었다.

 '전생과 지금. 대체 무슨 변화가 생긴 것일까?'

장평은 생각에 잠겼고, 몇 가지 가능성을 떠올렸다. 물론 어디까지나 가능성으로만 남겨 두는 생각들이었다.
 판단할 근거가 부족했으니까.
 그사이 그들은 천당각에 도착했다.
 "장평 대협 오셨습니까?"
 점소이가 아는 체하며 예를 올리자, 모용평과 악호천은 장평을 빤히 바라보았다.
 "점소이 태도 봐라?"
 "이름까지 외우고 있고 말이야."
 장평은 변명하듯 말했다.
 "일 때문에 몇 번 왔습니다. 일 때문에."
 "우린 이게 두 번째인데……."
 "자넨 몇 번이나 왔단 말인가?"
 모용평과 악호천은 짐짓 샐쭉한 표정을 지었다. 장평은 과장되게 두 손을 들며 말했다.
 "예, 예. 오늘 술값은 제가 내겠습니다. 됐습니까?"
 "아싸! 술값 굳었다!"
 모용평의 유쾌한 모습에 장평은 피식 웃었다.
 그는 점소이에게 말했다.
 "술야에게 술상을 준비하라 하게. 두 사람을 위한 기녀도."
 "예. 귀빈실로 모시겠습니다."

모용평과 악호천은 서로를 바라보았다.

"귀빈실?"

"천당각에서?"

그들은 장평을 바라보았다.

"파사현성이 거물은 거물이로군."

"아, 또 왜 이러십니까……."

그렇게 사내들끼리 농담을 주고받는 사이, 귀빈실에는 그야말로 진귀한 음식과 기이한 술로 가득한 술상이 차려졌다.

어떤 의미에서는 황제조차 받아 보지 못했을 이국적인 술상이었다.

그리고 여자들이 들어왔다.

천축의 여자와 술야, 그리고 빨간 머리의 백인 여자였다.

"헉! 홍모귀(紅毛鬼)다!"

모용평은 깜짝 놀라 움츠러들었다.

금발이라고는 해도 어딘지 모르게 중원인과 비슷하게 생겼던 북궁산도와는 달리, 빨간 머리의 여자는 이목구비 또한 완벽하게 이국적이었다.

코가 크고 높으며 얼굴에는 주근깨가 있었다. 눈은 녹색이었고 가슴과 엉덩이는 물론, 골격 자체가 크고 팔다리가 시원시원하게 뻗어 있었다.

'무공을 익힌 여자다.'

물론 북궁산도처럼 초월적인 고수는 아닌, 절정 초입 수준의 고수였다.

아마도 마교의 북경 분타인 천당각의 실질적인 수호자이리라.

겁먹은 모용평을 보며, 그녀는 미소 지었다.

"피렌체에서 온 카트린이라고 해요. 편하게 필연시의 각린이라고 불러 주세요."

각린은 노래하듯 독특한 운율로 말했다. 그 목소리는 부드럽고 감미로워 사람의 마음을 가라앉히고 편안하게 만드는 기색이 있었다.

단순한 자질이나 재주의 수준을 넘어선 것이었다.

'음공(音功)에 조예가 있는 모양이군.'

그녀는 장평을 바라보며 싱긋 웃었다.

"명성 높은 장평 대협을 뵙게 되어 영광이에요."

"과한 말이 필부를 부담스럽게 하는구려. 편히 대해 주시오."

여자들은 제각기 자리에 앉았다.

술야는 장평의 옆에, 인도인 여자는 악호천의 곁에, 그리고 각린은…….

"왜, 왜 제 옆에 앉으세요?"

"덩치 큰 남자가 좋아서요."

각린은 손을 뻗어 모용평의 큼지막한 손바닥에 자신의 손을 갖다 댔다.

"손이 큰 남자도요."

여체 특유의 부드러운 촉감과 체온, 거기에 신비로운 녹색 눈동자까지.

모용평은 좀 전까지의 경계심은 어디 갔는지 헤실헤실하고 있었다.

"헤헤헤. 제가 좀 크긴 하죠. 손만 큰 건 당연히 아니고요."

그 모습을 본 장평은 한숨을 내쉬었다.

"후……."

장평의 옆에 앉은 술야는 장평을 보며 미소를 지었다.

"다시 뵙게 될 줄 몰랐어요."

"보다시피, 내 뜻대로 온 것은 아니라오."

술야는 눈을 가늘게 떴다.

"그럼 순수하게 주루의 손님으로서 오신 건가요?"

"그건 아니오."

"그럼 적당히 마셔야겠군요."

기분 좋은 술자리였다. 노래가 특기인 각린은 성량이 풍부하고 아름다운 목소리로 이국적인 노래를 불렀다.

이름 모를 천축 여자는 악기를 다루어 조화를 맞추었다.

빠르고 강렬한 곡과 느리고 서정적인 곡들의 연계 속에, 사내들은 기분 좋게 취하고 즐거움을 누렸다.

술야가 눈짓할 때까지.

각린은 모용평의 품 안에 파고들며 속삭였다.

"가슴이 크고 단단하네요."

"크고 단단한 것이 가슴뿐만은 아닌데……."

"그럼 확인시켜 주실래요?"

"얼마든지요!"

분위기를 본 악호천은 헛기침을 했다.

"그럼 내일 보세나."

"예, 과장님."

모용평은 키득거리는 각린을 번쩍 들어 안은 채로 자신의 방으로 향했다. 악호천은 천축 여자의 팔짱을 끼고 방을 나섰다.

장평은 마지막 술잔을 비우고 말했다.

"여기서 얘기할 건가?"

"밀실로 가시지요."

익숙한 방에 들어서자, 술야는 차분히 말했다.

"술잔을 섞고 정보를 나눌 시간이군요."

"그리운 말이로군."

"어떤 술로 하시겠어요?"

냉소한 장평은 말했다.

"가장 향기로운 술."

술야는 술 진열대에서 한 병의 술을 꺼내어 장평의 앞에 따랐다.

"서방의 화향주(花香酒)예요. 한 통의 장미 꽃잎을 압착해 한 병의 술로 만들었지요."

확실히 그 향기는 매혹적이었다.

"술로서는 맛이 없군."

정작 맛은 밍밍했지만.

"하지만 향기로웠잖아요?"

"그래. 그건 그렇군."

술야는 장평을 바라보았다.

"다시 만나게 된 반가움을 담아, 대답 하나를 드리지요. 무얼 묻고 싶으신가요?"

"안휘성 북부에 세 해째 가뭄이 들었다. 개방의 방주 불굴신개는 그들을 구휼하기 위해 개방을 소집했고. 이 일에 마교가 개입한 바가 있나?"

"질문이 바르지 않군요."

술야는 우아한 목소리로 말했다.

"나눠서 질문해 주세요. 안휘성에 개입한 바가 있는지, 불굴신개의 판단에 개입한 바가 있는지. 둘 중 무얼 알고 싶으신지를요."

"후자."

"뜻을 정한 불굴신개는 멈출 수 없는 자연재해 같은 존재죠. 동시에 천하제일의 정보 조직인 개방의 수장이고요. 우린 그의 판단과 행동 그 무엇에도 개입할 수 없었어요."

장평은 고개를 끄덕였다.

이젠 술야의 차례였다.

"질문해라."

"듣기로, 남궁 소저의 키가 쇄골에 닿을 때 두 분의 관계를 정립하기로 하셨다 했지요. 그리고 지금은 쇄골에 닿을 만큼 성장하신 걸로 알고요."

술야는 미묘하고도 은근한 눈빛으로 물었다.

"두 분의 관계는 어찌 되었나요?"

"내가 청혼했고, 남궁 소저는 받아들였다."

"그렇군요."

술야는 잠시 침묵했다. 그녀의 머릿속, 생각이 흐르는 소리가 들려올 정도로 무거운 침묵이었다.

무겁지만 짧은 침묵이 흐른 뒤, 그녀는 차분히 말했다.

"질문하세요."

"마교는 이번 흉년에 개입했거나 개입할 생각인가?"

"예."

장평의 눈이 가늘게 변했다.

"개입하고 있는 것인가, 개입할 생각인가? 확실히 답

하라."

"전부터 개입하고 있었고, 이제부터 더 깊이 개입할 생각이에요."

"어떤 방식으로?"

"질문하실 차례도 아니고, 제가 답할 수 있는 내용도 아니에요."

"좋다. 그럼 질문해라."

술야는 장평을 바라보며 말했다.

"만약 남궁 소저와의 결혼과는 별개로, 다른 사람과도 혼례를 올릴 생각이 있으신가요?"

"다른 아내를 둘 생각은 없다. 그리고 설령 마음이 바뀐다 한들, 마두와 결혼하는 일은 없을 것이다."

"무림인이 여러 아내와 첩을 두는 것은 드문 일이 아닐 텐데요."

"나는 남궁 소저를 존중한다."

"만약 혼례를 올리는 것만으로 강적을 포섭할 수 있다면요?"

"북궁산도를 두고 하는 말인가?"

"제 질문에 그분도 포함되어 있긴 하지요."

장평은 순간적으로 갈등을 느꼈다.

천마와 용태계를 제외하면, 그 누구도 당할 수 없는 최강의 초인 흉수대마.

그리고 장평은 북궁산도의 사람됨을 잘 알고 있었다.

'만약 북궁산도를 회유, 아니, 마교에서 이탈시킬 수만 이라도 있다면.'

필요할 때는 냉정하고 잔혹해지지만, 명령이 없을 때는 순진무구하며 천진난만한 여자.

벗과 동료들을 수없이 죽였음에도 불구하고, 장평을 사랑하는 것이 분명한 이방의 미녀를.

'그녀와 혼례를 올릴 가치가 있지 않을까?'

잠시 침묵하며 마음을 정리하던 장평은 차분히 입을 열었다.

"이것은 질문이 아니다. 네 질문의 미진한 점을 확인하는 것이다."

"말씀하세요."

"만약 나와 혼례를 올릴 경우, 북궁산도와 마교의 관계가 끊어지는 것이 분명한가?"

술야는 희미한 미소를 지었다.

"재미있는 생각을 하시는군요."

"나는 보았다. 자신의 삶을 스스로 결정할 수 없는 사람들을."

장평의 뇌리를 스치고 지나간 것은 서수리. 백화 요원이자 청소반에 가입한 여자였다.

"나와 혼례를 올리는 것과는 별개로 북궁산도가 마교

의 명령을 따라야만 한다면, 북궁산도와 혼례를 올리는 것은 내 목숨을 스스로 내주는 것과 마찬가지겠지. 그리고 내가 그녀와 함께 북경에 거주하게 된다면, 언제든지 폭발할 수 있는 위험인물을 황궁과 무림맹 인근에 상주시키는 것이 될 테고."

"……."

"그렇다 해서 북궁산도와 내가 북경 바깥에 나가 살게 된다면, 내가 마교도들의 손이 닿을 만한 곳으로 스스로 나와 주는 격이 되겠지. 백리흠을 미끼로 날 끌어냈던, 하북팽가의 경우와 마찬가지로 말이야."

장평은 술야를 바라보았다.

"그러니 질문을 다시 해라. 만약 북궁산도가 '마교와의 모든 관계를 확실히 끊는다면' 혼례를 올릴 것인지를."

"흉수대마의 사고방식은 남들과는 다른 면이 있으시지요."

"보장할 수 없다는 말이로군."

"저희가 장평 대협이 염려하시는 일을 계획했다는 의미는 아니에요. 그저 그런 일이 생기지 않을 거라 보장할 수 없을 뿐이죠. 흉수대마께서는 저희들로서도 이해하기 힘든 이방인이시니까요."

대화는 여기서 끝나야 했다.

그러나 장평은 물었다.

"어떤 의미에서?"

"그분은 삶과 죽음을 독특한 방식으로 받아들이시지요. 죽은 친지를 그리워하면서도 그 혈채(血債)를 받아내는 일은 없고, 살아가면서 얻고 느끼는 모든 것을 소중히 하시지요. 필요하다면 자신의 손으로 꺾어 버릴 것이라 하더라도요."

"그래. 그건 질릴 만큼 잘 알고 있지."

장평은 복잡한 표정을 지었다.

흉수대마의 손에 몇 번이고 죽을 뻔했던 사내는.

"장평 대협이 말씀하셨던 순간이 왔을 때, 흉수대마께서 우리의 지시를 따를지 거부하실지는 저희들도 예측할 수 없어요. 그러니 마교에서는 장평 대협에게 아무 일도 없을 거라 보장할 수 없어요. 이게 결론이에요."

"알았다. 솔직하게 말해 줘서 고맙군."

"더 물으실 것은?"

"없다."

"그렇다면 늘 드리는 인사를 드릴 때로군요."

술야는 우아한 자세로 절했다.

"다음에 또 뵐 수 있기를 빌죠."

"그래."

장평은 자리에서 일어났다.

* * *

장평이 나간 것과 동시에, 술야는 지필묵을 준비해 글을 쓰기 시작했다.

공식적인 보고서, 그리고 사적인 서신들이었다. 유려한 필체로 서류를 완성한 그녀는 숨겨져 있던 줄을 당겼다.

그러자 한 사람이 술야의 방으로 들어왔다.

"술야 각주님."

천당각과 마교 본산 사이의 연락책을 맡고 있는 마교도였다.

"이 서신들을 보내도록 하세요. 하나는 마교 본산에 보내는 정식 보고서이고, 다른 두 서신은 흉수대마와 혼돈대마에게 보내세요."

"제가 알아야 할 내용입니까?"

상황에 따라서는, 빼앗길 수 있는 서신 자체는 소각하고 내용만 전달해야 할 때도 있었다.

그때를 대비한 마교의 대책 중 하나였다.

"간단한 내용이에요. 장평과 혼례를 올릴 가능성은 없으니 포기하라는 말을……."

술야는 미소를 지었다.

"대마 '두 분'께 전달하는 것이죠."

장평에게 연심을 품고 있는 북궁산도.

그리고…….

"혹시 혼돈대마께서 율법 때문에 마음이 복잡해지셨다면……."

술야는 파리하의 율법을 잘 알고 있었다.

외간 사내에게 얼굴을 보인다면, 죽이거나 혼례를 올려야 한다는 율법을.

"……흔들리실 필요가 없다는 말을요."

"예."

심부름꾼이 나갔다.

술야는 창밖을 보았다. 달빛이 밝은 밤이었다.

"그래요. 장평 대협이 우리의 적인 이상, 우리는 그를 죽여야만 하겠죠. 그의 증오가 저토록 투철한 이상……."

손끝에서 부서지는 달빛을 바라보며, 술야는 복잡한 표정을 지었다.

"……우리들 마교도가 그와 맺어질 가능성은 없으니까요."

* * *

다음 날 아침.

나이는 못 속이는지 움푹 파인 눈의 악호천이 장평에게 인사했다.

"간밤은 어땠나?"

"밀도 높은 밤이었습니다."

장평은 대충 얼버무리고는 말했다.

"과장님은 노고가 크셨던 모양입니다?"

"천축은 정말 경이로운 곳일세. 카마수트라는 위대하고 말이야."

"……."

그때, 얼굴에 반질반질하게 윤기가 도는 모용평이 들어왔다.

"여, 장평. 간밤은 잘 지냈어?"

"유익한 시간이었지."

대충 얼버무린 장평은 물었다.

"너는 어땠는데? 홍모귀 어쩌고 겁내더니 좋은 시간 보냈어?"

"붉은 머리카락처럼 열정적인 여자였지. 불꽃같은 밤이었고. 멈추지도 쉬지도 않고 끝없이 밀어붙이더군. 내 인생에 그렇게 욕심 많은 여자는 처음이었어."

모용평은 활짝 웃었다.

"나와 몸이 참 잘 맞는 여자였어. 체격도, 속궁합도."

"하긴."

속궁합은 둘째치고, 거구인 모용평 옆에 서면 평범한 여자도 어린아이 같았다. 체격이 맞는다는 것만으로도 충분히 궁합이 맞는 것이리라.

"다음에 또 데려가 줘. 보니까 너 거기 단골 같던데."

"일 때문에 가는 거라니까."

장평은 투덜거렸다.

"하여튼 나 간다."

"또 데리고 가 줄 거지?!"

장평은 무시하고 문을 닫았다.

시간은 아직 이른 아침이었다.

'남궁연연은 아직 자고 있을 테고.'

늘 하루의 시작이 늦는 남궁연연이었다.

'일단은 다른 일부터 처리해야겠다.'

장평은 항마부로 향했다.

그곳에는 많은 무사들이 제각기 수련에 집중하고 있었다.

실전적이면서도 수준 높은 수련 태도.

무림맹의 최정예 전투 집단이자, 마교와 수많은 교전을 치르는 항마부다운 모습이었다.

그들 중에서 척착호를 발견한 것은 그의 기세가 다른 정예 무사들과도 격이 달랐기 때문이었다.

"오. 장 형!"

"척 형."

장평과 척착호는 간단한 인사를 나누었다.

'그 사이에 더 세졌네?'

장평은 내심 혀를 내둘렀다.

장평 또한 기연을 여럿 챙기고 있음에도 불구하고, 척착호의 천부적인 자질을 도저히 쫓아갈 수가 없었다.

"무슨 일로 오셨소?"

"겸사겸사 왔소. 척 형이나 항마부장님에게 출관 인사도 할 겸 도움도 청하러."

"도움? 도움이 필요한 일이 있소?"

"그렇소."

안휘성에 동행할 호위 무사를 구하러 온 것이었다.

최악의 경우 무림 최대의 방파인 개방과 천하제일가 남궁세가와 다툴 수도 있기 때문이었다.

"필요하다면 날 부르시오. 장 형의 요청이라면 나는 언제든 준비되어 있소."

"참으로 든든한 말이오. 하지만 먼저 부장님께 인사부터 하고 싶구려."

"수련실에 계실 거요. 일 없으면 늘 거기 계시니까."

"알겠소."

장평은 수련실로 향했다.

굳이 헛기침을 하거나 인기척을 낼 필요도 없었.

그가 문가에 닿기도 전에 호연결의 나직한 목소리가 들려왔다.

"들어와라, 장평."

장평이 문안에 들어서자, 호연결은 두 개의 무기를 연습하고 있었다.

하나는 낯익은 물건이었고, 다른 하나는 처음 보는 물건이었다.

"외도대마의 적검이군요."

"버리긴 아까운 검이니까."

적검과 청검은 서로 다른 물성(物性)을 지닌 명검이었다. 청검은 부드럽고 낭창낭창했고, 적검은 곧고 단단했다. 그러나 중요한 것은 그 둘 다 중원보다 한 수 위의 기술들로 벼려진 검이라는 점이었다.

"특수한 금속들을 섞은 특수한 합금이다. 내가 구할 수 있는 어떤 검보다 좋은 무기니, 쓰지 않을 이유가 없다."

장평은 손바닥만 한 넓이의 은 고리를 바라보았다. 고리 바깥에 날을 세워 둔 것이, 기병(奇兵)의 일종인 모양이었다.

"그 무기는 뭡니까?"

"진은인륜(眞銀刃輪). 이번에 새로 벼린 이기어검 전용 무기다. 순은에서 추출한 진은(眞銀)으로 만들었다."

"순은 주괴 중에서도 기가 잘 통한다던 그 금속 말입니까?"

"그래. 은과는 다른 금속인 것 같더군. 고대철은 도통 그 차이를 이해하지 못했지만."

한 자루의 검을 두 가지 용도로 사용하는 대신, 진은인 륜은 이기어검용으로 쓰고 적검은 육박전용으로 사용하기로 한 모양이었다.

"현명하신 판단입니다."

"나 자신이 더 이상 강해질 수 없다면, 더 효율적인 도구를 찾아야겠지."

호연결은 장평을 바라보았다.

"그래서, 용무는?"

"안휘성이 소란스러워질 모양입니다."

"들었다."

"제게 호위 무사가 필요할 것 같더군요."

"날 원하나?"

"최고 수준의 고수들이 모일 곳이기에."

호연결은 잠시 생각하다 말했다.

"거절한다."

"이유는요?"

"너는 움직일 수 있지만 미소공주는 움직일 수 없다. 네가 없는 사이, 미소공주가 부릴 도구가 필요하다."

호연결은 담담히 말했다.

"척착호를 데리고 가라. 그는 도구로서의 판단력은 미흡하나, 무공으로만 보면 널 호위하기에 충분할 것이다."

"척착호보다 부장님이 더 강하시지 않습니까?"
"맞다. 아직은 그렇지."
호연결은 장평을 바라보았다.
"하지만 네 일이 실패하여 호위 무사의 무위에 의지할 정도의 상황이 된다면, 그때 네 곁에 있는 것이 누구인지는 그리 중요하지 않을 것이다."
"정론이군요."
"척착호에게는 지시를 내려 두겠다. 다른 용건은?"
"없습니다."
"그래. 그럼 가라."
기를 휘감은 은륜이 맹렬히 회전하기 시작했다.
"내겐 좀 더 익숙해져야 할 도구가 있다."
수련을 재개한 그의 모습에, 장평은 밖으로 걸어 나왔다.
이제 가장 중요한 문제가 남아 있었다.

* * *

"남궁연연과 혼례를 올릴 생각이라고?"
맹주실 지하의 비밀 회의실.
미소공주는 장평을 내려다보며 물었다.
"그건 현명한 판단 같지는 않군."

"압니다."

남궁세가는 무림제일가였고, 그 가주인 남궁풍양은 무림에서 가장 인맥이 넓은 사람 중 하나였다.

황실과 무림맹 입장에서는 제일 경계해야 하는 인물 중 하나였다.

하물며, 제국의 으뜸패인 장평이 그 영향권 안으로 들어간다니?

무림맹의 첩보 책임자이자 황실의 일원으로서는 만류할 수밖에 없었다.

"나로는 입장상 만류할 수밖에 없다."

장평은 미소공주의 말 사이에 약간의 침묵이 있었음을 놓치지 않았다. 그러나 굳이 티를 내지는 않았다.

파고들어서 좋을 것이 없었다.

미소공주가 장평에 대해 품은 감정은.

"하다못해 이번 사태가 끝난 뒤로 미루는 것을 권하고 싶군."

"논의는 해 보겠습니다. 하지만 저는 남궁 소저의 뜻을 우선시할 것입니다."

"비합리적이구나."

"감정적인 겁니다."

장평은 순순히 인정했고, 미소공주의 아미에 미미한 흔들림이 있었다.

"너답지 않군."

"특별한 사람이니까요."

장평은 이미 뜻을 굳혔다. 미소공주는 체념한 듯 말했다.

"네 뜻이 그렇다면 어쩔 수 없겠지."

"이해해 주셔서 감사합니다."

"하지만 그렇기에 더더욱 다짐을 받아야 할 것이 있다."

"말씀하시지요."

"만약 남궁세가가 음모를 꾸미고 있다면."

미소공주는 무표정한 얼굴로 물었다.

"그 음모를 막기 위해서는 멸문시켜야만 하는 상황이 온다면 어떻게 할 것이지?"

"멸해야 한다면, 멸할 뿐입니다."

"지금의 말을 잊지 말아라. 네가 분명히 그리 말했다는 사실을."

"예."

"그리고 만약. 만약의 경우지만……."

조심스럽게 입을 열었던 미소공주는 하려던 말을 꿀꺽 삼켰다.

"……아니. 아니다."

그녀는 이내 차분한 목소리로 말을 이었다.

"가라, 장평. 오조룡패의 전권어사로서, 제국에 해가 될 모든 것을 처리해라."

"예, 공주님."

장평은 예를 올리고 걸음을 옮겼다. 미소공주는 그의 뒷모습을 보며 이를 악물었다.

"……."

세상에는 뜻대로 되지 않는 일이 일어나곤 한다. 포기하고 체념해야만 하는 일이. 미소공주는 성인이자 첩보책임자로서 그 사실을 확실히 납득하고 있었다.

하지만…….

"어렵구나."

미소공주는 돌로 된 의자에 등을 기댔다.

오직 차가움만이 전해지는 딱딱한 석좌에.

"사람의 마음이란 정말 어렵기 짝이 없구나."

미소공주는 눈을 감았다.

"다른 이의 마음도."

그녀에겐 시간이 필요했다.

"그리고…… 내 마음도……."

체념할 시간이.

* * *

필요한 자료는 모두 받았고, 출발을 늦출 이유도 없었다.

'척착호는 알아서 짐 싸고 있겠지.'

전직 군관, 현직 무림인인 그는 여행에 익숙했다.

문제는 남궁연연이었다.

'남궁연연을 데리고 가야 할까?'

어차피 정혼한 이상, 한 번은 남궁세가에 들러 결혼 승낙을 받아야 했다. 이 기회에 함께 가는 것도 나쁘지 않았다.

'그곳이 전장이 될 수도 있는데?'

하지만 최악의 경우가 염려되는 것도 사실이었다.

장평은 잠시 생각했고, 최선의 답을 찾았다.

"남궁 소저, 이번에 남궁세가에 출장 갈 일이 생겼소."

당사자의 의견을 묻는 것.

"네 '출장'이라면."

남궁연연은 장평의 말을 바로 이해했다.

"험한 일이 될 수도 있겠네?"

"그렇소."

"여정 자체도 촉박할 테고."

"그렇소."

"그럼 내가 따라가지 않는 것이 제일 합리적인 판단이겠구나."

"그렇소."

남궁연연은 잠시 생각하다 말했다.

"그럼에도 불구하고, 내가 따라가고 싶다고 하면 어떻게 할 거야?"

"동행하겠소."

장평이 서슴없이 말하자, 남궁연연은 은은한 미소를 지었다.

"그럼 따라가지 않을게. 네게 방해가 되지 않도록."

"남궁 소저."

"넌 날 존중했어. 내게 결정권을 주었지. 난 그걸로 만족해. 그러니 날 존중해 준 너의 짐이 되고 싶지 않아."

남궁연연은 장평을 끌어안았다.

"네 일이 어떤 종류의 것인지는 잘 알고 있어. 최악의 상황이 생길 수 있다는 것도."

"……."

"결단을 내려야 할 순간이 오면 잊지 말아 줘. 나는 네 아내고, 내게 너보다 소중한 것은 없다는 것을."

장평은 남궁연연의 머리를 쓸어내렸다.

"나는 좋은 아버지를 두었소. 좋은 스승과 좋은 벗도 얻었소. 하지만 내 인생 최대의 행운이 무엇이냐면, 좋은 아내를 가졌다는 것이오. 누구보다 현명하고 누구보다 속이 깊은 아내를 말이오."

"……다른 어떤 여자보다 예쁘고 몸매 좋다는 말은 안 하네?"

장평은 순간적으로 침묵했고, 남궁연연은 장평의 등짝을 꼬집었다.

"……내가 소저에게 거짓말을 하길 바라는 거요?"

"선의의 거짓말이라면 해도 되지 않아?"

"소저는 내가 만난 누구보다 사랑스럽소."

"그래, 그런 식으로 말이야."

"이건 거짓말이 아니오."

남궁연연은 장평을 올려다보았다.

그녀의 몸은 작고 가녀렸고, 살집 없는 몸에는 굴곡도 거의 없었다.

하지만 남궁연연의 눈은 지혜로 빛나고 있었다. 사랑이 담뿍 담긴 사랑스러운 눈빛이 장평을 바라보고 있었다.

"널 좋아해서 다행이야."

"소저와 만난 순간부터 나는 행운아였다오."

남궁연연은 조심스럽게 물었다.

"언제 출발할 거야?"

"내일 아침 일찍 출발할 예정이오."

"그럼 오늘은 할 일이 없겠네?"

그녀의 목소리에는 촉촉한 열기가 일렁이고 있었다. 장평은 온화한 미소를 지었다.

"내 생각엔 방금 생긴 것 같구려."

장평은 손가락을 튕겨 지풍을 날렸다.

고서각의 문이 닫히고, 촛불이 꺼졌다.

장평은 책상 위의 책들을 쓸어버리고, 그 위에 남궁연연의 작고 가는 몸을 눕혔다.

"난 아무것도 몰라."

늘 현명하고 답이 있던 학자는 아무것도 모르는 처녀로서 속삭였다.

"내가 뭘 해야 하는지 가르쳐 줘."

"느끼시오."

"뭘?"

"나를."

장평은 남궁연연에게 입을 맞췄다.

그녀가 기습적으로 시도했던 서툰 입맞춤이 아닌, 노련하고 농밀한 입맞춤이었다.

"아……."

겪어 본 적 없는 자극. 그것이 쾌락이라는 것도 이해하지 못한 채, 남궁연연은 나지막한 신음 소리를 냈다.

그것이 시작이었다.

* * *

남궁연연의 몸이었다. 그러나 장평의 손길과 입술이 스칠 때마다 그녀는 자신의 몸에 대해 아무것도 모르고 있음을 깨달았다.

이런 감각을, 이런 열기를 몸 안에 품고 있었다니.

노련한 장평은 남궁연연의 몸을 연주했다. 따로는 빠르고 거칠었고, 때로는 느리고 농밀했다.

남궁연연의 몸은 몸 안에서 솟아오른 열기로 달아올랐다. 숨결은 뜨겁고 촉촉하며 달콤하게 변했다.

"장평…… 장평……."

그녀의 몸이 움찔하며 튕겼다. 긴장하고 이완하기를 반복하며, 단 한 번도 느껴 본 적 없는 강렬한 감각의 해일이 그녀를 덮쳤다.

"……아!"

처음으로 겪어 보는 감각의 풍랑에 몸이 빳빳이 긴장되었다. 부들부들 떨렸다. 그녀는 장평의 목을 꼭 붙들고 계속 장평의 이름을 되뇌었다.

"장평…… 장평……."

장평은 남궁연연의 귓가에 속삭였다.

"남궁 소저."

교활하게도 그 속삭임조차도 애무였다.

예상하지 못한 부위에서 확 치고 들어오는 감각에, 남궁연연은 소름이 쫙 돋고 다시금 몸이 바르르 떨리는 걸 느꼈다.

"치사해……."

"그렇지 않소."

장평은 손을 뻗어 남궁연연의 아래쪽을 확인했다. 충분히 준비가 되었다는 것을 느낀 그는 부드럽게 남궁연연의 머리를 쓰다듬었다.

"만약 몸을 섞는 것은 정식 혼례 이후로 미루고 싶다면……."

남궁연연은 머리를 들어 장평의 입에 입을 맞췄다.

"멍청한 소리 또 할 거야?"

"아니오."

쓴웃음을 지은 장평은 남궁연연에게 입을 맞춘 채, 천천히 몸을 섞기 시작했다.

그녀의 작고 가는 몸은 비좁고 빡빡했다.

장평은 집중했다. 자신의 쾌락이 아닌, 남궁연연이 고통을 느끼지 않도록.

남궁연연이 몸을 바르르 떤 순간, 장평은 자신의 섬세한 노력들이 성공했음을 깨달았다.

고통 없이, 자극적인 쾌락만을 전달할 수 있었음을.

"몸 안이 꽉 찬 느낌이야."

열기와 충족감, 그리고 행복이 번져 있는 얼굴의 남궁연연은 흐트러진 말투로 속삭였다.

"아주 많이 아프다고들 하던데……."

"내 실력 덕분이오. 날 칭찬해도 좋소."

"……나 말고 다른 여자들이랑 연습 많이 했다는 뜻이지?"

"……!"

장평이 순간적으로 움찔한 순간, 남궁연연은 키득거리며 장평의 목에 팔을 감았다.

"옛날 일은 아무래도 좋아. 나는 지금 행복하고, 네가 날 행복하게 만들어 줬으니까."

그녀는 행복한 얼굴로 말했다.

"더 기분 좋게 만들어 줘. 내 몸과 마음에 널 더 깊이 새겨 줘. 오늘을 내 인생에서 가장 행복한 날로 만들어 줘."

"최선을 다하겠소."

장평이 허리를 움직이기 시작한 순간, 지금까지와는 격이 다른 격렬한 자극에 뒤덮이며 남궁연연은 깨달았다.

장평이 좀 전의 약속을 지키리란 것을.

그녀의 기대 이상으로.

* * *

여러 장소에서 여러 자세를 취했다.

두 사람의 몸이 떨어진 것은 저녁 무렵.

"아…… 으……."

남궁연연의 눈동자가 풀어지고 반쯤 정신을 잃은 상태가 되었을 때였다. 몸을 움찔거리는 그녀를 보며, 장평은 내심 미안함을 느꼈다.

'좀 과했나?'

그는 바닥에 옷을 깔고 남궁연연을 바닥에 눕혔다. 그리고 그녀에게 팔베개를 한 채 정사 직후에만 느낄 수 있는 편안함을 만끽했다.

"치사해."

남궁연연이 입을 연 것은 꽤 시간이 지난 뒤였다.

"나는 아직도 몸이 바들바들 떨리는데, 너는 왜 그렇게 여유가 있어?"

"경험과 자질, 그리고 체력."

장평은 두 생에 걸친 노련함과 무림인의 체력을 모두 갖춘 사내였다.

밤의 무림지존인 고왕추나 동창의 방중술을 연마한 서수리 정도가 아니라면, 비견될 자가 없었다.

남궁연연이 아무리 현명하고 총명한들, 육체를 다루는 기술에 있어서 장평의 상대가 될 수는 없었다.

"흥."

남궁연연은 부루퉁한 표정을 지었다.

"왜 그러시오?"

"나만 좋으면, 너는 안 좋잖아."

사랑스러운 투정에, 장평은 웃으며 그녀의 볼에 입을 맞췄다.
"나도 충분히 행복했소. 남궁 소저라서 더욱더."
"그런데 아직도 소저야?"
"그럼 뭐라고 부르길 바라오?"
"그, 왜…… 있잖아. 애칭이라든가……."
장평은 웃었다.
"너무 사랑스럽게 굴지 마시오. 나도 욕정과 충동이란 것이 있는 사내니까."
남궁연연은 다가오는 장평의 손등을 찰싹 때렸다.
"내 몸에 손대지 마. 나 죽어."
"알겠소, 연랑."
"랑(娘)?"
연인들끼리 흔히 붙이는 애칭이었다.
"마음에 안 드시오?"
"마음에 들어. 나 혼자만 갖고 싶을 정도로."
남궁연연은 몸을 돌려 장평을 바라보았다.
"장평, 나는 네 일을 '이해'하고 있어. 필요하다면 '무슨 일이건' 해야 한다는 것을."
"……."
"말했듯이, 널 방해하고 싶진 않아. 필요한 일이라면 해. 네가 해야 할 일을 해. 내 신경 쓰지 말고."

다른 여자와 자도 좋다는 말이었다.

"하지만 약속해. 랑(娘)이란 애칭은 나만을 위해서 남겨 두겠다고. 언제 어떤 상황이 되건 날 특별하게 생각하고 특별하게 대할 거라고 약속해."

"약속하겠소."

"그래, 고마워."

남궁연연은 안도의 한숨을 내쉬었다.

"내가 너무 늦지 않게 네 쇄골에 닿아서 다행이야. 황실의 공주님을 제치고 네 본처가 될 수 있어서."

"컥."

부지불식간에 일격을 당한 장평은 목덜미를 붙들린 고양이 같은 표정을 지었다.

천하에서 오직 남궁연연만이 볼 수 있는 표정을.

"그건 대체 무슨 헛소리요?"

"몰랐어? 무림맹, 아니 무림 전체에 소문이 파다해. 황실에서 너랑 황실의 공주를 정혼시키려고 한다는 얘기가."

미소공주는 음지의 인물. 그녀의 존재와 이름이 양지에서 나돌 일은 없었다.

하지만 장평을 붙들어 두려는 황실의 의지는 나름대로 확고한 모양이었다.

"나는 다른 아내를 둘 생각은 없소. 그건 연랑에 대한 예의가 아니오."

"나를 특별하게 여겨 준다면, 너를 독점할 생각은 없어. 네게 필요한 일이라면 해."

장평은 남궁연연의 마음이 확고함을 느꼈다. 이미 오래전부터 결심을 굳혀 둔 모양이었다.

그러나 정작 장평 본인은 아직 결론을 내리지 못한 일이었다.

"여러모로 첫날밤에 나눌 만한 대화는 아니구려."

"그런가?"

"그렇소."

그는 뱀처럼 느리고 섬세한 손길로 남궁연연에게 손을 뻗으며 말했다.

"오늘은 달콤한 얘기만 나누도록 합시다. 그리고 가능하다면…… 몸의 대화도."

남궁연연은 장평의 옆구리를 팔꿈치로 쿡 찔렀다.

"꿈도 꾸지 마. 나 지금 사지에 힘이 안 들어가는 거 안 보여?"

"그렇다면."

장평은 능글맞은 미소를 지으며 남궁연연의 귓가에 촉촉한 속삭임을 불어넣었다.

온몸에 찌르르 전해질 청각적인 자극을.

"저항할 힘도 없겠구려?"

"야, 야! 잠깐만!"

장평의 손이 슬며시 들어왔다.

"그만해. 그만하라구……."

흐느적거리는 팔다리로 무의미하게 발버둥 치던 남궁연연의 목소리가 점점 달콤하고 촉촉하게 변하기 시작했다.

"이 짐승……."

"그 짐승은 연랑의 짐승이라오."

휘몰아치는 감각의 풍랑 속에, 남궁연연은 난파한 조각배처럼 이리저리 흔들렸다.

"아……!"

길고 뜨거운 밤이었다.

남궁연연과 장평의 첫날밤은.

* * *

다음 날 아침.

장평이 옷매무새를 단장하고 있을 때, 남궁연연은 땀에 젖은 알몸으로 쾌락의 여진(餘震)에 가녀린 몸을 부들부들 떨고 있었다.

"……짐승."

그녀는 제대로 움직이지도 못해 새초롬한 눈빛만 보낼

뿐이었다.

　장평은 다가가 그녀의 볼에 입을 맞추었다.

　"선불이라고 생각하시오. 당분간은 못 할 일이니까."

　"오래 걸릴 것 같아?"

　"현장에 직접 가 보기 전까지는 아무것도 장담할 수 없소."

　장평은 한숨을 내쉬었다.

　"아무래도 무림 최고의 기인(奇人)과 무림 최고의 정객(政客)을 상대해야 하는 일이니 말이오."

　"그렇구나."

　남궁연연은 잠시 생각하다 말했다.

　"장평."

　"왜 그러시오?"

　"우리 아버지의 말은 절대로 그대로 받아들이지 마. 아버지는 거짓말은 절대 안 하지만, 그게 진실을 말한다는 의미는 아니야."

　"외교적인 화법을 쓴다는 거요?"

　잘못된 암시를 주어 착각과 오해를 유도하는 것. 한 국가와 군주를 대리하는, 그렇기에 결코 거짓을 말해서는 안 되는 외교관들의 화법이었다.

　"그래. 아버지는 너와는 다른 방식으로 생각이 깊은 사람이야."

장평은 남궁연연을 바라보았다.

"연랑은 아버지를 싫어하는 거요?"

"좋아하진 않지만 싫어하지도 않아. 하지만 넌 내게 있어 세상에서 가장 소중한 사람이니 아무 감정 없는 아버지보다 당연히 더 걱정될 뿐이야."

"연랑……."

장평은 따뜻한 눈으로 남궁연연을 바라보았고, 남궁연연은 흠칫 놀라 두 손을 내저었다.

"나 건드리지 마. 나 진짜로 죽어."

"……진짜?"

"네가 해 놓고 왜 딴청이야? 못해도 사흘은 누워 있어야 할 판이라고."

"근육통이오. 평소에 안 쓰던 근육들에 갑자기 자극이 들어가서 그렇소. 억지로라도 움직이는게 더 빨리 낫는 길이오."

장평은 친절한 목소리로 말했다.

"연형법에 더해, 간단한 체조라도 배워 보시오. 화선홍이나 모용평이 가르쳐 줄 것이오."

"그래. 네 상대가 되려면 나도 지금보다는 강해져야만 하겠지."

그 말투가 너무 비장하여, 장평은 웃을 수밖에 없었다.

"누가 들으면 사투를 준비하는 무림인인 줄 알겠구려!"

"매일 밤 이런 꼴을 당할 수는 없잖아!"

쓴웃음을 지은 장평은 남궁연연의 볼에 입을 맞췄다.

"다녀 오겠소, 연랑."

"그래, 다녀와. 가능한 한 빨리. 그리고 무사히."

"노력하겠소."

장평이 몸을 돌린 순간, 남궁연연이 말했다.

"아, 참. 장평."

"왜 그러시오?"

"가면서 인사과에 말 좀 전해 줘. 사흘…… 아니, 닷새 정도 휴가 쓴다고."

아직까지도 몸을 가누지 못하는 남궁연연을 보며, 장평은 겸연쩍은 미소를 지었다.

'내가 좀 심했나?'

장평은 웃으며 말했다.

"그러리다."

* * *

인사과에 남궁연연의 휴가 요청을 전달하고 나가 보니, 짐을 꾸린 척착호가 무림맹의 남쪽 대문 앞에서 기다리고 있었다.

"장 형."

"척 형."

척착호는 웃으며 말했다.

"간밤에 보람 있는 시간을 보내셨던 모양이구려. 몸의 큰 근육들이 이완된 것을 보니."

표정으로 드러내진 않았으나, 장평은 내심 놀랐다.

'근육의 강직과 이완이 눈에 보이는 건가?'

장평은 여유로운 웃음을 지으며 말했다.

"정인(情人)과 농밀한 밤을 보냈소."

"하하. 사내가 가질 수 있는 최고의 밤을 보내셨구려."

두 사람 다 절정고수를 넘어 초절정고수를 향하는 상황이었으나, 척착호의 무위는 장평보다 한 수 위였다.

그리고 무엇보다도 척착호에게는 천재 특유의 비범한 재능들이 있었다.

'훔칠 수 있는 것이 있으면 훔쳐야겠다.'

장평은 웃으며 말했다.

"자, 그럼 출발합시다."

장평은 오조룡패를 가진 전권대사. 그는 거리낌 없이 특권을 사용해 역마들을 빌렸다.

두 사람은 해가 떠 있는 동안 말을 달렸고, 해가 진 뒤에야 객잔으로 들어갔다.

체력이 부족해서가 아니었다. 밤길을 달리다 말이 상할까 걱정되어서였다.

장평과 척착호는 식사와 함께 이런저런 얘기를 나누었다.

"장 형은 어찌 그리 현명하시오? 나같이 아둔한 자는 장 형 같은 현명한 사람을 볼 때마다 신기할 따름이오."

"그러는 척 형이야말로 무림제일의 기재가 아니시오?"

"음…… 일단 그렇다고는 하는데……."

척착호는 뒤통수를 긁었다.

"난 내가 특별하다는 생각을 해 본 적이 없소. 오히려 다른 사람들이 이상하다고 느껴질 뿐이지."

"왜 그렇소?"

"나만 할 수 있는 것이 아닌데, 왜 다들 자기 몸을 제대로 살피지 않는지 의아할 따름이오."

장평은 차분한 표정으로 정신을 집중했다.

"척 형의 특수한 능력들이 누구나 할 수 있는 것이란 말이오?"

"그렇소."

척착호는 대수롭지 않게 말했다.

"지금 내 '특수 능력'이라 불리는 것의 대다수는 전장에서 살아남으려고 어떻게든 만들어 낸 잔재주들이오. 이것들이 무림에서는 왜 이리 고평가받는지 모르겠소."

범인(凡人)을 이해하지 못하는 천재의 말일 수도 있었다. 하지만 만약 그게 아니라면…….

"내게도 가르쳐 줄 수 있겠소?"

"부장님과 선배들이 이르기를, 무림에서는 다른 사람에게 자신의 독문무공을 가르쳐 주지 말아야 한다더구려."

척착호는 활짝 웃으며 말했다.

"하지만 장 형은 남이 아니니 괜찮겠지!"

척착호는 팔에 힘을 빼고 쭉 늘어트렸다.

"잘 보시오."

그 순간, 뚜둑 소리와 함께 어깨 관절이 뽑혔다. 장평은 흠칫 놀랐다.

"뭘 한 거요?"

"어깨 근육으로 관절을 뽑은 거요."

"내공을 썼소?"

"아니오. 말했듯이 근육만으로 뽑았소."

척착호는 손을 대지 않고 어깨를 끼운 뒤, 팔꿈치와 팔목의 관절도 뽑아 보였다.

"관절이 좀 아프긴 하지만, 포박당했을 때 유용한 기술이오."

장평은 깨달았다.

'신체의 모든 근육을 의도대로 움직일 수 있는 것이군'

그건 아무나 할 수 있는 것이 아니었다. 오직 천하에서 척착호 한 사람에게만 허락된 능력이리라.

'하지만 내공을 사용한다면 따라 할 수는 있겠지.'

장평은 고개를 끄덕였다.

"연습해 보겠소. 또 가르쳐 줄 만한 기술이 있소?"

"소리로 간격을 재는 기술이 있겠구려."

"소리?"

"그렇소. 난전이거나 적에게 포위당했을 때 적들의 위치와 무기의 사정거리, 그리고 속도를 기억하는 거요. 그러면 어디가 생지(生地)이고 사지(死地)인지를 계산할 수 있게 되지. 내 움직임으로 사지를 생지로 만들 수도 있고 말이오."

"쉽지 않게 들리는구려."

"어렵지 않소. 어차피 병장기나 수족이 닿을 거리라면 포위해 봤자 네 명이 한계요. 집중하여 계산하면 계산하지 못할 일도 아니오."

척착호는 씨익 웃었다.

"목숨이 걸린 계산이라면 더욱 빨라진다오."

군관으로서 전장에서 살아남게 만들어 준, 그리고 술집 개싸움에서 난전의 달인으로 만들어 준 기예이리라.

"척 형은 참으로 전술적인 움직임에 능하시구려."

"말은 이렇게 했지만, 머리로 계산한 건 아니오. 몸이 알아서 움직일 뿐이지."

다른 누구도 따라 할 수 없는, 척착호 특유의 전투 본능이리라.

하지만 장평은 깊이 새겨들었다.

'나는 머리로 계산하면 되겠지.'

장평은 물었다.

"또 가르쳐 줄 것이 있소?"

"음, 화살맞기의 기술이 있겠구려."

"맞기? 막기가 아니라 맞기 말이오?"

"맞기가 맞소."

척착호는 고개를 끄덕였다.

"궁병의 화살은 점(點)을 노리지만, 전장에서 궁병과 단독으로 마주치는 일은 많지 않소. 궁병대가 면(面)을 점하며 화살들을 퍼붓지. 그렇게 되면 용빼는 재주가 있어도 피할 수는 없소."

"그럼 맞는 거요?"

"그렇소."

"군관이라면 갑주를 입지 않소?"

"내가 가장 출세했을 때도 하급 군관이었소. 기본 지급품은 흉갑과 투구가 고작이라, 전신을 방어할 수는 없소. 그럴 때는 급소가 아닌 다른 부위를 맞아야 하고, '어느 부위에 맞을지'를 선택해야만 하오."

"예를 들면?"

"팔은 안 되오. 팔을 맞으면 무기를 못 쓰오. 뒤통수나 등이 제일 나으니, 머리를 숙이고 몸을 웅크리는 것이 최선이오."

"등은 그렇다 쳐도 뒤통수가 뚫리면 즉사 아니오?"

"화살은 궤적상 포물선을 그리기 마련이오. 정말 운 나쁘게 정수리에 정확히 꽂히지 않는 한, 뒤통수에 날아온 화살은 투구의 곡선에 미끄러지기 마련이오."

"그럼 등은?"

"등 근육은 생각보다 크고 두껍소. 갑옷을 뚫으며 힘이 빠진 화살 정도는 박혀도 큰 문제가 아니오."

장평은 척착호가 말하는 요체를 깨달았다.

'타점을 비트는 것이구나.'

근육을 조절하는 재능을 기반으로, 타격은 전신으로 퍼트려서 해소하고 화살이나 창칼은 치명적인 부위를 피하는 것이었다.

'외력적충지체는 척착호의 특수한 단전 덕에 가능한 것이다. 하지만 외력을 분산시키고 타점을 빗나가게 만드는 기술은 나도 쓸 수 있을 것이다.'

장평은 일단 기억해 두기로 했다.

지극히 실전적인, 언젠가는 쓸모가 있을 기술들이었다.

"그럼 무공 체계는 어떻게 하기로 했소?"

"권법 위주로 싸우기로 했소. 중거리보다는 근거리로

파고들어 난타전을 벌이면 내 체질, 외력적충…… 제기랄."

척착호는 발음이 꼬여 혀를 깨물었는지 짜증스러운 표정을 지었다.

"화선홍 의원은 다 좋은데, 이름을 너무 어렵게 짓소."

"의학자라서 학술명으로 지은 것이기 때문이오."

장평은 넌지시 권했다.

"정 불편하다면 무림식의 이름으로 고쳐 짓는 건 어떻겠소?"

"나는 무림의 예의에 대해서는 잘 모르겠는데, 화 의원의 허락도 없이 그래도 되겠소?"

"척 형의 재주와 체질이니 애초부터 화선홍이 척 형의 허락을 구했어야 맞는 거요. 이름을 고친다 하여 불평하진 못할 거요."

"그렇군."

감탄한 척착호는 말했다.

"그럼 천무지체가 어떻겠소?"

"별로 안 좋은 이름이오."

장평이 딱 잘라 말하자, 척착호는 시무룩한 표정을 지었다.

"무림인이 되면 천이라는 글자를 꼭 쓰고 싶었는데."

"무림맹은 황실과 연이 깊은데, 그 일원으로서 하늘

(天)을 함부로 써서야 쓰겠소?"

장평은 넌지시 말했다.

"그보다는 투신지체가 어떻겠소?"

"투신지체?"

"그렇소. 척 형은 무사(武士)라기보다는 투사(鬪士)에 가깝지 않소? 어차피 비무보다는 난전에 가까운 재능이니, 그리하도록 합시다."

"음…… 현명하기로 이름난 장 형의 말이라면 그게 옳겠지."

척착호는 고개를 끄덕였다.

"그럼 이제부터는 투신지체라고 하겠소!"

대화를 마친 척착호는 누구한테 쫓기기라도 하듯 빠르게 음식들을 삼켰다. 군관으로서의 습관인 모양이었다.

"끄으윽. 잘 먹었다."

길게 트림한 척착호는 배를 두드리며 자리에서 일어났다.

"그럼 나 먼저 자러 가오!"

"편히 주무시오."

마침 술병도 비어 가는 상황.

장평은 마지막 잔을 비우고 자리에서 일어나려 했다.

핑!

암기가 날아오지 않았다면, 그러려 했다.

장평은 고개를 살짝 기울였고, 철침은 그대로 목표를 벗어나 벽에 꽂혔다.
 '미숙하군.'
 머리는 급소이지만 피하기도 쉬웠다. 전문적인 암기술사라면 차라리 몸통을 노렸으리라.
 장평은 고개도 돌리지 않은 채 나직이 말했다.
 "너는 누구고, 왜 나를 노리느냐?"

回生武士

2장

2장

 정교하게 조절된 장평의 살기는 이미 살수를 옥죄고 있었다. 살수 또한, 이미 자신이 죽은 목숨임을 직감할 수밖에 없었다.

 그렇기에 살수는 차분히 말했다.

 "나는 파사현성 장평에게 경고를 하러 온 사람이다."

 "무엇을?"

 "안휘성의 일에 끼어들지 마라. 네 개입은 대업을 그르칠 뿐이다."

 "그 대업이란 것이 뭔지 말한다면 네 목숨을 살려 주겠다."

 살수는 대답 대신 으득 소리가 나게 뭔가를 깨물었고,

장평은 알 수 있었다.

'자결했군.'

몸을 돌려 살펴보니, 살수는 평범한 인상의 청년이었다. 손목에 찬 사침통(射針筒) 또한 무림에서 가장 흔한 기계식 암기 중 하나였고.

애초부터 암기를 쏘는 솜씨조차도 미숙했다. 그가 누구인지 조사를 한다 해도 아무것도 얻지 못할 것을 직감할 정도로.

장평은 객잔 주인을 불러 시체를 치우게 했다. 그리고 술 한 병을 더 주문했다.

'아무래도 이번 임무는 꽤나 골치 아프게 될 모양이구나.'

앞날에 대해 생각할 필요가 있는 밤이었다.

오직 싸구려 분주만을 벗으로 삼은 채.

* * *

아침이 오고, 다시 여정이 시작되었다.

최고 수준의 경공술과 역참의 파발마를 교차하여 이용하는 강행군이었다.

안휘성이 가까워질수록 점점 그의 눈에 자주 보이는 자들이 있었다.

'거지. 아니, 개방도들이다.'

무공을 익혔건 익히지 않았건 상관없이, 하나같이 건장하고 안광이 선명한 자들이었다. 그들은 제각기 짐수레를 끌거나 등짐을 메고 있었는데, 그 모두가 양곡 가마니였다.

 '출발 지점에서부터 곡식을 구해서 오도록 명한 거로군.'
 합리적이라면 합리적인 판단이었다.

 대기근은 안휘성 인근의 식량을 모두 빨아들이는 상황. 작년만 해도 황실은 전국의 양곡들을 재배치하는 것만으로도 엄청난 수송력을 낭비했었다.

 그 모습을 본 불굴신개 또한 어차피 소집령을 내린 김에 개방도들이 현지에서 식량을 구해 오는 편이 낫다고 생각한 것이리라.

 장평은 불굴신개에 대한 평가를 약간 고쳤다.
 '얼간이는 아니로군.'
 남의 말은 죽어도 안 듣는 '대협객'이긴 하지만.

 장평 일행이 안휘성에 도착했을 때, 개방도들은 안휘성의 무림인은 물론, 일반인보다도 더 많은 상태였다.

 본래가 협객인 그들은 제각기 절도를 지켜 풍찬노숙을 마다하지 않았지만, 그럼에도 불구하고 분위기가 뒤숭숭함은 어쩔 수 없었다.

 그 혼란스러운 분위기는 남궁세가가 위치한 합비에서는 극에 달해 있었다.

"이쪽! 양곡은 이쪽으로 가지고 오십시오!"

"개방의 협객들을 위한 숙소는 시외에 마련되어 있습니다! 저를 따라오세요!"

미리 수배해 둔 창고들에는 곡식 가마니가 빈틈없이 차올랐고, 개방도는 물론 상단이나 표국이 가져온 식량들로 넘쳐 나고 있었다.

너 나 할 것 없이 바쁘게 뛰어다니는 가운데, 장평과 척착호는 순간적으로 그 소란에 휘말려 갈 곳을 잊었다.

"어디로 가야 하오?"

"나도 남궁세가는 처음이라……."

그때, 남궁세가의 상징색인 청색 무복을 입은 사람이 그들에게 다가왔다.

"장 대협!"

남궁벽운이었다.

"공사다망하신데 찾아 주셔서 감사합니다. 남궁세가가 귀빈을 맞았군요."

"안타깝게도 손님으로 온 것이 아닙니다."

"연아와의 혼례 때문에 오신 것이 아닙니까?"

"그 문제 또한 논하긴 하겠지만, 그보다 중요한 일을 위해 왔습니다."

남궁벽운은 잠시 고개를 갸웃거렸다. 그는 장평에게 말했다.

"중요한 일이라면 제가 끼어들 일이 아니겠군요. 아버님을 만나 뵙고 말씀을 나누시지요."

"예."

남궁벽운은 익숙하게 사람들을 헤치고 남궁세가로 들어갔다.

남궁세가는 바깥보다는 좀 조용했지만, 개방의 고위 간부들이 꽉꽉 들어차 있었다.

'모용세가 내부에는 칠결(七結) 이상의 개방도만 들여보낸 모양이구나.'

칠결의 개두(丐頭)들은 대략 초일류고수의 한계이자 절정고수를 눈앞에 둔 자들이었다.

개중 강한 자는 절정고수이고, 약한 자는 초일류고수였다. 그런 이들이 거의 백여 명.

그리고 물론 확고부동한 절정고수인 팔결(八結)의 장로들이나 초절정고수에 근접한 구결(九結)의 대개두(大丐頭)마저 보이고 있었다.

'이들만으로도 황궁을 무너트릴 수 있다.'

그리고 이들조차도 하찮게 느껴질 만한 기세가 귀빈실에서 밀려 나오고 있었다.

초절정고수를 바라보는 장평과 척착호이기에 느낄 수 있는, 초절정고수의 기세.

"용담호혈이구려."

척착호의 말에, 장평은 쓴웃음을 지었다.
"나를 잘 지켜 주시오."
"내 생각엔 장 형의 언변이 내 목숨을 지키는 쪽이 될 것 같은데……."
여정 동안 나름 친밀해진 두 사람은 농담을 주고받으며 귀빈실에 다가갔다.
"아버님, 방주님, 무림맹의 장평 대협과 그 호위 무사가 찾아오셨습니다."
"안으로 모시거라."
벽에는 큼지막한 지도가 걸려 있었다.
방 안의 두 사내 사이의 탁자에는 수많은 지도와 서류들이 널려 있었다.
장평은 창궁검존 남궁풍양을 바로 알아보았다.
책상의 오른쪽에 서 있는 그는 점잖고 기품이 있었으며, 반로환동하여 젊은 외모임에도 중후한 무게감이 느껴지는 인물이었다.
"무림의 젊은 영웅을 만나서 영광이네. 남궁풍양이라 하네."
평판, 그리고 예상 그대로의 인상이었다.
그러나 다른 사람, 개방의 방주 불굴신개는 장평의 예상과는 전혀 다른 인상의 사내였다.
엄격하고 굳건한 인물일 거라는 선입견과는 달리, 불굴

신개는 온화한 얼굴에 친절한 인상을 지니고 있었다.

'저 사람이 정말 그 불굴신개가 맞는 건가? 말이 안 통하니 자연재해 취급하라는 그 불굴신개가?'

불굴신개는 온화한 목소리로 말했다.

"만나서 반갑네, 파사현성 장평. 자네가 무림에 베푼 것들이 적지 않음을 익히 들었네."

"무림말학 장평이 개방의 방주 불굴신개를 뵙습니다."

불굴신개는 미소를 지으며 고개를 끄덕였다.

"이곳에는 구혼자로서 온 것인가? 아니면 오조룡패를 쥔 조룡어사로서 온 것인가?"

장평은 놀라지 않았다.

개방의 방주가 모를 일은 무림에 존재하지 않으니 말이다.

"지금은 일단, 후자를 우선시하고 있습니다."

"나를 막으러 왔나?"

"막지 못하는 사람이니 막지 말라는 말을 들었습니다."

그러자 남궁풍양은 웃으며 말했다.

"그럼 날 견제하러 온 것이겠군."

"좀 더 정확히 말하자면, 상황을 통제하고자 온 것입니다."

"그래. 그런가."

잠시 생각하던 남궁풍양은 말했다.

"자네는 불청객일세. 귀빈이긴 하지만 부른 적은 없지. 그 점을 이해하는가?"

"예."

"그럼 이제부터 본가가 받을 귀빈들에 대해 간섭하지 않기를 권하네."

장평은 눈을 가늘게 떴다.

"불러선 안 되는 손님이라도 부르신 겁니까?"

불굴신개는 온화한 말투로 말했다.

"술야가 귀띔해 주던가?"

장평은 놀랄 뻔했다. 불굴신개에게 신경을 집중하지 않았다면 분명 놀랐을 것이리라.

"예."

"그럼 굳이 감출 것도 없군."

불굴신개가 입을 벙긋거리며 전음을 보내자, 옆방에서 두 사람이 모습을 드러냈다.

하나는 처음 보는 평범한 인상의 사내였고, 다른 하나는 머리를 염색한 북궁산도였다.

"혼돈대마인가."

"그래."

장평이 무의식적으로 검집 가까이 손을 옮기자, 불굴신개는 나직이 말했다.

"내 경고하겠네. 둘 중 먼저 출수하는 자, 혹은 먼저 흉계를 펼친 자는 나와 개방도 전체를 적으로 돌릴 거라는 것을."

장평은 불굴신개를 바라보았다.

"마교와 협력하다니, 뒷수습이 쉽지 않으실 텐데요."

"개의치 않네."

불굴신개는 장평을 바라보았다.

"그들의 재주가 이 기근에서 사람들을 구하는 데 도움이 된다면, 남들의 시선 따윈 개의치 않네. 그게 황제나 무림맹주의 시선이라 할지라도."

장평은 새삼 깨달았다.

"방주님은 광인(狂人)이십니다."

"물론 자네의 시선 또한 신경 쓰지 않네."

혼돈대마는 비웃음을 띤 미소를 지으며 말했다.

"여기서 불청객은 너다. 정 불편하다면 네가 사라져라."

"미안하오. 아무리 소저가 간청한다 해도 그것만은 못 들어주겠구려."

장평이 어린 소녀 대하듯 조롱하자, 혼돈대마는 모욕감에 이를 악물었다.

"맹세컨대 넌 내 손에 죽을 것이다."

"방주님, 저 아가씨가 저런 말을 하는데 어떻게 생각하십니까?"

불굴신개는 혼돈대마를 바라보았다.

"불온한 말은 인사로 치고 넘어가겠네. 불온한 행동을 하지는 말게."

"큭."

장평은 온화한 미소를 지어 보였다. 격분한 혼돈대마를 조롱하기 위해서.

그러자 북궁산도가 활짝 웃는 얼굴로 말했다.

"나 안 보고 싶었어요?"

"보고 싶지 않았소."

"진짜요?"

"마주칠 때마다 생사의 위기를 겪어야 하는데, 소저라면 또 보고 싶겠소?"

"힝……."

그렇게 대화를 나누는 사이, 한 사람이 더 찾아왔다.

장갑에 목도리, 개조하여 온몸을 빈틈없이 감싼 특제 의원복에 얼굴에는 약(藥)과 농사를 관장하는 신, 신농씨의 탈을 쓴 사내였다.

"인사하게. 구명의선(救命醫仙) 오방곤. 역병 및 대규모 의료 조직의 전문가로서 참가하셨다네."

오방곤은 탈을 잠깐 벗었다.

"나는 오방곤이다."

의원이라는 직업에 걸맞지 않게 냉담하고 음울한 인상의 얼굴이었다.

'반로환동한 초절정고수로군.'

화선홍도 말한 적이 있었다. 천하 의원 중에서 역병에 있어서는 오방곤이 제일이라고.

풍문에 따르자면, 그의 나이는 최소 삼백 살 이상. 천하에서 가장 나이가 많은 사람일 것이라 일컬어지곤 했다.

실제로는 어떤지 모르겠지만.

"이로써 구휼의회(救恤議會)의 다섯 사람이 모두 모였구려."

남궁풍양의 말에, 혼돈대마는 빈정거렸다.

"쓸모없는 사람이 둘 끼어 있긴 하지만."

"다른 사람을 도발하지 않기를 요청하겠네, 혼돈대마. 경고를 겸하여 하는 말일세."

불굴신개는 조용히 말했다.

"격장지계(激將之計) 또한 전술. 그대의 적이 출수할 때 내가 적측에 가세하는 모습을 보고 싶지 않다면, 말을 곱게 하는 편이 나을 것일세."

"……."

혼돈대마 또한 자신이 적지에 있다는 것은 잘 알고 있었다. 불굴신개가 마음을 바꾼다면 그가 제공하는 안전 보장도 없다는 것도.

그제야 조용해진 혼돈대마를 무시한 채, 장평은 불굴신개에게 물었다.

"그래서, 이 모임의 정확한 목적은 뭡니까?"

"들었을 텐데. 안휘성 북부의 기근 지역에 식량을 전달하여 백성들을 구휼하는 것이라고."

장평은 남궁풍양을 바라보며 말했다.

"그 주변에서 생길 일을 묻는 겁니다."

"관심 없네. 내 행동이 무슨 여파를 만들건, 무슨 결과를 낳건 나는 전혀 관심 없네."

불굴신개는 명성다운 눈빛을 하고 있었다.

올곧고 자비로우며 의로운 의지를, 광기에 가까운 농도로 담은 안광을.

"나는 해야 할 일을 할 것이네. 내 행동을 악용하고 싶다면 하라고 하게. 구휼에 방해가 되지 않는다면 개의치 않으니."

남궁풍양은 온화한 미소를, 혼돈대마는 의미심장한 미소를 짓고 있었다.

불굴신개의 구휼 계획를 악용한 음모가 무엇이건 장평은 막아 내야만 했다.

그게 무엇인지도 모르는 상태로.

그때였다.

"아버님, 손님이 오셨습니다."

남궁벽운이었다.

"손님?"

남궁풍양은 의아한 표정을 지었다.

"내가 만나야 하는 손님이란 말이냐?"

"구휼의회에 협력하기 위해 오신 분입니다. 안휘성 총독께서 직접 쓰신 소개서를 가지고 오셨습니다."

좌중의 사람들은 모두 정도는 다르지만 의아한 표정을 지었다.

황실과 무림맹에서 보낼 감시인까지는 예상했지만, 안휘성 총독이 누군가를 보내리라고는 예상치 못한 것이었다.

"일단 모시거라."

잠시 뒤. 부적들을 엮어 만든 기괴한 복색을 한 노인이 방 안으로 들어섰다.

"헤……."

눈은 탁하고 가끔 입에서 침을 흘리는 것이, 노망난 사이비 요술사로서의 풍모만 가득한 자였다.

'무공을 익힌 건 아니로군.'

남궁풍양은 추천장을 받아 읽어 보았다. 그는 미간을 찌푸린 채로 말했다.

"이 선인(仙人)의 존함은 피재진인(避災眞人). 깊은 연구 끝에 천문과 지리에 해박한 지식을 가지신 재야의 현인으로, 재해를 점치고 피하는 법을 일러 주는 신통한 점술가라 하네. 그러니 구휼의회에서 그의 고견을 경청하라는 안휘성 총독의 추천서일세."

"응! 응!"

피재진인은 과장되게 고개를 끄덕거렸다. 머리만이 아닌, 상체 전체를 흔드는 과장되고 기분 나쁜 동작이었다.

"점술가……?"

마교도로서 과학자이기도 한 혼돈대마는 대놓고 역겹다는 표정을 지었다.

"천문과 지리에 능통하다고?"

다른 이들 또한 정도는 다르지만 불쾌해하기는 마찬가지였다. 그러나 불굴신개는 차분한 태도로 말했다.

"어디서 온 누구건 중요하지 않네. 중요한 것은 단 하나. 안휘성 북부의 백성들을 구휼하는 것뿐."

탁.

"모두, 여기에 온 목적이나 저의가 무엇인지는 묻지 않겠네."

불굴신개는 벽에 걸린 안휘성 전도(全圖)를 손으로 짚으며 말했다.

"안휘성의 백성들을 구할 수만 있다면."

* * *

불굴신개는 막을 수 없다.

용태계와 미소공주, 아니, 황실과 무림맹이 내린 결론이었다.

장평이 견제해야 하는 이들은 그의 행동에 올라타 자신의 이득을 취하려는 자들이었다.

'남궁세가, 마교, 구명의선 오방곤, 그리고 파재진인을 보낸 안휘성 총독.'

이들 모두 제각각 속셈이 있으리라.

'그들의 목적이 무엇인지 파악해야 한다.'

협력, 혹은 저지하기 위해서는.

그러기 위해서는 여러모로 시간이 필요했다.

'우선은 나도 불굴신개의 계획에 동참하자.'

불굴신개는 막을 수 없는 자연재해 같은 인물이었지만, 그가 협객이며 의인이라는 사실은 분명했다.

불굴신개는 진심으로 백성들을 구휼하려 하고 있었다.

그렇기에 장평 또한 아무런 거리낌 없이 불굴신개를 도울 수 있었다.

"지도를 보게."

벽에 걸린 것은 안휘성 지도. 불굴신개는 물감을 적신 붓으로 안휘성의 북부에 세 개의 원을 그렸다.

먼저 크고 넓은 녹색 원을 그리고, 그 녹색 원의 절반 정도 되는 황색 원을 그렸다.

그리고 마지막으로, 가장 정중앙에 붉은 원을 그렸다.

"녹색 지역은 생존 가능 지역이네. 물론 굶주림에 고통받고 있긴 하지만, 주변에서 유입되거나 자체적으로 확보할 수 있는 식량으로 생명 유지는 되는 지역이지."

불굴신개의 말이 끝나자, 남궁풍양이 말했다.

"황색 지역은 생존 위험 지역이네. 자체적인 생존은 불가능하지만, 어느 정도의 여력(餘力)은 가지고 있는. 닷새에서 열흘 가량은 버틸 수 있는 지역일세."

"내 생각엔 분명히 해 둬야 할 것이 있는 것 같군."

혼돈대마가 입을 열었다.

"당신이 말하는 그 '생존'이란 것은 일상생활이 가능하다는 건가? 아니면 글자 그대로 '목숨만' 붙어 있는 것을 말하는 건가?"

"후자. '목숨만' 붙어 있는 경우일세."

"그렇다면 닷새에서 열흘은 생존할 수 있다는 말은……닷새에서 열흘 정도는 굶게 놔둘 생각이라는 말이로군?"

"그래."

"아사자가 나올 거다. 노약자를 중심으로."

남궁풍양이 머뭇거리는 순간, 불굴신개가 말했다.

"알고 있네."

"의외로군. '대협객'이라면 모든 이들을 살리려 들 줄 알았는데."

"적색 지역이 더 급하기 때문이네."

불굴신개는 적색 원을 짚었다.

"기근의 중심지인 적색 지역은 식량의 유입도 없고 자체 확보도 불가능하네. 지금까지 있었던 기근 동안에도 최소한의 구휼만 받았지. 지금 즉시 식량을 제공하지 않으면, 하루나 이틀도 버티지 못할 자들이 대다수일세."

불굴신개는 주변을 돌아보았다.

"지금 즉시 적색 지역에 최우선적으로 식량을 보급해야 하네. 그러기 위해서는 녹색 지역과 황색 지역을 '돌파'하여 식량을 수송해야 하네."

이번에는 신농씨의 탈을 쓴 구명의선 오방곤이 입을 열었다.

"방금 그 말. '돌파'라는 말은 녹색 지역과 황색 지역은 무시하고 지나간다는 말처럼 들리는구려."

"맞소."

"누군가가 막기라도 할 것처럼."

"막힐 거요."

불굴신개는 담담한 표정으로 말했다.

"황색 지역과 녹색 지역의 굶주린 사람들에게."

"그들 또한 굶주렸소. 그들을 뿌리치고 갈 거요?"

"뿌리치고 가야 하오."

불굴신개는 담담한 어조로 말했다.

"덜 급한 이들부터 돌보면, 긴급한 이들을 버리는 행동이 되오. 구휼은 적색 지역부터 시작해야 하오."

"황색 지역에도 식량은 필요하오. 영양분과 기력이 부족한 이들은 쉽게 병드니, 돌림병의 가능성이 있소."

"부수적인 피해에 대해서는 오 의원께서 맡아 주시길 청할 수밖에 없구려."

"물론 역병에 대해서는 내가 맡을 거요. 하지만 지금 상황에서 가장 신묘한 명약은 충분한 영양분이오."

"알고 있소."

불굴신개는 단호한 눈빛으로 말했다.

"우리 개방은 천하의 그 누구보다도 그 사실을 잘 알고 있지."

"알겠소."

오방곤은 더는 말하지 않았다. 그는 의원으로서 남궁풍양을 보며 말했다.

"유사시에 내가 부릴 의원들을 소집해 주시오. 그리고 시체를 나르거나 태울 건강하고 내공을 익힌 무림인들과 화장(火葬)용 장작과 시체에 뿌릴 석회 가루도 수배해 주시오."

"지시를 내려 두겠소."

남궁풍양이 고개를 끄덕이자, 불굴신개는 말했다.

"이제 곧 첫 구휼단이 출발할 것이오. 개방의 칠결 제자들이 곡식을 짊어지고 적색 지대로 출발할 것이오."

장평은 손을 들었다.

"묻고 싶은 것이 있나, 조롱어사?"

"무림인이 직접 짊어지고 간다고요? 수레나 마차를 쓰지 않고요?"

"그렇네. 수레나 마차는 불필요한 위험을 만들지."

불굴신개는 장평이 기근 대처에 처음이란 사실을 알고 있었다. 그는 차분하게 말했다.

"지금 안휘성 북부에는 처자가 굶주리는 장정들이 아주 많네. 우리는 그들을 '돌파'해야 하니, 굳이 맞서 싸우기보다는 경공술을 써서 피하는 쪽이 낫네. 그리고 습격자 입장에서 생각해 보자면, 사람을 습격해 죽이는 것보다……."

"말이나 노새를 죽이는 것이 결단하기 훨씬 쉽겠지요. 물리적으로도, 심리적으로도."

"한 수레 분량의 식량에 더해, 신선한 고기까지 얻을 수 있다면 더욱더 그러하지."

그에 비해, 곡식 두세 가마니를 얻자고 초일류고수인 칠결 제자를 습격하는 것은 남는 것이 없는 장사였다.

무엇보다 초일류고수라면 경공술을 쓸 수 있지 않은가?

"납득했습니다."

장평이 고개를 끄덕이자, 불굴신개는 말했다.

"그럼 지금부터 적색 지대에 투입할 선봉 구휼대를 준비시키겠소. 그 준비 시간 사이, 제안하거나 경고할 것이 있다면 기탄없이 말해 주시오."

모두 다 납득한 표정으로 고개만 끄덕거렸다.

"굶주림……."

그때, 피재진인이 입에 침을 질질 흘리며 말했다.

"굶주림이 잠들어 있어. 거대한 굶주림이! 그 굶주림을 대비해야 해!"

"흥."

대놓고 경멸스러운 표정을 짓는 혼돈대마와 달리, 불굴신개는 진지한 표정으로 물었다.

"진인께서는 무엇을 경고하고자 하는 거요? 우리가 어찌하길 바라는 거요?"

"불!"

피재진인은 침을 튀기며 외쳤다.

"불태워야 해! 모두 불태워야 해! 땅 밑에 잠들어 있는 굶주림을 정화해야 해!"

"저 미치광이 좀 쫓아내시죠?"

혼돈대마의 짜증스러운 말에, 남궁풍양은 고개를 저었다.

"안휘성 총독은 백성들을 위해 많은 것을 포기했소. 그의 체면을 깎을 수는 없소."

불굴신개도 피재진인의 말에 고개를 끄덕였다.

"구휼을 하고도 여력이 남으면 진인의 말씀대로 해 보겠소. 하지만 일단은 구휼에 집중하겠소."

"늦지 말아야 해. 너무 늦지 말아야 해!"

불굴신개는 탁 소리가 나게 책상을 쳤다.

"회의는 끝났소. 다음 소집 때까지 해야 할 일들을 하시오."

불굴신개를 포함한 모든 이들은 밖으로 걸어 나갔다. 흐느적거리는 걸음의 피재진인도.

회의실에 남은 것은 단 두 사람.

장평과 남궁풍양뿐이었다.

"내게 할 말이 있는 모양이군."

"예."

"내게 할 말이 있는 것은 정확히 누구인가? 황제의 조롱어사? 혹은 무림맹의 파사현성? 그것도 아니면, 내 딸에게 청혼한 예비 사위?"

남궁풍양은 미소를 지으며 말했다.

"구혼 얘기라면, 나는 찬성이라네. 이제부터는 나를 장인어른이라 불러도 좋다네."

"감사합니다. 가주님."

가주라는 호칭은 장평의 의도적인 대답이었다. 거리감을 두고 입장을 분명히 하기 위한 무례한 대응이었다.

"장인어른이라 불러 주지 않을 셈인가? 혹시, 그 사이에 둘 사이의 관계가 바뀌었나?"

그러나 남궁풍양의 온화한 미소는 조금의 흔들림도 없었다. 자식뻘인 사내에게 면박당한 사람답지 않은 그 모습에, 장평은 그가 쉽지 않은 상대임을 느꼈다.

"바뀌지 않았습니다. 하지만 우선은 일 얘기부터 하고 싶군요."

"그래."

장평은 건조한 목소리로 말했다.

"마교를 끌어들이셨군요."

"정확히 말하면, 불굴신개가 그들과 거래한 것일세. 나는 그저 묵인했을 뿐이지."

"저는 가주님이 거짓말을 하지 않는 사람이라고 들었습니다."

"거짓말은 늘 일을 꼬이게 만들 뿐이지."

장평은 남궁풍양을 바라보았다.

"불굴신개를 돕는 이유가 뭡니까?"

"백 리 안의 백성들을 굶주리지 않게 돌보는 것이 부자의 미덕. 우리 남궁세가는 안휘성의 패자이기에 앞서 부호이기도 하니, 본분을 다할 뿐일세."

"황제에게서 민심을 훔치려는 겁니까?"

남궁풍양은 희미한 미소를 지었다.

자신이 거짓말을 하지 않는다는 사실을 확인하자마자, 직설적인 질문을 던지는 장평의 과감함에.

"훔친다는 표현은 좀 불편하군. 주인이 버린 것을 습득한다는 표현이 더 맞지 않겠나?"

"민심은 황제의 것입니다."

"지배자에게는 민심이지만, 우리 같은 이들에겐 평판과 명성이지. 불굴신개는 어차피 할 일을 할 터. 이 기회에 명성을 얻어 나쁠 것이 있겠는가?"

"무림인에게는 명성이지만, 역적에게는 민심이지요."

장평은 날카롭게 말했다.

"나라의 숨통을 끊는 이는 참으로 다양하지만, 모든 망국(亡國)의 첫걸음은 민란이지요."

"나는 무림인일세."

"천하에서 가장 인맥이 넓은 최대의 무장 호족이기도 하시지요."

남궁풍양은 흡족한 미소를 지었다.

"나는 네 아들과 세 딸을 두었네만, 가장 기대치 않았던 자식이 가장 훌륭한 대어(大魚)를 낚았군."

"제가 마음에 드시는 모양이군요."

"그렇네. 상대의 약점을 바로 찌르는 교활함과 과감함도. 무림인으로서의 평판과 조롱어사로 쓰일 정도의 황실의 신뢰를 받는 것도. 그리고 무엇보다도 필요하다면 무슨 일이건 할 수 있는 냉정함과 결단력도. 모두 마음에 드는군."

남궁풍양은 즐거운 미소를 지으며 말했다.

"그리고 그 재능을 우리 남궁세가를 위해 쓸 수 있다고 생각하니 더욱 흡족하다네."

"가주님의 결단에 따라, 그 재능이 남궁세가를 부수는 일에 쓰일 수도 있음을 경계하길 권하고 싶군요."

"그럴 일은 없네. 나는 그저 평범한 일개 무림세가의 가주에 불과하니까."

남궁풍양은 여유로운 미소를 지으며 말했다.

"내가 뭘 원하는지 궁금한가?"

"예."

"궁금하다면 말해 주겠네."

남궁풍양은 대수롭지 않게 말했다.

"나는, 그리고 우리 남궁세가는 안휘성의 호족으로서 이 지방 사람들의 민심을 얻을 걸세. 무림인으로서는 개방에 빚 하나를 지울 것이고, 제국의 신하로서는 황실에 빚 하나를 지울 걸세. 황제는 내게 들인 비용 이상을 보상할 것이고, 개방은 우리를 형제처럼 대하겠지. 본가에 위기가 닥치면 얼마나 많은 피를 흘리는 한이 있더라도 신의를 다할 것이고."

남궁풍양은 사람 좋은 미소를 지었다.

"잠깐의 고생으로 셋이나 되는 보상이 생기는데, 이보다 더 남는 장사가 있을 수 있는가?"

"그게 전부입니까?"

"이게 전부네."

남궁풍양은 장평의 생각을 읽기라도 한 것처럼 말했다.

"역모 따윈 계획하지 않았네. 그럴 필요가 없지. 본가는 지금도 많은 것을 가지고 있고, 이번 구휼이 끝나면 지금보다 더 많은 것을 얻게 만들어 줄 걸세. 건실히 활동하여 확실한 이득을 얻을 수 있는데, 성공 가능성과 배당 모두 낮은 역모 같은 도박을 벌일 이유가 무엇이란 말인가? 실패하면 구족이 멸족당하는 위험까지 감수하면서?"

"가주님은 거짓말을 하지 않는 분이시지요."

장평은 차분히 말했다.

"하지만 하지 않은 말속에 무얼 숨겼는지는 곱씹어 봐야 할 것 같군요."

"우리 막내 사위는 신중하기까지 하군!"

남궁풍양은 껄껄 웃었다.

"뜻대로 하게. 하지만 내가 자네라면 우리 남궁세가보다는 제국을 먼저 살펴보겠네."

"무슨 의미입니까?"

"제국이 남궁세가 따위가 일으킨 반란 따위에 흔들릴

정도로 허술한가? 제국의 안위가 그 정도로 누란지세(累卵之勢)에 달했는가?"

"……."

긍정도 부정도 할 수 없었다. 어느 쪽이건 더 이상 대화를 이어 갈 수 없기에.

순간적으로 말문이 막힌 장평을 보며, 남궁풍양은 두 팔을 벌리며 말했다.

"민란이 망국을 만드는 것이 아니네. 이미 망국의 길로 들어섰기에 민란이 일어나는 것이지. 나는 제국의 굳건함과 번성함을 믿는다네. 그러니 약간의 민심을 훔쳐 평판과 명성으로 삼아도 문제 될 것은 없겠지."

"그 말이 진심이길 빕니다."

"나는 늘 진실만을 말한다네."

남궁풍양은 자상한 미소를 지었다.

"자랑스러운 막내 사위에게 무얼 감추겠는가?"

"올해가 흉년의 마지막이길 빕니다. 그리하여 이 구휼 작업이 끝났을 때, 모든 이들이 웃고 있기를 바랍니다."

장평은 담담한 표정으로 말했다.

"하다못해, '장인어른'과 저만이라도요."

"그렇게 될 걸세."

예를 올리고 밖으로 나가는 장평의 뒷모습을 보며, 남궁풍양은 의미심장한 미소를 지었다.

"우린…… 이미 한 가족이니까."

* * *

문밖에서는 척착호가 벽에 기대어 졸고 있었다. 장평이 걸어 나오자, 그는 입에 흐르던 침을 닦고 물었다.
"음. 얘기 끝났소?"
"아니, 그새 잠든 거요?"
장평은 솔직하게 놀랐다.
반의 반 시진도 못 되는 짧은 대화였다.
그사이에 벌써 잠들다니.
"등만 기대면 잠드는 것이 병사의 특기라오."
척착호는 겸연쩍음 반 자랑스러움 반 섞어 말했다.
"그럼 이제 뭐 할 거요?"
"마교도들에게 갈 거요."
"마교도……."
척착호는 잔뜩 긴장한 표정을 지었다.
"처절한 사투를 준비해야겠구려."
"그런 일은 없을 거요."
장평은 주변을 돌아보며 말했다.
"불굴신개와 그의 개방도들이 있는 한."
굳이 칠결이나 팔결 제자들이 나설 것까지도 없이, 불

굴신개와 구결 장로들만 나서도 장평과 척착호를 죽일 수 있었다. 혼돈대마와 흉수대마라 하더라도 팔결 제자들까지 나서면 제압당할 수밖에 없었다.

불굴신개는 압도적인 힘으로 평화를 강요하고 있었다.

그렇다면 따를 수밖에.

그때, 남궁벽운이 다가왔다.

"장 대협, 척 대협. 두 분의 숙소를 준비해 놓았습니다. 식사도 준비되어 있으니 여장을 풀고 좀 쉬시지요."

"그 전에 마교도들과 만나고 싶소."

남궁벽운은 미간을 찌푸리며 말했다.

"설마 싸우실 생각은 아니겠지요?"

"나는 그렇게 아둔하지 않소."

"장 대협이 누구인지를 잠시 잊었군요."

남궁벽운은 장평 일행을 유난히 따로 떨어진 별채로 안내했다. 연못과 화원으로 잘 꾸며진 후원을 독차지한 안락한 숙소였다.

"남궁 대협, 미안하지만 중요한 얘기를 할 생각이니 자리를 피해 주시오."

"이해합니다. 일이 끝나면, 번성각(繁盛閣)을 찾아 짐을 푸시지요."

장평은 척착호를 바라보았다.

"척 형도 먼저 가 계시오."

"호위 없이 괜찮겠소?"

"싸움이 벌어지면 모두 죽소. 그걸 이해하지 못할 놈들이라면, 내가 상대할 가치도 없는 놈들이었겠지."

"……뭔 소린지는 잘 모르겠지만 어쨌건 가서 밥이나 먹고 있겠소."

남궁벽운과 척착호는 함께 떠나갔다.

장평은 별채 안으로 들어갔다.

그곳에는 침상에 비스듬히 누운 북궁산도와 책상에 앉은 평범한 사내가 지도를 펼친 채 이런저런 대화를 나누고 있었다.

장평이 들어오기 전까지는.

"나는 들어오라고 허락한 기억이 없는데."

평범한 사내, 혼돈대마가 차갑게 말하자 장평이 비웃으며 말했다.

"나도 널 중원에 들어와도 좋다고 허락한 적 없다."

두 사람이 싸늘한 시선을 나누는 가운데, 북궁산도는 반가운 표정으로 장평에게 몸을 날렸다.

"장 대협!"

그녀의 탄력 있고 풍만한 몸이 장평을 끌어안자, 장평은 순간적으로 굳어 버렸다.

여체의 촉감에 욕정이 동한 것이 아닌, 거대한 육식동물의 아가리에 머리를 넣은 것 같은 위기감과 긴장감을 느꼈기 때문이었다.

북궁산도는 육식동물이 자신의 체취를 바르듯이, 장평의 몸과 얼굴에 자신의 몸과 얼굴을 비비며 말했다.

"그동안 얼마나 보고 싶었는지 몰라요!"

본능적인 긴장감에 굳어진 장평을 보며, 혼돈대마는 비웃었다.

"환대하는 이에게 너무 딱딱하게 구는군."

"우리가 마지막으로 만났을 때와는 다르게 당당한 모습이로군."

장평 또한 혼돈대마에게 냉소를 보냈다.

"변함없이 호가호위(狐假虎威)하는 태도를 보니, 저번 싸움에서 배운 교훈이 없는 것 같아 기쁘구나."

"……."

"그건 그렇고, 몸은 좀 어떤가? 갈비뼈는 다시 붙었나? 내장에 상처는 없고?"

"장평……!"

혼돈대마는 이를 악물었고 장평은 만족했다.

장평은 잠시 북궁산도를 떼어 놓고 말했다.

"혼돈대마와 얘기를 좀 해야겠소."

"편하게 파리하라고 불러요. 피차 얼굴도 아는 사이인데."

"언니!"

혼돈대마가 날카롭게 말하자, 장평은 자상하고 다정한 목소리로 말했다.

"내겐 발음이 어렵구려. 편하게 파라 소저라고 불러도 되겠소?"

"나는 허락한 적 없으니, 내 이름을 부르지 마라. 네 맘대로 바꿔 부르지도 마라."

"싫소. 파라 소저."

"장평. 이 독 전갈 같은 놈이?!"

두 사람의 모습을 본 북궁산도는 활짝 웃으며 말했다.

"봐. 서로 이름으로 부르니까 벌써 친해졌잖아!"

마교와 무림맹의 두 책사는 순간적으로 말문이 막혔다.

그러나 그것도 잠시.

'북궁산도는 원래 저랬지.'

장평과 파라는 다시 서로를 바라보았다.

"왜 찾아왔지?"

"너희들의 저의가 무엇인지 알기 위해서."

파라는 비웃었다.

"말해 줄 것 같으냐?"

"불굴신개는 너희들과의 거래 내용을 감추지 않을 것이다. 너와 불굴신개의 말이 다르다면, 네가 뭘 감추고 싶어 하는지 그 자리에서 알게 되겠지."

"그럼 불굴신개에게 갈 것이지 왜 여길 온 거지?"

"싸우지 않고 대화를 나눌 수 있는 드문 기회가 아닌가."

장평은 조롱하며 말했다.

"친분을 쌓고 네 미모를 칭송하러 왔다."

"이놈이……!"

이를 빠득 소리가 나게 악무는 파라와는 달리, 북궁산도는 활짝 웃으며 말했다.

"그렇죠? 우리 파리하 참 예쁘고 사랑스럽죠?"

"아, 언니. 제발 좀!"

장평은 웃었다. 혼돈대마가 불쾌감을 느끼게 만들기 위해 지은 표정이었지만…….

'즐겁고 유쾌하군.'

불구대천의 숙적이라는 사실이 안타까울 정도로 즐거운 분위기인 것도 사실이었다.

파라는 한숨을 내쉬었다.

"뭐가 궁금하지? 대답해 줄 테니 가능한 한 빨리 꺼져라."

"북궁산도가 부담스럽나?"

"그래."

"나도 그렇다. 피차 같은 입장인데 친하게 지내 보는 건 어떤가?"

"불굴신개는 죽이지 말라고 했지 흠씬 두들겨 패지 말라고는 안 했다. 네가 일부러 찾아와 도발했다는 것을 알게 되면 딱히 날 탓하진 않을 것 같군. 그러니 본론으로 들어가라."

"그러지."

장평은 다리를 꼬고 앉으며 말했다.

"마교의 목적은 뭐지?"

"거래다."

"뭘 주고, 뭘 받지?"

"이국의 구황작물들과 수맥 탐사."

"구황작물?"

북궁산도는 그늘에 놓아둔 자루를 꺼냈다. 그곳에는 장평이 처음 보는 식물 덩이가 있었다.

"이국의 작물. 감자와 고구마다. 잘 자라고 빨리 자라지. 보관이 좀 까다롭긴 하지만, 구황작물로서는 제일 효율 좋은 식물들이다."

"그럼 수맥은?"

북궁산도가 손을 번쩍 들었다.

"그건 제가 찾을 거예요. 제가 기감(氣感)을 집중하면 반경 삼십 장 안의 모든 움직임을 느낄 수 있거든요."

"지하에 흐르는 수맥까지도 느낄 수 있소?"

"예. 신경을 집중해야 하지만요."

장평은 흥미로운 표정을 지었다.

가뭄은 식량 부족 이전에 물 부족 현상을 부른다. 오염된 물을 마시면 병이 들기 마련임을 알면서도, 오염된 물이라도 마셔야 했다.

확실히 삼십 장이라면 우물을 파지 못할 깊이는 아니었다. 가뭄으로 기존의 지하 수맥이 말라 원래 쓰던 우물이 바닥을 드러냈다면, 새 수원(水原)이 절실히 필요하리라.

지금은 가뭄으로 인한 대기근 상황이니까.

"구황작물과 청결한 수원이라. 확실히 개방에서 거래할 가치가 있군."

"그래."

"그럼 너희들은 그 대가로 뭘 받았지?"

파라는 반사적으로 침묵했다.

그러나 그녀는 자신의 침묵이 의미 없음을 잘 알고 있었다.

거래의 반대쪽 당사자인 불굴신개는 장평에게 아무것도 감추지 않을 것이었기에.

"우리가 원하는 날에, 국경선의 감시망에 구멍을 내주기로 했다."

장평은 미간을 찌푸렸다.

"위험한 거래를 했군."

"그만한 가치가 있으니까."

개방은 사천이나 신강을 비롯한 국경 일대에도 분타를 두고 있었다. 그 분타들은 일반인으로 구성된 국경 수비

대는 포착할 수 없는 위험인물 혹은 위험 물질을 검색하는 일에 협조하고 있었다.

반대로 말하자면, 개방이 눈감아 준다면 마교는 원하는 물건과 사람을 얼마든지 들일 수 있다는 것이었다.

단 하루라고 해도 과한 처사였다.

"그게 언제고 어디인지 물어볼 생각이라면, 그걸 비밀로 하는 것까지가 대협객과 나눈 거래임을 기억해 두는 편이 좋을 것이다."

"그래."

장평은 깔끔하게 포기했다.

대협객 불굴신개가 약조를 어기게 만드는 것은, 맨손으로 해일을 가라앉히는 것보다 어려운 일이니까.

"자, 이제 용건이 끝났다면 꺼지시지."

"한 가지 더 물어볼 것이 있다."

"뭔데?"

"오는 길에 암습을 받았다. 네 짓인가?"

"나는 네가 안휘성에 오는 줄 몰랐다."

파라는 코웃음을 쳤다.

"만약 내가 손을 썼다면, 네가 아직까지 살아 있을 리가 없지."

"뭔가 다른 함정을 위한 포석일 수도 있지."

"좋을 대로 생각해라. 헛짓거리로 한눈을 팔면 나야 고마운 일이니."

"한눈을 팔면 고마운 일이라고?"

그 순간, 장평은 눈을 가늘게 떴다.

"개방과의 거래 외에 뭔가 다른 계획이 있는 거로군? 내게는 비밀로 하고 싶은?"

파라는 무표정한 표정을 지었다.

그 반사적인 대응에, 장평은 확신했다.

"이번 구휼 동안에 소일거리가 생겼군."

장평은 자리에서 일어났다.

"널 좌절시키는 일은 언제나 즐겁고 보람찬 일이니까."

"너 이 개자식……!"

분노를 참지 못한 파라가 탄지공을 위해 손가락을 장전하고, 장평이 티 나지 않게 검집으로 손을 옮긴 일촉즉발의 순간.

"장평 대협, 저 물어보고 싶은 것이 있어요."

북궁산도의 천진난만한 목소리가 긴장된 분위기를 깨트렸다.

"……후."

파라는 한숨을 내쉬며 손을 풀었고, 장평은 경계를 풀고 고개를 돌렸다.

"그게 뭐요?"

"술야한테 들었어요. 마교도랑 결혼할 생각은 없다는

말을요."

"북궁 소저가 마교와 완전히 관계를 끊을 수 없다면, 어찌 부부가 되어 마음을 놓을 수 있겠소?"

"그럼 파리하는요?"

장평은 파라를 바라보았다. 그는 조롱을 섞어 말했다.

"우리 작고 사랑스러운 파라 소저의 이름이 여기서 왜 나오는 거요?"

"그야 파리하의 부족은 외간 남자에게 얼굴을 보이면……."

"언니!"

파라가 빽 소리를 지르자, 북궁산도는 어깨를 으쓱하며 입을 닫았다.

그러나 장평은 이미 문맥상 눈치를 챈 상태였다.

"외간 남자에게 얼굴을 보이면 혼례를 올려야 하는 풍습이라도 있는 거요?"

"죽여 버린다는 전통이 있다!"

"있군."

장평은 피식 웃었다.

〈제 질문에 그분도 포함되어 있긴 하지요.〉

마교도와의 혼례가 가능한지 묻던 때, 술야가 했던 애매모호한 말이 떠올랐기 때문이었다.

북궁산도는 물론, 술야가 장평에게 깊은 호의를 품고

있음은 잘 알고 있었다.

하지만 혼돈대마 파라라니?

전혀 예상치도 못한 일이었다.

"나는 남장 여자와 혼례를 올릴 생각은 전혀 없는데."

장평은 조롱하며 말했다.

"잘 기억이 나지 않아서 그러는데. 일단 다시 한번 진짜 얼굴을 보여 주겠소?"

"장평!"

피잉!

살의가 담긴 탄지공이 날아왔고, 장평은 고개만 까딱하여 피했다.

"아, 이제 기억나는군. 작고 귀여우며 울먹거리던 얼굴이."

"장평 이 개자식!"

격노한 파라가 몸을 일으키는 순간, 북궁산도가 그녀를 붙들고 끌어안았다.

"얘. 진정해, 진정! 나한테 여기서 절대 싸우지 말라고 경고했던 게 바로 너잖니!"

"죽여 버릴 거야! 내 손으로 목 졸라 죽여 버릴 거야!"

격분한 파라를 애써 막아서며, 북궁산도는 등 뒤로 손을 휘휘 내저었다. 장평에게 일이 더 커지기 전에 물러나라는 손짓이었다.

"다음에 또 봅시다."

장평은 상냥한 목소리로 말했다.

"작고 귀엽고 사랑스러운 파라 소저."

"신월(新月)이 널 저주하기를! 증오스러운 무뢰배야!"

닫힌 문 너머에서 절규가 들려왔다.

곰곰이 생각해 보니, 북궁산도는 물론 술야도 장평에게 깊은 호의를 보이곤 했다.

장평은 진지하게 고민했다.

'마교의 여자들에게는 불구대천의 대적을 사랑하는 성벽(性癖)이라도 있는 건가?'

아무래도 좋은 일이었다.

중요한 것은 단 하나.

'파라가 꾸미는 음모가 무엇이건 파훼하는 보람이 있을 것 같군.'

문 너머로 들려오는 외침으로 예상컨대.

"죽여 버릴 거야! 듣고 있어? 널 죽여 버릴 거라고!"

그때의 절규는 지금 등 뒤에서 들려오는 것보다 곱절은 비통할 테니까.

* * *

불굴신개의 숙소는 멀리서도 느낄 수 있을 정도로 바쁘

고 혼란스러웠다.

아마도 구휼 계획을 최종 점검하는 중이리라.

'불굴신개와 만나기는 힘들 것 같고.'

이제 남은 것은 둘.

구명의선 오방곤과…….

'정신 나간 주술사, 피재진인을 보낸 안휘성 총독의 의도.'

일단 오방곤의 의도는 명확해 보였다.

역병은 약해진 사람들을 즐겨 찾았고, 오랜 기아로 약해진 안휘성 북부는 역병이 돌기에 최적의 환경이었다.

선제적인 방역 혹은 이미 일어난 역병에 대한 대응을 위해 찾아온 것이리라.

문제는 피재진인과 총독이었다.

'무슨 셈으로 저 미치광이를 보낸 거지?'

총독 본인은 자신의 관저에서 집무를 보고 있었다. 찾아가 물어보기엔 너무 멀었고, 묻는다고 솔직히 답할 것 같지도 않았다.

어쨌건 그 또한 관료로서 잔뼈가 굵은 몸이 아니겠는가?

'결국은 피재진인의 언행만 보고 그를 보낸 목적을 추측해야 하는데…….'

장평은 피재진인에 대해 아는 것이 아무것도 없었다.

그저 정신이 온전한 상태가 아니라는 것밖에.

제정신이 아닌 사람의 언행에서 무얼 유추하겠는가?

장평은 그에 대해서는 깔끔하게 포기했다.

'피재진인은 만날 가치조차 없다.'

그래서 오방곤을 찾아갔다.

"무림말학 장평이 구명의선 선배님을 뵙습니다."

"나는 그 별호가 싫다. 오방곤이나 오 의원이라고 불러라."

"예, 오 의원님."

남궁세가의 약재 창고. 약재들을 정리하던 오방곤은 고개조차 돌리지 않고 말했다.

"나는 허례허식을 싫어한다. 인사만 하러 온 거라면 받았으니 이만 꺼져라."

"묻고 싶은 것이 있습니다."

"그럼 물어봐라."

장평 또한 직설적으로 물었다.

"여긴 왜 오신 겁니까?"

"역병에 대한 예방 혹은 대응을 위해 왔다. 좀 더 많은 사람의 목숨을 살리기 위해서."

"구휼의 대의에 동감하시는 겁니까?"

"나는 의(義)를 위해 움직이지 않는다."

오방곤은 신농씨 탈을 벗어 내려놓았다.

반로환동하여 젊은 얼굴에는 오래 묵어 냉담하고 음울한 감정이 담겨 있었다. 슬픔을 너무 오래 겪어 눈물마저 마른 사람의 눈빛이었다.

"사람을 살릴 수 있는 재주가 있다면, 살릴 수 있는 사람은 살려야 한다. 그게 재주를 가진 사람이 져야 할 책임이니까."

장평은 기묘한 불안함을 느꼈다.

그가 말한 내용보다도, 그 말을 하는 오방곤의 목소리가 지치고 피로하게 들렸기 때문이었다.

'지치고 피로하다고?'

오방곤은 초절정고수. 체력과 내력. 생존력과 회복력 등 모든 면에서 인간을 초월한 신체를 지니고 있었다.

동급의 고수와 치열한 사투를 벌이거나 의도적으로 내력과 체력을 소진하는 등의 특수한 상황을 제외하면, 피로를 느끼는 것은 불가능에 가까웠다.

그보다 한 수 떨어지는 절정고수인 장평조차도 그러했으니까.

'혹시 건강이나 수명에 문제가 있는 건가?'

오방곤은 무림에서 가장 나이가 많은 인물로 알려져 있었다. 반로환동에도 한계가 있다면, 최연장자인 그가 제일 먼저 겪게 되리라.

'아니면 다른 문제가?'

장평은 최대한 조심스럽게 말했다.

"외람되지만, 피곤해 보이십니다."

"나는 피곤하지 않다."

오방곤은 다시 신농씨의 탈을 썼다.

"아직 피곤해도 되는 때가 아니니."

오방곤은 장평을 바라보지도 않은 채 말했다.

"용무가 끝났다면 나가라. 역병과 싸울 준비를 하는 이들에게 방해가 된다."

"예, 오 의원님."

장평은 예를 표하고 약재 창고 밖으로 나왔다.

약재 창고에는 남궁세가에서 수배한 의원들이 모여들고 있었다. 구명을 위해 싸우는, 생명의 투사들이.

그러나 왠지 모르게 그곳에서는 눅눅하고 불길한 기운이 느껴지고 있었다.

'오방곤 때문인가?'

그냥 기분 탓일지도 모르겠지만.

장평은 불편한 기분으로 자신의 숙소로 향했다.

"아, 장 형."

정갈한 식사가 차려져 있었고, 척착호는 한창 기세 좋게 식사 중이었다.

무엇이건 잘 먹고, 어디서건 잘 잔다.

척착호의 특기라면 특기였다.

장평 또한 앉아서 자신 몫의 음식을 먹었다.

"내가 알아야 할 일이 있소?"

"아직은 없소."

"알겠소."

명령을 받는 것에 익숙한 척착호는 장평의 일과 생각에 불필요한 관심을 가지지 않았다.

편리하다면 편리한 태도였다.

명령해야 하는 장평에게나, 명령을 받아야 하는 척착호 본인에게나.

"그럼 잠이나 자겠소. 일 생기면 깨우시오."

그는 침상에 눕자마자 깊이 잠들었다.

'저것도 재주라면 재주로군.'

장평은 쓴웃음을 지었다. 홀로 남은 그는 조용히 지도와 계획서들을 살폈다.

'일단은 적색 지대에 식량을 보급하는 것이 계획의 최중요 요소로군.'

계획에 투입되는 개방 칠결 제자들에게는 여러 가지 세부 지시도 내려져 있었다.

굶주린 몸에 과식하면 생사의 위기를 겪을 수 있으니 일단은 묽은 죽부터 배급하라는 실무 지시부터, 쇠약해진 사람들의 근골이 다치지 않도록 접촉하고 운반하는 법.

그리고 여러 전염병의 증상을 기록하고, 만약 발견하면 바로 복귀하여 보고하라는 지시 등등.

'간략하면서도 섬세하다.'

복잡하지 않으면서도, 중요한 사항에 대한 지시는 모두 들어 있었다. 이 계획을 짠 사람이 얼마나 고민했는지 느껴질 정도였다.

'이 정도면 내가 간섭할 필요도 없겠구나.'

촛불을 끈 장평은 자료들을 정리했다. 그는 문득 스며드는 달빛에 이끌려 잠시 창밖을 내다보았다.

초승달은 날렵하고도 예리했다.

〈신월(新月)이 널 저주하기를! 증오스러운 무뢰배야!〉

문득 파라의 저주 섞인 노호성이 떠오른 장평은 피식 웃었다.

'초승달에 베이지 않도록 조심해야겠군.'

잠시 달 구경을 하던 장평은 침상에 몸을 눕혔다. 그는 눈을 감고 호흡을 고르게 했다.

그리고 다음 순간.

장평은 눈을 감은 채로 말했다.

"손님이라면 이름을 대고, 아니라면 그 문을 열지 말고 돌아가라."

문간에 선 누군가는 놀란 기색 없이 말했다.

"불청객도 손님 취급을 해 주실 건가요?"

"문을 열기 전에 이름을 댄다면."

"저는 남궁세가의 하녀 오연이에요."

"내가 알아야 하는 이름은 아닌 것 같군."

"그럼 좌불안석이라는 별명은 어떤가요?"

장평은 눈을 떴다.

하오문의 십두(十頭) 중 하나. 협박의 두목 좌불안석.

'하오문주 호로견자의 숙적이자, 마교와 협력했다는 누명을 쓴 자.'

장평은 몸을 일으켜 침상에 걸터앉았다.

"들어와도 좋다. 하지만 무사히 나갈 수 있다는 약속은 하지 않겠다."

좌불안석은 주저 없이 문을 열었다.

하녀의 복색을 한, 십 대 초중반으로 보이는 앳된 얼굴. 얼굴에 점점이 박힌 주근깨가 인상적인 소녀였다.

그러나 장평은 바로 눈치챘다.

"변장술에 능숙하군."

"칭찬으로 듣지요."

실제로는 서른 초반 정도.

주근깨 또한 눈가나 입가 등 나이가 드러나는 신체 부위에서 시선을 돌리기 위한 변장술의 일부였다.

좌불안석은 스스럼없이 의자에 앉았고, 장평은 그녀를 바라보았다.

"네가 하려는 말이 무엇인지는 모르겠지만, 아주 중요한 말이어야 할 거다. 최소한 호로견자와의 합의보다는 흥미로울 정도로."

"제안이 하나, 충고가 하나 있어요. 무엇부터 들으실래요?"

"제안부터 들어 보지."

"호로견자 대신 저와 거래해요. 제가 새로운 하오문주로서 황실과 무림맹에 협력할게요. 호로견자 이상의 긴밀한 협력을 약속하죠."

"예상보다도 시시하군."

장평은 무표정한 얼굴로 말했다.

"충고는 그보다는 흥미로워야 할 거다."

"안휘성, 특히 이 남궁세가는 복마전(伏魔殿)이에요. 저와 손을 잡아야 이 복마전에서 뜻하신 바를 이룰 수 있을 거예요."

"그 말은 좀 흥미롭군."

장평은 냉소적으로 말했다.

"네게 그럴 만한 능력이나 가치가 있는지는 의심스럽지만."

"지금 제가 오지 않았다면 저 대신 누가 들어왔을 거 같아요?"

"살수라도 보냈을 거란 말인가? 개방도가 들끓는 남궁

세가 안에?"

"오는 길에 살수를 만나셨지요? 아무런 정보도 알 수 없는 미숙한 살수를."

장평의 표정이 진지해졌다.

"지금부터는 말을 신중히 고르길 권하지."

"그는 장평 대협을 유인하기 위해서 보낸 사람이에요."

"신중히 생각해라."

장평은 차분한 목소리로 말했다.

"널 믿을지 말지가 달린 대답이니까."

"유인하기 위해서 보낸 거예요. 원하는 장소가 아닌, 다른 곳으로 향하지 않도록이요."

잠시 침묵하던 장평은 고개를 끄덕였다.

"그 반대로 말했다면, 널 쫓아냈을 것이다."

생각해 보면, 그 살수는 비합리적이었다.

신분은 불확실했고, 뒤져 보아도 나올 것이 없었다. 거기에 어떠한 정보도 주지 않기 위해 바로 자결했다.

잘 훈련된 살수의 태도였고, 배경을 세탁해 줄 조직의 존재까지도 의심할 법했다.

그런데 정작 살수로서 가장 중요한 암기술은 미숙했다.

아니면……

'일부러 빗맞혔거나.'

모순이었다.

장평이 흥미를 가진 것은 그 모순이었다.

"그래서, 내가 어디로 가는 걸 막은 거지?"

"안휘성 총독 후연광. 조룡어사인 장평 대협께서 그에게 찾아가는 것을 막기 위해 일부러 미숙한 살수를 보낸 거예요. 음모의 냄새를 맡은 장평 대협이 무림인으로서 그 음모를 파헤치게 만들려고요."

"첩보원의 본능을 자극했단 말인가? 총독부가 아닌 남궁세가로 가도록 유도하기 위해서?"

"예."

좌불안석은 담담히 말했다.

"실제로, 지금 이 자리에 계시잖아요."

맞는 말이었다. 장평은 고개를 끄덕였다.

"인상적인 주장이군. 하지만 그게 단순히 음모론이 아니라는 증거는?"

"증거는 없지만, 증인은 있어요."

"그게 누구지?"

"저요."

좌불안석은 미소를 지었다.

"그 살수를 보낸 사람이 저니까요."

가늘어진 장평의 눈에도 불구하고, 좌불안석은 차분한 목소리로 말했다.

"협박의 두목으로서 제가 섬기던 분. 남궁풍양 가주님의 지시대로요."

* * *

늦은 밤이었다.

장평이 남궁풍양의 침소를 찾은 것은.

"들어오게."

가벼운 침의 차림으로 독서 중이던 남궁풍양은 장평을 보며 온화한 미소를 지었다.

"늦은 밤에 찾아오다니, 급한 용무인가?"

"급하진 않습니다. 그저, 조용히 얘기하고 싶은 주제라서요."

"그럼 앉게."

남궁풍양은 의자를 권했다.

장평은 남궁풍양의 책상을 힐끗 보고 말했다.

"맹자를 읽고 계셨군요."

"그래."

"구휼대가 움직이기 전날 밤에요."

맹자는 유교의 기초적인 경전이었다. 그와 동시에, 맹자라는 인물은 가장 과격하고 불경스러운 주장을 펼친 사람이기도 했다.

군주를 갈아 치워야 한다는 혁명을 최초로 논한 유학자.

그렇기에 벼슬길에 오르려는 이들은 맹자 원문이 아니라, 검열본인 맹자 절문(孟子節文)을 공부하는 것이 기본이었다.

"좋아하는 구절이 있어 다시 되새기고 있었다네."

남궁풍양은 온화한 미소를 지으며 말했다.

"그만두지 말아야 할 때 그만두는 사람은(於不可已而已者) 아무것도 이룰 수 없을 것이다(無所不已)."

"제가 좋아하는 구절은 아니군요."

"자네는 어떤 구절을 좋아하는가?"

"하지 말아야 할 짓을 하지 말고(無爲其所不爲) 욕심내지 말아야 할 것에 욕심내지 말라(無欲其所不欲)."

촛불 하나만이 일렁이는 어두운 방 안.

두 사내는 서로 눈빛을 교차했다.

"막내는 글공부를 좋아하더니, 박식한 반려를 구했군."

"그녀를 기억하긴 하시는군요."

"아비가 딸을 잊을까."

"일세의 효웅(梟雄)으로서 쓸모 있는 도구를 잊지 않는 것이 아니고요?"

"남궁세가는 역사 깊은 명문이라네. 가진 것이 아주 많지. 하지만 어떤 것도 낭비하지 않아야 후세에 남겨 줄 것이 늘어나겠지."

"그렇군요."

빙빙 돌며 탐색전을 시도하던 장평은 그 순간 이해했다. 빈틈을 보이지 않는 외교관의 화술을 지닌 남궁풍양에게, 빈틈을 찾아내는 첩보원의 화술은 통하지 않는다는 것을.

단단히 방어를 굳힌 그는 파고들 빈틈을 내주지 않으리라는 것을.

장평은 전법을 바꾸었다.

"좌불안석이 제 숙소에 찾아왔습니다."

우직하게 힘으로 부딪히는 힘 싸움으로.

"그는 가주님이 자신의 주인이었다고 하더군요."

"'그녀'겠지."

남궁풍양은 선선히 인정했다. 대수롭지 않은 일이라는 듯이, 무림을 뒤흔들 수도 있는 추문을 털어놓았다.

"우리 남궁세가는 오래전부터 하오문에 영향력을 지니고 있었네. 그 영향력들을 관리하는 것이 협박의 두목이었지."

"협박은 하오문의 열 파벌 중에서도 거물입니다. 하오문주가 되는 경우도 적지 않았지요."

"그래. 하오문주를 수하로 거느렸을 때도 적지 않았지."

남궁풍양은 대수롭지 않게 말했다.

"손이 더럽혀질 일을, 남궁세가의 이름으로 할 필요는 없으니까."

* * *

남궁풍양은 거짓도, 포장도 없이 진솔하게 답했다. 사안의 중대성에 걸맞지 않는 담담한 태도였다.

"하지만 이제 하오문과는 연을 끊기로 했네."

"하오문이 너무 커져서요?"

구심력이 약한 하오문은 늘 무림맹과 개방의 압박 아래 눌려 있었다. 하지만 무림맹의 첩보부는 일시적으로 힘을 잃었고, 개방도 구휼을 위해 여력을 모두 퍼붓고 있었다.

지금 하오문은 유례없는 번성기를 누리고 있었다.

"맞네. 창고의 쥐새끼로 남았어야 할 것들이, 본의 아니게 사람을 해칠 수 있는 늑대만큼 커져 버렸지."

필요 이상으로.

"조만간 하오문은 숙청당하겠지. 누가, 어떤 방식으로 행할지는 몰라도. 그리고 그사이에 본가가 하오문에 개입해 왔음이 알려지겠지. 그 전에 손을 털어 두어야 추문을 면할 수 있지 않겠나?"

"그래서 토사구팽하는 겁니까?"

"반쯤은 그렇고, 반쯤은 다른 이유일세."

"다른 이유라니요?"

남궁풍양은 담담히 말했다.

"이왕 황실에 연이 닿을 기회를 얻었으니, 이 기회에 몸가짐을 바로 해야 하지 않겠는가?"

장평은 남궁풍양이 말하는 '황실에 연이 닿을 기회'가 무엇인지 잘 알고 있었다.

"저를 말하는 겁니까?"

그렇기에 장평의 말은 질문이 아닌 확인이었다.

"맞네."

"제가 황실과의 연결 고리를 만들어 줄 거라고 생각하시는 겁니까? 남궁세가의 사위로서?"

"그렇네."

남궁풍양은 온화한 미소를 지으며 말했다.

"그것이 무림에도, 제국에도 이로운 일이니까."

"가주님의 뜻대로 될지는 잘 모르겠군요."

"나는 알 것 같네만."

남궁풍양은 담담하게 말했다.

"자네는 황실과 혼맥을 맺게 될 걸세."

"사위가 되겠다는 사람에게 할 말은 아니로군요."

"그렇게 될 걸세. 황실 입장에서도, 자네를 우리 남궁세가에게 전부 내줄 수는 없으니까. 하다못해 나눠 가지려 들겠지. 자네의 발목에 황금으로 된 족쇄를 채우는 것으로."

정략혼인의 전문가는 당연하다는 듯이 말했다.

"정확히 누굴 시집보낼지는 모르겠군. 적령기이자 적임자인 미소공주는 배분상 황제도 쉽게 다룰 수 없고, 개인적으로도 제국의 중책을 맡고 있으니까. 화령옹주나 화율옹주는 방계라서 정략결혼으로서의 무게감이 떨어지고."

"황실에 대해 박식하시군요."

"황실과의 혼맥은 호족의 숙원. 전부터 여러모로 방도를 찾아보곤 했네. 기대도 안 했던 곳에서 길이 열릴 줄은 몰랐지만 말이야."

기대도 안 했던 곳.

아비가 딸을 향해 할 말이 아니었다.

그 지아비 될 사람 앞에서는 더더욱.

장평은 불쾌한 감정을 간신히 눌러두었다.

그 불쾌감조차 도구로 다룰 수 있는 사람의 앞이기에.

"어쨌건, 자네의 두 번째 아내는 황족이 될 걸세. 화목한 가정이 되었으면 좋겠군."

"그래서 하오문을, 좌불안석을 토사구팽하는 겁니까?"

"상황이 이렇게 됐는데, 그들을 토사구팽 하지 않을 이유가 있나?"

"없지요."

장평은 불편한 마음으로 받아들였다.

그의 말이 옳다는 것을. 그리고 그의 말대로 이루어질 것이란 것을.

'나는 곧 둘째 아내를 얻게 되겠구나.'

속이 쓰렸다. 흔들림 없이 자신을 사랑해 주는 남궁연연을 배신하는 것처럼 느껴졌다. 이미 그녀 스스로도 납득하고 각오하고 있다 해도 이 배덕감을 누를 수는 없었다.

"불쾌하군요."

그러나 그보다 불쾌한 것은, 장평이 지금 남궁풍양의 계획대로 움직이고 있다는 것이었다.

"제가 이곳에 온 것조차도 가주님의 계획대로 조종당한 것이라는 점이요."

살수를 보낸 것이 남궁세가로 유인하기 위함이란 말을 듣는 순간, 장평은 바로 깨달았다.

"조룡어사보다는 파사현성이 상대하기 편해서 그랬습니까?"

"그렇네."

지금 장평은 두 가지 신분을 지니고 있었다.

오조룡패의 조룡어사. 황제의 특명 전권대사로서 모든

관원의 생사여탈권을 지닌 자.

그리고 파사현성. 명성 높은 무림명숙이자 무림맹의 실권자인 무림맹주의 대행자.

"남궁세가가 무림에서 어떤 지위에 있건, 황제 앞의 우리는 일개 호족에 불과하니까."

지금의 이 대규모 구휼은 안휘성 총독 후연광의 절대적인 협조와 묵인 덕분에 이뤄지는 것이었다.

명관(明官)인 그는 백성들을 위해 출셋길이 막히는 것을 감수했다. 그저 기근 대처가 급하기에 처벌을 미뤘을 뿐. 이 기근이 끝나는 즉시 파직당하고 항명이나 역모죄로 다뤄질 것이다.

그걸 알면서도 그는 백성들을 살리기 위해 모든 것을 내던지고 있었다.

하지만 후연광의 비장한 각오조차도 찍어 누를 수 있는 것이 조룡어사의 권한.

흔히 나도는 일조룡패나 쌍조룡패 정도가 아닌, 오조룡패. 황권의 지상 대리인인 오조룡패의 조룡어사라면, 관원들에게 무림인들이 개입하는 것을 금하라는 명을 내릴 수도 있었다.

무장 호족들이 민심을 훔쳐 가지 못하게 만든다는 명분 아래, 개방과 남궁세가를 멈춰 세울 수 있었다.

"우리가 상대할 수 있는 것은 파사현성뿐."

그걸 피하려면, 장평이 '무림인'으로서 이 일에 엮이게 만들어야 했다.

"그래서 살수를 보냈지. 우리가 저항할 수 없는 조룡어사로서 우릴 막아서지 못하도록, 무림 쪽으로 자네의 관심을 돌렸네."

"지금이라도 총독부로 갈 수 있습니다."

"불굴신개의 결의를 보고도?"

남궁풍양은 너털웃음을 지었다.

"아니. 못 해. 자네는 도저히 그럴 수 없을 걸세. 이젠 자네 또한 백성들을 서류 위에 적힌 '숫자'가 아닌, 구해 마땅한 '인명(人命)'으로 보게 되었으니까."

"……."

잠시 침묵하던 장평은 고개를 끄덕였다.

"부정할 수 없군요."

낮에 만난 불굴신개의 말에는 강렬한 열기가 넘쳐흘렀다. 확고한 확신과 순수한 의지를 가진 자만이 보일 수 있는 그의 모습에, 장평 또한 마음이 흔들렸다.

'가능하다면, 사람들을 살리고 싶다.'

장평 또한 불굴신개의 열의에 감화된 것이었다.

"불굴신개는 열량이 넘치는 사람이니까."

"저나 가주님 같은 자들과는 다르게요."

장평은 편안한 미소를 지었다.

"제가 강호에 나선 이래, 이토록 완벽하게 타인에게 조종당한 것은 처음입니다. 속이 시원할 정도의 완패로군요."

"불쾌하게 생각하지 않았으면 좋겠네. 적어도 나는 자네의 적은 아니니까."

"절 이용하셨잖습니까."

"논의가 조금 늦은 동업이라고 생각해 주게."

그는 상냥한 미소를 지었다.

"내가 바라는 것은 단 하나. 번영한 남궁세가를 다음 세대에 전하는 것뿐이네. 나는 천하를 뒤흔들 포부도, 제국을 뒤흔들 역심도 아닌, 사리사욕을 품은 소인배에 불과하네."

"그 말을 믿으라는 말입니까?"

"믿고 말고는 자네 마음이지만, 나는 거짓말을 하지 않네. 거짓말은 늘 후환을 남기는 법이니까."

"그 부분을 의심하진 않습니다. 가주님께서는 오직 남궁세가가 부강해지는 것만을 바라시겠지요."

장평은 책상 위의 맹자를 바라보았다.

"하지만 만약 제국이 흔들린다면, 그리하여 난세가 찾아온다면 남궁세가는 지금까지 쌓은 저력으로 무엇을 할 것입니까?"

"살아남는 것에 전력을 다해야겠지."

"만약 난세를 맞은 순간, 남궁세가가 지닌 힘이 '살아남는 것' 이상을 할 수 있는 수준이라면요?"

늘 여유롭던 남궁풍양이 처음으로 눈을 가늘게 떴다.

"후후······."

장평은 자신이 처음으로 남궁풍양의 급소를 찔렀음을 깨달았다.

오직 진실만을 말하는 사내에게, 결코 말하고 싶지 않았던 진실을 말하게 만들었음을.

"정말 난세가 찾아온다면······."

뒤틀린 미소의 남궁풍양은 의미심장한 어조로 말했다.

"······상황에 맞게 행동해야겠지."

"그렇군요."

장평은 맹자를 힐끗 바라보았다.

"그럼 난세가 찾아오지 않도록 만드는 것이 제일 중요하겠군요."

"그래, 그렇지. 그래서 나 또한 불굴신개에게 협력하는 것이라네. 제국의 안녕을 위하여."

장평과 남궁풍양은 서로를 향해 미소를 지었다. 서로가 예상외의 강적임을 깨달은 두 사람이 서로에게 보이는 경고 섞인 존중이었다.

"좌불안석의 안전을 보장했습니다. 직접적으로건 간접적으로건 그녀를 해치지 마십시오."

"좌불안석 개인은 몰라도 협박의 두목은 사라져야 하네. 그 부분은 이제 내 손 밖의 일이니까."

"그 부분은 제가 납득시키지요."

"그렇다면 그녀는 자네 것일세."

남궁풍양은 웃으며 말했다.

"좌불안석은 귀인의 시중을 드는 법에 능숙하네. 자네에게도 '특별한 봉사'를 할 수 있을 걸세."

"장인이 사위에게 할 말이 아니군요."

"그런가? 내가 말실수를 했군."

남궁풍양은 겸연쩍은 미소를 지었다.

"하지만 자네도 너무 몸가짐을 조심할 필요는 없네. 영웅은 호색이라 했는데, 자네 같은 영웅이 삼처사첩을 거느린다 하여 누가 감히 비난하겠는가?"

"여기 있습니다."

장평은 차분한 눈으로 남궁풍양을 바라보았다.

"정혼자와의 신의를 저버리는 이를 누구보다 먼저 비웃을 사람이요."

"명성과는 달리 의외로 소박한 면이 있군."

"사람은 누구나 여러 면을 가지고 있지요."

"비웃는 건 아니었다네. 내 딸이 좋은 사내를 만났음을 기뻐할 뿐이었지."

"그 말이 조롱이라는 것을 모를 정도로 멍청하진 않습

니다."

"그렇게 들었다니 섭섭하군."

남궁풍양은 섭섭한 표정을 지었지만, 장평의 말을 부정하지는 않았다.

그는 잔잔한 미소를 지으며 말했다.

"그럼…… 가서 쉬도록 하게."

"예, 가주님."

"그리고 장평, 잊지 말게."

남궁풍양은 온화한 미소를 지으며 말했다.

"나와 남궁세가는 자네의 적이 아니라는 것을. 이번 상황은 물론, 앞으로도 그러하리란 것을 결코 잊지 말게나."

"기억해 두지요."

예를 표한 장평은 천천히 걸음을 옮겼다.

"후……."

맹렬한 피로감이 몰려왔다. 침상에 누워 죽은 듯이 잠들고 싶었다.

어지간한 사투만큼이나 집중력과 심력을 소비한 대화였다.

'남궁풍양은 강적이다. 내가 지금껏 대해 본 적 없는, 낯설고 난해한 강적.'

하지만 한 가지는 확실했다.

남궁풍양의 목적만은.

'남궁풍양은 그저 가문의 번영을 도모하려 할 뿐이다. 언젠가 난세가 찾아올 때를 대비해서 가능한 한 강력한 가문을 만들 생각이다.'

그러나 장평은 동시에 묻어 두고 있었던 한 가지 사실을 떠올렸다.

'황제 용균은 내년에 죽는다. 그리고 누군지 모르는 말단 황족이 용견이라는 이름으로 다음 제위에 오를 것이다.'

'장평'의 기억 속, 결코 이뤄지지 않길 바라는 불길한 기억.

'황위 계승권을 가진 모든 이들. 이미 피휘 된 이름을 가진 모든 황족이 목숨을 잃기에.'

남궁풍양이 대비하고 있는 난세가 생각보다 빨리 찾아올 수도 있다는 사실을.

回生武士

3장

3장

 피로한 표정의 장평이 돌아왔을 때, 좌불안석은 초조한 표정으로 물었다.
 "어찌 되었나요?"
 "네 안위는 보장받았으나, 네 지위는 보장받지 못했다."
 좌불안석은 허탈한 표정을 지었다.
 "협박의 두목이 되기 위해 스무 해 동안 온갖 굴욕을 참아 왔는데……."
 "싫다면 내 보호를 벗어나 협박의 두목으로 복귀해도 좋다. 그 또한 네 권한이다."
 "살아남을 거예요."

암흑가에서 산전수전 다 겪은 좌불안석은 주저 없이 현실을 받아들였다.

"살다 보면, 또 다른 기회도 생기겠지요."

"그래."

장평은 피곤한 표정으로 말했다.

"남궁세가 안에, 그리고 가능한 한 내 곁에 있는 편이 안전할 것이다. 갈 곳을 정할 때까지 내 시녀로 일해라."

"시녀 이상으로 봉사하고 싶다면요?"

찐득거리고 농밀한 좌불안석의 시선에, 장평은 불쾌한 표정을 지었다.

"처갓집에서 이 말을 대체 몇 번이나 해야 하는지는 모르겠지만, 내겐 정혼자가 있다."

"남궁 소저는 모를 거예요."

"내가 안다."

"하지만……."

장평은 딱 잘라 말했다.

"시녀가 싫다면 떠나도 좋다."

장평의 단호함에 좌불안석은 깔끔하게 포기했다.

"시녀로 일하죠."

"새 이름을 정해라. 시녀로서의 이름을."

"오연이라고 하죠."

"그게 본명인가?"

"가명이에요. 하지만 남궁세가 사람들은 이 이름으로 절 기억하고 있으니까요."

"그래, 알았다. 오연. 네 숙소는 알아서 구하고, 내일 아침 일찍 수발을 들 준비를 해서 찾아와라."

"……예."

떠나가는 오연을 무시한 채, 장평은 방에 돌아가 지친 몸을 침상에 눕혔다.

지금은 자야 할 때였다.

내일도 맞이해야 할 음모들이 있을 테니까.

* * *

사나운 꿈이 장평을 덮쳤다.

남궁풍양과 불굴신개, 북궁산도와 파라, 그리고 신농씨의 탈. 수많은 이들의 얼굴이 그의 주변을 맴돌았다. 모든 얼굴들은 갖가지 표정으로 천변만화하며 일그러졌다.

'불! 모든 것을 불태워야 해!'

그리고 그 모든 것을 뒤덮는 광기에 찬 외침.

피재진인은 피를 토하며 외치고 있었다.

'끝없는 굶주림이 깨어나기 전에!'

그것은…… 악몽이었다.

* * *

"……후."

잠에서 깼을 때, 장평은 두 가지 사실을 느꼈다. 온몸이 땀으로 푹 젖어 있다는 사실과, 늦은 아침이라는 것을.

'불쾌한 아침이다.'

그러나 장평을 가장 불쾌하게 만든 것은 주변을 돌아본 후였다.

"편히 주무셨어요?"

시녀복 차림의 오연이 싱글거리며 장평을 내려다보고 있었기 때문이다.

"세숫물을 떠왔어요."

"……어떻게 여기까지 들어왔지?"

"정말 깊이 주무시고 계시더군요."

오연은 어깨를 으쓱하며 말했다.

"아니면, 남궁세가 안에 고수가 너무 많아서 존재감이 마비되신 것일 수도 있고요."

"그쪽이 더 가능성이 높겠군."

장평은 몸을 일으켰다.

대야 안의 물은 아직 따끈했다. 그가 세수를 마치자, 오연은 마른 수건과 갈아입을 비단옷을 건넸다.

"내 옷은 아닌데."

"남궁세가의 선물이에요."

이 고급진 옷은 기분 나쁠 정도로 몸에 딱 맞았다. 오연이 귀인의 예법에 맞게 옷에 향을 입히기 위한 향낭을 꺼내들자, 장평은 거부했다.

"체취를 일부러 만들 필요는 없겠지."

장평은 아직도 깊이 잠들어 있는 척착호를 바라보았다.

'어제 낮부터 계속 잔 건가?'

그 또한 재주라면 재주였다.

장평은 물었다.

"내가 알아야 할 일이 있나?"

"일단 아침 식사를 하시는 편이 좋겠다는 것 정도?"

탁자 위에는 간소하지만 정갈하게 조반이 차려져 있었다. 죽과 국물 등 빠르게 먹을 수 있는 것들이었다.

장평은 그릇 중 하나를 보고 움찔했다.

"개수백채인가."

오연은 싱글싱글 웃고 있었다.

조헌에 대해 알고 있다는 생색 겸 자신의 정보력을 피력하기 위한 소도구였다.

"뭔가를 잘못 알고 있군."

장평은 무표정한 얼굴로 말했다.

"개수백채를 좋아하는 것은 조헌이지 내가 아니다."

"알고는 있는데, 장 대협이 무슨 요리를 좋아하시는지

에 대한 정보는 딱히 없어서요."

"독을 넣기 힘든 요리."

장평은 간단히 요기를 마쳤다.

그때, 많은 사람들이 한곳으로 향하는 기척이 느껴졌다.

장평은 하늘을 힐끗 보았고, 지금이 진시(辰時)가 끝날 무렵임을 확인했다.

개방이 움직이기 시작한 것이었다.

"척착호가 일어나면 그의 수발을 들어라. 준비가 끝나면 내게 오라고 해라."

"어디로 가시는데요?"

"개방도가 모이는 곳."

그곳은 남궁세가에서 가장 넓은 공터, 연무장(演武場)이었다. 수백 명의 칠결 제자가 지게에 쌀 두세 가마니를 짊어지고 있었고, 연단에는 불굴신개가 서 있었다.

'구휼단의 출진이구나.'

불굴신개는 개방도들을 바라보며 말했다.

"개방의 형제들이여. 알아야 할 것은 이미 지령서로 전달받았으리라 믿는다."

그는 너털웃음을 지었다.

"만약 기억나지 않는다면, 가장 가까운 동료를 따라가면 될 것이다. 그 작자마저도 지령서를 안 읽었다면 어쩔 수 없지만."

개방도들은 낄낄 웃었다.

불굴신개는 웃는 얼굴로 말했다.

"오늘은 참으로 기쁜 날이다. 우리의 도움을 기다리는 사람들이, 생사의 위기에서 온정의 손길을 기다리는 사람들이 무수히 많다. 우리가 행하는 가장 사소한 온정마저도 구명지은이 될 터이니, 이 기회를 놓치는 것은 어리석은 일이겠지."

개방도들은 즐거워하고 있었다.

"와아아아!"

도움이 절실한 이들을 도울 수 있다는 사실에, 저들은 잔칫날처럼 기뻐하고 있었다.

"나는 여기 앉아서 그대들을 턱 끝으로 부려 먹으며 명성과 찬사를 가로챌 생각이다. 그리 생각하니 방주 된 보람이 있구나."

개방도들은 장난 섞인 야유를 퍼부었다.

"우우! 치사하다!"

"방주도 현장 뛰십쇼!"

껄껄 웃던 불굴신개는 한순간 진중한 표정으로 말했다.

"그러나 형제들이여. 너희가 걸어야 할 그 길은 힘든 길이 될 것이다. 굶주린 이들이 자비를 청하고, 궁지에 몰린 이들이 앞을 막아설 것이다. 너희들의 마음은 흔들릴 것이고, 눈앞의 굶주린 사람들을 외면하기 힘들 것이다."

개방도들은 침묵했다.

그들 또한 자신들이 마주칠 일들을 예상할 수 있기 때문이었다.

"그러나 형제들이여. 그대들은 나아가야 한다. 우리가 돕지 않으면 굶주릴 자들을 뿌리치고, 우리가 돕지 않으면 움직이지 못할 자들을 뿌리치고, 우리가 돕지 않으면 아사(餓死)할 자들에게 달려가야만 한다. 배곯는 가족들을 등 뒤에 두고 나선 사람들의 피눈물과 애원을 무시해야만 한다."

"……."

"알량한 방주의 지위를 이용해, 형제들에게 그런 고통을 마주하게 만드는 것을 미리 사죄하겠다. 그러나 동시에, 나는 약조하겠다. 그대들이 마음을 굳게 먹어야만 더 많은 사람을 살릴 수 있으며, 그들을 뿌리치는 것이 결과적으로는 그들도 돕는 일이 될 것임을."

불굴신개의 온화한 얼굴에는 굳은 결의가 실려 있었다.

"마음이 흔들릴 때면 나를 원망해라. 도움이 필요한 사람들을 외면하라는 명을 내린 나의 무정함을 탓해라. 그렇게 해야만 발을 뗄 수 있다면, 몇 번이고 나를 저주해라."

불굴신개는 가슴을 탕 치며 외쳤다.

"협객이 의로운 길을 떠나면!"

개방도들은 그 뒤를 이어 외쳤다.

"그 앞을 막을 것은 무엇도 없노라!"

불굴신개는 더욱더 큰 목소리로 외쳤다.

"의(義)가 아니면 생각지 말고!"

개방도들 또한 목이 터져라 외쳤다.

"협(俠)이 아니면 행하지 말라!"

그 어느 때보다 떳떳한 얼굴을 한 개방도들을 향해, 불굴신개는 외쳤다.

"출발하게, 형제들이여! 보무도 당당히!"

개방의 협객기(俠客旗), 그리고 그 협객기를 꿴 개방의 신물 타구봉(打狗棒)을 높이 치켜들며, 불굴신개는 외쳤다.

"우리만이 도울 수 있는 사람들을 향하여!"

개방도들은 기뻐하고 즐거워하며 제각기 몸을 날렸다.

"끼얏호!"

"아싸!"

땅을 달리고 지붕 위를 달리는 그들의 무리는 축제와도 같으니, 막을 자가 없었다.

"......"

불굴신개는 묘하게 씁쓸한 표정으로 그들의 뒷모습을

바라보고 있었다.

'그는 무슨 생각을 하고 있을까?'

장평은 문득 소통 불능의 자연재해로 취급되는 사내의 속마음이 궁금해졌다.

'저들을 지휘해야 하기에 저들 사이에 끼지 못하는 것을 섭섭해하고 있을까? 아니면 저들보다 더 많은 이들을 보내지 못하는 것을 아쉬워하고 있을까?'

그러나 장평은 이내 생각하는 것을 그만두었다.

'무의미한 일이다.'

무림에서 제일 이해할 수 없는 사내를 이해하려 드는 것은.

그때, 한 사람이 장평을 찾아왔다.

"장 대협."

남궁벽운이었다.

"아버님께서 회의실로 장 대협을 부르셨소."

"나만 부르신 거요?"

"아니오. 구휼의회 전원이요."

장평은 무의식적으로 피재진인을 떠올렸다.

"음……."

이곳에 오기 전에는 예상치 못했지만, 천하에는 불굴신 개보다 더 만나기 싫은 사람이 있었다.

불행한 점은 회의가 열릴 때마다 그의 얼굴을 마주한

채 정신 나간 소리를 들어야 한다는 점이었다.

"알겠소."

장평은 걸음을 옮겼다.

이젠 익숙해진 남궁세가의 회의실을 향해서.

* * *

남궁세가의 회의실.

다시 소집된 오늘의 구휼의회는 어제보다는 침착한 분위기였다.

"다들 알겠지만, 개방의 선봉 구휼단이 방금 출정했소."

불굴신개는 담담히 말했다.

"계획서에도 나와 있지만, 그들은 적색 지대에 진입하여 구휼을 맡을 것이네. 삼인 일조로 나누어, 하나는 구휼 및 긴급 의료 지원을 맡을 것이며 하나는 시체 소각 및 역병 대비를 맡을 것이네. 그리고 마지막 하나는 돌아와 적색 지대의 자세한 정보를 전할 것이네. 우리 개방은 확보된 적색 지대의 정보에 따라 유동적으로 대응할 생각이고."

혼돈대마 파라는 말했다.

"유동적이라면 어떻게요?"

"더 지원하거나 덜 지원하거나. 어느 쪽이건, 적색 지대는 이제 칠결 제자들이 전담할 것이네."

장평은 물었다.

"그럼 다음 행보는 무엇입니까?"

불굴신개는 벽에 걸린 지도를 톡톡 쳤다.

"녹색 지대일세."

"황색 지대가 아니라요?"

녹색 지대는 식량이 부족하긴 해도 생존이 위협받을 정도는 아니었다.

그에 비해 황색 지대는 기아 현상이 벌어지기 시작한 상황. 황색 지대가 더 급했다.

"녹색 지대는 가장 외곽이며, 아직 통제가 유지되고 있는 곳이네. 무장 병력이 아닌 일반 마차나 수레 등으로 식량 배송이 가능하지."

불굴신개는 지도 위에 선을 그었다.

"구휼 작전의 다음 목표는 안전한 식량 수송로를 확보하는 것이네. 무림인에게 등짐을 지워 보내는 황색 지역에 보내는 것보다, 녹색 지대 일부에 길을 뚫어 마차와 수레를 황색 지역까지 보내는 것이 더 효율적이네."

"확실합니까?"

"이 주제로 많은 밤을 새웠네."

불굴신개와 장평의 눈이 마주쳤다.

그는 확신에 찬 눈으로 말했다.

"이게 더 효율적이네. 모든 종류의 변수를 감안하더라도 말이네."

"예상 못 한 변수가 있을 수도 있습니다."

"모든 변수를 검토했네."

불굴신개는 확신에 찬 눈으로 말했다.

"수많은 이들의 생사가 걸린 일이니까."

"알겠습니다."

장평이 고개를 끄덕이자, 불굴신개는 주변을 돌아보았다.

"달리 묻고 싶은 점이 있나?"

그때, 광기에 찬 울부짖음이 들려왔다.

"굶주림! 굶주림을 대비해야 해!"

입가에 침을 질질 흘리는 피재진인은 다급한 어조로 외치고 있었다.

"더 늦추면 안 돼! 늦으면 너무 늦어!"

사람들은 정도는 다르지만 모두 불편한 표정을 지었다.

'과학자'이기도 한 혼돈대마 파라는 대놓고 경멸을 표할 정도였다.

"저 노망난 늙은이는 대체 언제 치울 생각이에요?"

혼돈대마의 가시 돋친 말에, 남궁풍양은 고개를 내저었다.

"피재진인은 후연광 총독이 추천한 사람이 오. 그를 구휼의회에서 배제할 수는 없소."

"그를 내보낼 수 없다면 제가 나가죠."

파라는 입을 열었다.

"어차피 구휼단이 움직이기 시작한 이상, 우리들도 움직여도 되겠죠?"

장평과 파라의 눈이 허공에서 얽혔다.

마교도를 자유롭게 풀어 두는 것을 경계하는 장평과, 자신을 붙들어 둘 능력이 없음을 알고 조롱하는 파라의 시선이.

"할 수 있는 일을 하게. 하고 싶은 일을 하고."

불굴신개의 대답은 예상대로였다.

"하지만 해선 안 될 일을 하진 말게."

엄격한 목소리로 덧붙인 말만이 예상 밖이었다.

"저는, 그리고 우리 마교는 상호 합의된 계약을 깰 정도로 어리석지 않아요."

파라는 장평에게 냉소를 날리고 회의실 밖으로 향했다. 그리고 순진무구한 표정의 북궁산도는 작별의 인사로 장평을 꼭 끌어안았다.

"조만간 또 봐요. 그리고 같이 술 마셔요! 맹물 같은 중원의 술 말고, 우리 동네 술로요!"

순진한 얼굴과 목소리와는 전혀 다른, 파괴적일 정도의

육감적인 살결이 장평을 휘감았다.

"다 좋으니, 적으로 나타나지만 마시오."

장평은 그녀의 등을 두드려 주고는 작별 인사를 했다.

그러자 침묵하고 있던 구명의선 오방곤이 얼굴을 덮은 신농씨 탈 덕분에 더욱더 음침하게 울리는 목소리로 말했다.

"의원단은 준비되었소."

지금 당장 적색 지대부터 투입될지, 아니면 좀 더 기다렸다가 황색 지대에 투입될지를 묻는 것이었다.

"의원단은 대기요. 선봉대의 조사 결과에 따라 움직여 주길 청하겠소."

"알겠소."

논의를 마친 오방곤은 밖으로 걸어 나갔다.

남궁풍양과 불굴신개, 그리고 피재진인은 모두 장평을 바라보고 있었다.

"충고하거나 간섭할 점이 있나?"

"시간이 허락된다면, 방주님과 얘기를 나누고 싶군요."

장평은 예의 바르게 물었다.

"마차와 수레로 이뤄진 이차 구호단의 준비에는 시간이 얼마나 걸릴 것 같으십니까?"

"이차 구호단은 민간인들로 이뤄져 있네. 그들은 남궁세가에서 총괄하고 있지. 나는 칠결 제자들이 복귀할 때까지는 시간이 있으니, 할 얘기가 있다면 지금 하기로 하지."

"간밤을 지새우신 것을 압니다. 조금 뒤 숙소로 찾아갈 테니, 잠깐이라도 휴식을 취하시지요."

"알겠네, 조롱어사."

불굴신개는 그제야 피로한 기색을 드러내며 밖으로 나갔다.

"좌불안석을 정말 시녀로만 쓴 모양이군."

그러자 남궁풍양이 장평을 바라보았다.

"그녀는 재주가 많은 여자인데."

"처갓집에서는 몸가짐을 바로 해야지요."

"그런가?"

남궁풍양은 푸근한 미소를 지었다.

"우리 사위가 막내를 많이 아끼는 것 같아 흡족하기 짝이 없군."

"그녀를 당신의 도구로 여기지 마십시오. 그녀는 한 사람의 성인입니다."

"성인이지. 성인이니, 혼례를 올릴 수 있지."

"가주님께서 절 조종하신 것은 인정하겠습니다. 하지만, 그것은 어디까지나 초전에 불과하다는 점을 잊지 마시길 권하고 싶군요."

장평은 남궁풍양을 똑바로 바라보았다.

"길다면 길고 짧다면 짧은 삶 동안, 저를 자신의 뜻대로 다룰 수 있다고 생각했던 사람을 적잖이 만났지요. 그들 나름대로는 절 휘두를 수 있다고 믿을 만한 합리적인 근거를 가지고 있었고요."

장평은 담담한 표정으로 말했다.

"그리고 그들 중 상당수는 지금 땅 밑에 머물고 있지요."

"경계하지 말게, 사위. 나도, 남궁세가도 자네의 적이 아니라네."

"이 모든 일이 끝난 뒤에 그 말을 들을 수 있다면 몹시 기쁠 것 같군요."

장평의 대답을 들은 남궁풍양은 만족스러운 표정으로 웃었다.

"그럼 내 약속하지. 이 말을 이 모든 일이 끝난 뒤에도 다시 말해 주겠노라고."

그는 껄껄 웃으며 밖으로 나갔다.

"후."

장평은 지친 한숨을 내쉬었다.

구휼의회의 인물들은 방향성은 달라도 강대하고 유능하며 얕볼 수 없는 인물들이었다.

집중력의 소모가 피로로 전해진 것이었다.

장평 또한 조금 쉴 필요가 있었다.

'이 모든 일의 주동자, 불굴신개를 마주해야 하니까.'

그때, 누군가가 장평의 옷소매를 붙들었다.

"……음?"

신경조차 쓰지 않고 있던 피재진인이었다.

별생각 없이 옷소매를 떨쳐 내려는 순간, 그는 간절한 눈빛으로 바라보았다.

"부탁이야. 내 말을 들어 줘."

'과학자'인 마교도들은 주술사인 그를 멸시했고, 뜻을 꺾는 바 없는 불굴신개는 다른 사람의 말에 별 관심이 없었다. 오방곤은 의료 외엔 신경 쓰지 않았고, 남궁풍양은 후연광의 체면을 보아 그냥 세워만 둘 뿐 피재진인의 말을 전혀 듣지 않고 있었다.

"너밖에 없어. 내 말을 들어 줄 사람은 너밖에 없어."

그나마 피재진인의 말에 관심이 있는 것은 장평뿐이었다. 멸시나 무시의 감정이 아예 없는 것은 아니었지만, 그나마 듣기라도 하는 것은 장평뿐이었다.

그렇기에 피재진인은 장평의 옷소매를 붙들고 간청했다.

"제발. 제발 내 말을 진지하게 들어 줘."

"무슨 말을 하려는 거요?"

"대지 밑에 굶주림이 잠들어 있어. 이대로라면 무궁(無窮)한 굶주림이 깨어날 거야. 불. 불을 써야 해. 너무 늦기 전에 해야 해……."

 장평은 피재진인을 바라보았다.

 그의 눈은 두려움에 떨고 있었다.

 장평이나 무림인들이 아닌, '무궁한 굶주림'이 너무 두려워서 발버둥 치고 있었다.

 장평은 그 순간, 피재진인 너머의 후연광을 바라보았다. 백성들을 위해 황제를 들이받은 총독, 후연광을.

 '그 후연광이 아무 이유 없이 미치광이를 보냈을까? 현장에서 일하는 사람들을 귀찮게 하려고?'

 아니었다. 그렇기에 장평은 몸을 굽혀 피재진인과 눈높이를 맞추었다.

 "무얼 그리 두려워하는 거요?"

 "일어날 거야. 그들이…… 곧 일어날 거야."

 피재진인은 그 순간, 눈이 탁 풀리며 그 자리에 무너져 내렸다. 숨통이 막히는지 꺽꺽거리는 모습에, 장평은 다급히 응급조치를 취했다.

 "나는 보았어…… 하늘을 가리고…… 대지를 덮고…… 그들이…… 그들이 모든 것을……."

 피재진인은 입을 벙긋거리며 어떤 단어를 말하려고 애썼다.

 그러나 그의 정신 그 자체가 피재진인을 만류하고 있었다. 감히 입에 담는 것조차도 두렵기 짝이 없기에, 굶주림이라고 에둘러 말해 온 것이었다.

'피재진인은 미쳤다.'

그 순간, 장평은 깨달았다.

'거대한 굶주림이란 것이 너무 두려워서, 미쳐 버렸다.'

그는 헛소리를 하는 것이 아니었다.

헛소리로라도 말하려는 것이었다.

피재진인은 한계를 넘은 공포에 부서진 사람이었고, 그럼에도 불구하고 자신이 겪은 일을 막아 보려고 애쓰는 사람이었다.

"말하시오, 피재진인. 내가 듣고 있소."

알고 있었다. 가혹하기 짝이 없는 행동이라는 것을. 두렵고 두려워 입에 담지도 못하는 무언가를 말하라고 다그치고 있는 것임을.

그러나 장평은 들어야 했다.

"말해 줘야 막을 수 있소. 그래야 잠들어 있는 굶주림을 상대할 수 있소."

"황색……."

피재진인은 덜덜 떨리는 손가락으로 벽에 걸린 지도를 가리켰다. 그의 손가락은 분명 황색 지대를 가리키고 있었다.

"황색 지대에…… 무궁한 굶주림이……."

"그 굶주림이 뭔지 말해 주시오."

"황…… 황……."

그 순간, 심연에서 솟구친 공포가 피재진인의 가늘고 연약한 이성의 끈을 끊어 버렸다.

"끄르르르……."

정신 줄을 놓은 그는 입에 거품이 올라왔고 눈은 뒤집혀 있었다. 온몸이 덜덜 떨리고 눈동자가 계속 희번덕거리는 것이, 깨어난다 하더라도 지금보다도 상태가 안 좋아질 것이 분명했다.

'빌어먹을.'

장평은 다급히 혈도들을 짚어 응급조치를 하고 그를 들쳐 안았다.

다행스럽게도 마침 의원들은 널려 있었다.

"환자! 응급 환자가 있소!"

오방곤은 응급 환자란 외침을 듣자마자 주저 없이 책상 위의 모든 것을 쓸어 버렸다.

"눕혀라."

그는 혈도를 짚고 침을 꽂으며 이런저런 조치를 취했다. 그러나 문외한인 장평이 보아도 뾰족한 수가 없는 것처럼 보였다.

"……."

복잡한 눈으로 피재진인을 내려다보던 그는 차가운 눈으로 장평을 바라보았다.

"너, 무슨 짓을 한 거냐."

"피재진인의 말을 들어 주었을 뿐입니다. 그가 품고 있는 거대한 두려움을 마주하면서까지 하려던 말을요."

"네 주변에선 특이한 환자가 참 많이도 생기는군. 너 자신을 포함해서 말이야."

장평은 물었다.

"상태는 좀 어떻습니까?"

"생명에는 문제가 없다. 영양 부족에 늙은 몸이긴 하지만 건강에도 문제가 없다."

오방곤은 팔짱을 꼈다.

"하지만 뇌에는, 문제가 있다."

"심마(心魔)입니까?"

"비슷하지만 더 깊고 더 심하다. 정신이 부서졌다."

"고칠 수 있겠습니까?"

"모른다. 일어나서 진단해 봐야 안다."

"그럼 일어날 수는 있겠습니까?"

"그것도 확신할 수 없다."

"……그렇군요."

장평이 후회한 것은 피재진인을 너무 몰아붙였다는 것이 아니었다.

'어떻게든 들었어야 했다.'

그 반대. 좀 더 거칠게 밀어붙여서 답을 얻어 내지 못했다는 점이었다.

'부서지는 한이 있더라도 답을 들어 주는 것이 피재진인이 바라는 일이었을 터인데.'

입안이 씁쓸했다.

이렇게 된 이상, 피재진인이 남긴 의문의 답은 다른 사람들에게 들을 수밖에 없었다.

"오 의원님."

장평은 무림에서 가장 나이가 많고 견문이 밝은 노강호에게 물었다.

"그는 '거대하고 무궁한 굶주림'에 대해 말하더군요. 짐작이 가시는 바가 있습니까?"

"굶주림이 흘러넘치는 이 땅에서 굶주림을 찾나?"

오방곤은 냉소했다.

"짐작이 가는 바가 너무 많아서 대답을 못 하겠다."

"……그렇군요."

장평은 피재진인을 잠시 바라보다 말했다.

"그를 잘 돌봐 주십시오."

"불필요한 말이다."

장평은 걸음을 옮겼고, 오방곤은 그의 뒷모습에 눈길조차 주지 않았다.

"환자를 돌보는 것이 의원의 일이니까."

장평은 자신의 숙소로 들어갔다.

여전히 잠들어 있는 척착호를 무시한 채, 장평은 오연을 바라보았다.

"안휘성 총독 후연광 주변에 심어 둔 사람이 있나?"

순간 움찔한 오연은 고개를 끄덕였다.

"……있어요."

"후연광에게 내 편지를 전할 수 있나?"

"있어요."

하오문의 두목은 참으로 유용했다.

전직이라는 점이 아쉬울 정도로.

"서신을 쓰겠다. 후연광에게 전해라. 그리고 네 정보망을 동원하여 후연광과 피재진인에 대해 조사해라."

"몰래요? 아니면 공식적으로?"

"서신은 공식적으로, 조사는 비공식적으로."

"'좌불안석'이 아닌 '오연'으로서 부릴 수 있는 인력은 한정되어 있어요. 그 지시를 따를 수는 있지만, 이 일을 맡으면 다른 일을 할 수 없어요."

오연은 차분한 목소리로 물었다.

"그럴 가치가 있나요?"

"있다."

장평은 서신을 썼다. 오조룡패의 직인을 찍은 공식적인 명령서였다. 피재진인을 보낸 이유를 묻는 질의서와, 이번 기근 및 대응에 대한 모든 공식 서류의 사본을 보내라는 명령서.

"상당히 크게 판을 키우시는군요."

오연은 눈을 가늘게 떴다. 그녀가 예상했던 것보다 훨씬 더 일을 크게 키우는 것이기 때문이었다.

"미친 사람의 미친 말에 이 정도의 가치가 있을까요?"

"있다. 아무도 그 미치광이가 두려워하는 것이 무엇인지 알지 못하니까."

장평은 단호히 말했다.

"알아야 한다. 최악의 순간에, 최악의 적을 마주하지 않기 위해서라도 대비해야만 한다."

"무엇을요?"

장평은 떠올렸다.

두려움이 깃든 피재진인의 눈빛을.

"미친 사람조차 차마 입에 담지도 못한 재앙을."

* * *

불굴신개는 침상에 누워 눈을 감고 있었다. 지치고 피로한 기색이 역력한 그는 한숨을 푹 내쉬고 말했다.

"들어오게나, 조롱어사."

그의 말이 끝나자 장평이 문을 열고 들어왔다. 불굴신개는 피로한 얼굴로 탁자에 앉았다.

장평 또한 심력을 크게 쏟아 피로한 기색이었다. 그는 정중히 차를 권하며 말했다.

"피로해 보이는데, 무슨 일이 있었나?"

"무림의 후배로 편히 대해 주십시오. 어쩌다 보니 황명을 받았을 뿐, 저 또한 한 사람의 무림인에 불과합니다."

"그럼 편히 대하도록 하지."

불굴신개는 의자에 몸을 맡기며 편한 자세를 취했다.

"파사현성 장평의 드높은 명성은 익히 들었네. 교활함과 지모에 대한 찬탄도."

"무림은 과장이 심한 곳이지요."

"과장을 걷어 낸 진실만 놓고 보더라도 말일세."

불굴신개는 소탈한 태도로 말했다.

"묻고 싶은 것이 있겠지. 질문이건 심문이건 말해 보게. 나는 숨길 것이 아무것도 없으니까."

남궁풍양의 외교적인 화법과는 또 다른, 정말 흉금을 트고 진심을 말하는 대협객으로서의 풍모.

장평은 자신도 모르게 압박감과 당혹감을 느꼈다.

그가 만난 적 없는 이질적인 존재였으니까.

"어째서 구휼에 나서게 되신 겁니까?"

"안휘성 백성들이 굶주리고 있다는 점을 제외하고?"

"예."

장평이 갖고 있는 의문은 그것이었다.

'장평'의 시대에도 안휘성에는 기근이 있었을 것이다. 그저 눈앞의 일에만 급급했던 밑바닥 낭인인 그가 굳이 관심을 가지지 않았을 뿐이지.

그러나 지금처럼 개방이 개입했다면 '장평'이라 해도 풍문 정도는 들었으리라.

뭔가가 바뀌었다.

그리고 장평은 뭐가 바뀌었는지 말해 줄 수 있는 사람 앞에 앉아 있었다.

"후연광 총독이 비공식적으로 요청해 왔네. 제국의 수송 체계에 한계가 왔다더군. 다음 해부터는 구휼이 재개될 수 있는데, 올해는 구휼이 불가능하다고."

"그렇다고 바로 정하실 수 있는 일은 아니었을 텐데요."

장평이 말한 것은, '그 외에 벌어진 일'에 대해 알아내기 위함이었다. 후연광은 '장평'의 때에도 개방에 요청했을 것이다.

'전생과는 다른 무언가가 있다.'

'장평'의 때에는 움직이지 않았던 개방이 지금은 움직이고 있는 이유가.

"후연광은 남궁세가에도 연락을 했더군. 남궁 가주도 연락을 보냈네. 구휼 작업을 벌일 생각이 있다면 협력하겠다고. 하지만 그때까지는 협객기를 들 생각은 없었네."

"어째서요?"

"무림인으로서 마교를 막아야 하니까."

무림맹의 첩보망은 아직 재건 중이었고, 그 자리를 야금야금 챙긴 하오문은 의뭉스러웠다.

결국 개방밖에 없었다.

마교를 막을 수 있는 것은.

"그러나 정작 그 마교도가 날 찾아와서 묻더군. 자신들을 경계하지 않으면 안휘성의 수백만 명을 구휼할 수 있지 않냐는 질문을. 이제는 얼마 남지도 않은 마교를 대비하는 것에 그만한 가치가 있냐는 질문을 말일세."

"혼돈대마였습니까?"

"그래."

"협상하신 겁니까?"

"그렇네."

하루 동안 국경선의 감시망을 열어 주는 대신, 구휼하는 기간 동안의 평화협정을 약속한 것이었다.

그것도 구휼에 협조하는 조건으로.

"어떤 대마두가 무림에 들어오건, 수백만 명을 죽이지는 못하겠지. 그러나 마교와 평화협정을 맺으면 개방의 여력으로 수백만 명의 양민들을 구휼할 수 있고."

"방주님께서는 한 사람의 훈련된 대마두가 무슨 일을 할 수 있는지 모르십니다."

"아네. 마교의 위험함은 잘 알고 있네."

불굴신개는 쓴웃음을 지었다.

"자네가 잊었는지는 모르지만, 나는 혈조대마 시대의 사람이라네. 그가 중원에 야금야금 첩보망을 넓혀 가는 동안 패배와 굴욕만을 반복해 왔던."

"혈조대마라."

장평은 쓴웃음을 지었다.

"더 들을 일이 없을 거라고 생각했던 이름을 듣게 되는군요."

"혈조대마와 그의 첩보망이 살아 있다면 마교와의 거래 따위는 있을 수 없는 일이겠지. 오히려 이 기근 사태를 이용하기 위해 움직일 그를 막기 위해 골머리를 싸매고 있었겠지."

"하지만 이제 혈조대마는 없죠."

"그래. 그의 악명 높은 첩보망도, 그리고 후임자인 혼돈대마도 무림의 젊은 영웅에 의해 모두 고배를 마셨지."

장평은 상황을 납득했다.

'장평'의 시대와는 달리 혈조대마는 죽었다. 그리고 그가 구축한 첩보망도 후임자들의 실패로 와해되었다.

'결국은 나로 인해 일어난 변화로군.'

마교가 중원 내부에 가진 영향력이 줄어들었다는 말은, 개방의 압박이 감소했다는 말이기도 했다.

'혈조대마라는 족쇄가 풀렸으니까.'

의심이 풀린 장평은 불굴신개를 바라보았다.

"구휼을 결정하신 점은 납득했습니다. 하지만 굳이 나서서 구휼을 하실 필요는 없었습니다."

"이 구휼로 인해 벌어질 일들을 감안하면 말인가?"

"예."

장평은 담담히 말했다.

"모든 이들이 방주님과 같지는 않으니까요."

"나라고 그걸 모르겠는가?"

불굴신개는 피곤한 미소를 지었다.

"아네. 내 등 뒤에서 서로의 계산과 책략이 오가고 있다는 사실 정도는. 남궁세가의 탐욕도, 마교의 음모도, 그리고 내 행동이 일으킨 파문에 올라탈 수많은 이들도."

"……."

"운이 좋다면 제국과 내가 감당할 수 있는 일들이 일어나겠지. 운이 나쁘다면 제국과 내가 감당할 수 없는 일이 일어나겠고."

"그걸 알고 계신다면."

장평은 정말 묻고 싶었던 질문을 꺼냈다.

"대체 왜 구휼을 하시는 겁니까?"

불굴신개는 대답 대신 쓸쓸한 미소를 지었다.

"장평, 자네는 병사(病死)한 사람을 본 적 있는가?"

"있습니다."

"조헌은 병사라기보다는 노환에 가깝지."

"그 기준이라면, 없군요."

"그렇겠지. 자네 주변의 사람들은 대개 무림인들이니 싸우다 죽는 일이 대부분일 걸세. 창칼과 암기, 독 따위에 죽는 일이."

불굴신개는 조용히 말했다.

"모두 나쁘지 않은 죽음이지."

"어떤 의미에서 말입니까?"

"짧고 고통 없는 죽음이니까."

불굴신개는 갑자기 화제를 돌렸다.

"자네는 거지에게 동냥을 준 적이 있나?"

"정보료라면 제공한 적 있습니다."

"없군."

"……예."

장평이 난감한 표정으로 답하자, 불굴신개는 미소를 지었다.

"아니. 자넬 탓하는 것은 아닐세. 원래 거지란 것이 그래. 열의 아홉은 무시하고 지나치고, 시선이라도 주는 것은 열 명 중 하나일세. 그리고 그 거지를 본 사람들 중에서 남을 도울 여력과 도량을 가진 사람은 열 명 중 하나 정도일세. 숫자로 세어보면 백 명 중 하나 정도만이 동냥을 주는 셈이지."

"그렇군요."

"하지만 백 명 중에 한 사람은 온정의 손길을 내밀지. 쉰밥에 먹다 남은 반찬이나, 녹슨 동전 한 닢에 불과하더라도 동냥 그릇에 무언가를 넣어 준다네."

장평은 순간적으로 대화의 맥을 놓쳤다.

'무슨 소리를 하려는 거지?'

불굴신개는 미소를 지으며 말했다.

"쉰밥인 게 중요한 것이 아닐세. 먹다 남은 것이라 무례한 것이 아닐세. 국수 한 그릇 못 사 먹는 동전 한 닢인 게 중요한 것이 아닐세. 중요한 건 받았다는 걸세. 며칠이나 굶주린 거지에게 첫 끼니가 되고, 굶주려 눈앞까지 침침하던 거지에게 삶을 선물해 주는 것이라네."

"……."

"그건 정말 고귀한 행동이자 크나큰 은혜지. 수십 년을 살고 갖가지 경험을 해도 평생 그 순간을 잊지 못할 정도로."

장평은 깨달았다.

"불굴신개께서 겪으신 일입니까?"

"그래, 그렇네. 그리고 거의 모든 개방도들이 겪은 일이기도 하지."

그는 따뜻한 미소를 지었다.

"거지란 존재는 타인의 온정이 없으면 존재할 수 없는

이들이라네. 누군가가 은혜를 베풀었기에 삶을 이어 가고, 비천한 삶이나마 이어 가 삶을 바꿀 기회를 얻게 되지. 그래서 우리 개방도들은 바르고 의롭게 살기를 원하는 거라네. 누군가의 고귀한 온정 덕분에 선물 받은 이 목숨을 불의하고 추악하게 살아가는 것은 용납할 수가 없어서."

물론 개방도 무림의 일원.

어려서부터 무인이나 첩보원으로 육성시키는 이들이 없는 것은 아니었다.

하지만 매우 희귀한 그런 경우를 제외하면, 개방도는 거의 모두 거리를 떠돌던 거지 출신이었다.

"그리고 늘 잊지 않는다네. 우리가 굶어 죽지 않은 건 누군가의 온정 덕분이라는 사실을."

그 순간, 불굴신개의 눈빛이 착잡한 빛을 띠었다.

"하늘은 무정하고 세상은 이치대로 돌아가지 않네. 강자존의 무림은 더더욱 그렇지. 많은 이들이 제각기 다른 방식으로 죽어 가네. 의로운 무인이 악인보다 약하다는 이유로 죽고, 드넓은 중원에서는 불치병으로 죽어 가는 환자도 일상에 가깝지. 모든 죽음은 그럴 만한 이유가 있다네. 칼에 맞았으니 죽고, 병에 걸렸으니 죽고, 늙었으니 죽고. 사람들이 그 죽음을 납득할 수 있건 없건 간에 받아들여야만 하지. 어쩔 수 없는 일이니까. 하지만……."

빠득.

불굴신개의 눈이 강렬한 빛을 띠었다. 그의 목소리에 열기가 실리기 시작했다.

"굶어 죽는 건…… 아니야."

불굴신개는 이곳이 아닌, 안휘성의 적색 지대를 바라보고 있었다.

앙상하게 마른 몸에, 배만 볼록 튀어나온 산송장들을. 뼈만 남았음에도 살아 보겠다고 울고 있는 아기와, 아기에게 줄 젖조차 나오지 않아 말라붙은 눈물샘으로 피눈물을 흘리는 부모들을.

"사람의 목숨은 생각보다 질기지. 아무것도 먹지 못해도 열흘은 버티고, 물이라도 마실 수 있다면 한 달도 버티네. 그럼에도 굶어 죽는 사람은 굶었기 때문에 죽는 것이 아니야. 열흘 혹은 한 달 동안 그 누구에게도 도움을 받지 못했기 때문에 죽는 거지."

불굴신개의 목소리가 이글거리며 타오르기 시작했다.

"굶주려 본 나이기에, 다른 사람의 온정으로 살아남은 우리이기에 말할 수 있다네."

쾅!

격분한 불굴신개가 책상을 후려치자, 주먹만 한 크기의 목재가 책상에서 도려졌다.

"이 세상에 굶어 죽어 마땅한 사람은 없어!"

격노한 불굴신개의 말은 불길을 토해 내듯 격렬하고 뜨거웠다.

"매일 논과 밭을 갈던 이들이 무슨 죄를 지었기에 굶주려야 하나? 누구도 속이고 해친 적 없는 이들이 왜 처자가 굶주려 죽어 가는 모습을 보아야 하나? 변덕스러운 하늘이 비를 주지 않아서? 계절에 걸맞지 않게 추운 바람이나 더운 바람을 보내서?"

장평이 단 한 번도 마주쳐 본 적 없는 격렬한 감정이었다. 정당한 의분(義憤)이요, 불순물 없이 타오르는 선의였다.

"무고한 사람에게 고통을 주는 것이 하늘의 뜻이며 천명이라면, 그에 항거하는 것이 사람의 도리이며 협의일 터. 불민하고 아둔한 내가 분수에 맞지 않게 개방의 방주 자리에 앉은 것은 지금 이 순간을 위해서일 것일세. 지금 여기서 타구봉과 협객기를 치켜들기 위해서!"

불굴신개는 창밖을 바라보았다.

안휘성의 북부, 굶주림에 무너져 가는 이들로 가득한 산과 들을.

"우린 굶주린 이들에게 필요한 도움을 줄 걸세. 보잘것없는 거지들이 굶주렸을 때, 상냥함을 베푼 선의들에 보은하기 위해서라도."

그리고 보은의 기회에 기뻐하며 내달리는 개방도들의

등을.

"자네도 나를, 우리들을 이용하려면 이용하게. 훗날 무슨 일이 닥치건 그 또한 우리가 감당해야 할 몫이겠지. 그저, 이 구휼을 방해하지만 말게."

평온함을 되찾은 불굴신개는 장평을 바라보았다.

"어차피 그 누구도 우릴 막을 수 없을 테니까."

긴 침묵이 있었다.

생각에 잠긴 장평은 말하지 않았고, 불굴신개는 장평의 대답을 기다렸기에 빚어진 정적이.

영원과도 같은 긴 침묵이 끝나자, 장평은 쓴웃음을 지었다.

"많은 이들이 방주님을 자연재해처럼 대하라고 말하더군요. 한번 뜻을 정하면 마음을 바꾸는 일이 없는 사람이라고요."

"틀린 말은 아니로군."

너털웃음을 짓는 불굴신개를 향해 장평은 차분히 말했다.

"틀린 말입니다."

"어떤 면에서?"

"방주님은 무슨 일이 있어도 뜻을 꺾지 않겠다고 정하셨을 때 행동하시는 거니까요."

불굴신개는 고개를 갸웃거렸다.

"……별 차이 없는 것 같은데?"

"다릅니다. 아주 많이."

장평은 정중히 예를 표했다.

"적어도 의심 많은 한 사람이 진심으로 누군가를 존경하게 만들 만큼은요."

"응? 어…… 고맙…… 네?"

불굴신개는 어정쩡한 태도로 말했다.

예상치 못한 것일까?

아니. 기대조차 하지 않은 것이리라.

자신의 뜻을 누군가가 이해하리라는 것을.

이용당하고 악용당할 준비는 되어 있어도, 누군가가 자신에게 경도(傾倒)되리라는 기대는 품지 않았던 것이리라.

특히 그 대상이 냉철함으로 명성 높은 장평이었기에.

가슴속에 불꽃 같은 협의를 품고 있다 해도, 그 또한 풍진강호에 익숙한 노강호이기에.

장평의 이런 반응은 예상치도 못했던 것이리라.

당연한 일이었다.

장평 본인조차 예상치 못한 일이었으니까.

"그리고 제가 할 일 또한 분명해진 것 같습니다."

"그게 무엇인가?"

"개방을 막을 생각은 없습니다. 자연재해에 휩쓸리는

것은 어리석은 짓이니까요."

"그럼?"

"제가 잘하는 일은 사람을 대하는 일이니, 저는 결국 사람을 상대할 수 밖에요."

장평은 잔잔한 미소를 지으며 말했다.

"상황에 따라 기회를 잡는 법을 아는 이들 중 선을 넘는 자들. 저는 그들을 막아설 것입니다. 방주님이 막을 수 없는 사람이라면, 저는 뚫리지 않는 사람이 되어 드리겠습니다."

"내가 뭘 어떻게 도와주면 되겠나?"

"누가 감히 개방을 막겠습니까? 이미 뜻하신 바가 있으시다면 나아가십시오. 멈추지도, 길을 바꾸지도 말고 해야 할 일을 하십시오."

장평은 비릿한 미소를 지었다.

"저도 제 자리에서 제가 해야만 하는 일을 할 테니까요."

* * *

장평이 불굴신개의 방을 나왔을 때, 처음으로 느낀 것은 기분 좋은 청량감이었다.

'불꽃 같은 열량이었다.'

장평이 만난 이들 중 가장 매력적인 인물은 의심의 여지 없이 용태계였다. 그는 친근하고 소탈했으며, 좋아할 수밖에 없는 인물이었다.

모든 이들의 가능성을 따뜻한 눈으로 바라보는 특유의 세계관과, 그로 인해 생기는 친근한 존재감을 제외하더라도.

그러나 용태계는 굳이 말하자면 친절하고 상냥한 사람이지, 뭔가를 제시하거나 강요하는 사람은 아니었다.

그리고 불굴신개는 정확히 그 반대였다.

그의 고결함은 어둠 속의 불꽃이었고, 그 강렬함은 타오르는 불길 같았다.

〈진실을 말하고 진심을 전한다.〉

본디 술수와 수작에 능한 음지의 사람인 장평으로서는 처음 겪는 열량이었다.

장평이 가슴 한편에 늘 품고 있던 냉혹함도, 교활함과 음험함도 모두 불태워 정화하는 듯한 강렬한 협의의 불길.

그리고 그 불길을 마주한 장평은 기분이 좋았다.

'나는 협객이 아니다.'

협객이 될 수도, 될 필요도 없었다.

대협객이자 개방 방주인 불굴신개만이 이 구휼을 행할 수 있듯이, 장평에겐 장평만이 할 수 있는 일이 있었다.

'협의 따위를 위해 뭔가를 양보하거나 희생할 수도 없는 입장이다.'

오직 그만이 할 수 있기에, 그가 해야만 하는 일이.

그러나 장평은 생각했다.

'그렇지만 내 일에서 벗어나지 않는 한 불굴신개에게 도움을 줄 수 있지 않을까?'

해야만 하는 일들을 한다. 필요한 일을 한다. 그럼에도 불구하고 남는 무언가가 있다면, 저 강렬한 선의에 약간의 도움이라도 줄 수 있지 않을까.

'그래. 협객이 아닌 나라 해도 그 정도는 가능하겠지. 대협객이 일으킨 협의의 불길에, 불쏘시개 정도는 던져 줄 수 있겠지.'

장평 자신은 몰랐으리라. 그가 자신도 모르게 편안하고 훈훈한 미소를 짓고 있음을.

그러나 다음 순간.

'백면야차는 죽어야 한다.'

훈훈한 미소는 평소의 냉철함으로 변했다.

순간적으로 느슨해졌던 장평의 사고 구조는 신속하게 평소의 견고함을 되찾았다.

장평은 기묘한 이질감을 느꼈다.

'백면야차?'

백면야차는 불구대천의 원수. 결코 잊지말고 늘 대비해

야만 하는 필생의 대적이었다.

하지만…….

'내가 왜 지금 백면야차를 떠올렸지? 나는 그저 불굴신개와 구휼에 대해 생각하고 있을 뿐이었는데.'

장평은 혼란스러움을 느꼈다.

그러나 그것도 잠시.

'내가 늘 백면야차에 대해 생각하고 있어서겠지.'

생각해 보면 이상한 일은 아니었다. 장평은 언제 어디서건 백면야차에 대해 경계하고 대비했으니까.

혼란이 가라앉았다.

그러나 앙금은 남았다.

논리나 문장이 되기에는 너무 작은 한 조각의 불길함이 그의 머리를 스쳤다.

'백면야차를 생각하고 있는 동안에는…….'

백면야차에 대한 증오심은 늘 그의 길잡이가 되어 주었다.

미혹에 빠져 마음이 흔들릴 때, 궁지에 몰려 마음이 꺾일 때마다 백면야차를 떠올리면 그의 혼란은 가라앉고 의지는 확고해졌다.

'……잡념들이 모두 사라지곤 했다.'

유용했다. 효율적이었다. 그렇기에 장평은 아무런 의심 없이 백면야차에 대한 증오심을 사용해 왔다.

3장 〈197〉

'만약, 만약에…… 백면야차에 대한 결의가…….'

형언(形言)하기엔 너무나도 모호한 불안감이 피어오르는 순간, 장평의 머릿속은 다시 한번 확고한 결의로 가득 찼다.

'백면야차는 죽어야 한다.'

확고한 결의로 가득한 정신에, 모호한 불안감 따위가 머물 자리는 없었다.

해야 할 일을 하는 것뿐인데, 그 무엇을 불안해한단 말인가?

'내가 대체 뭘 불안해한 건지 모르겠군.'

차분함을 되찾은 장평은 밤하늘을 바라보았다.

'어쨌건 백면야차는 죽어야 하는데.'

* * *

그 이후 며칠간, 조용한 나날들이 이어졌다.

그러나 그 조용함은 아무 일 없는 평온함이 아니었다. 팽팽한 긴장감 속의 초조한 기다림이었다.

그리고 개방도 하나가 그 조용함을 깨트렸다.

"적색 지대에 파견했던 선봉 구휼대가 복귀했습니다. 그들의 보고서 사본입니다."

"고맙소."

보고서에 적힌 투박한 문장들에서는 비통함과 피눈물, 그리고 생사가 오가는 긴급함과 시취(屍臭)가 진하게 풍겨 왔다.

장평은 씁쓸한 기분으로 녹색 지대의 보고서를 집었다.

〈외부와의 접촉이 용이한 녹색 지대는 기아 상황까지 가지는 않은 것으로 보였다. 그 덕분에 아직 울부짖을 기력이 남은 그들은 우리와 우리가 짊어진 식량을 보며 자비를 호소했다. 그 사람들을 외면하는 것은 참으로 괴로운 일이었다.〉

녹색 지대의 보고서는 한탄의 냄새가 났다.

협객기와 함께하는 개방도들이, 그래야 한다 해도 굶주린 약자들의 고통을 외면했음을 괴로워하는 탄식의 냄새가.

그러나 황색 지대에 대한 보고서는 분위기가 전혀 달랐다.

〈황색 지대는 완연한 기아 상황이었다. 굶주림으로 인해 대부분의 사람들이 쓰러졌고, 아직 움직일 수 있는 사람들은 악에 받쳐 무장 집단을 이루기 시작했다. 황색 지대 사람들의 과격함과, 그 과격함을 배가시키는 절실함의 악순환이 매우 염려된다. 지휘부 차원에서의 대처가 필요할 것으로 보인다.〉

녹색 지대의 보고서가 협객으로서의 고뇌를 다루었다

면, 황색 지대의 보고서는 무림인으로서의 불안함과 경고를 전하고 있었다.

장평은 본능적으로 직감했다.

'이 구휼 작전에서 내가 맡을 몫이 생긴다면, 황색 지대에서 벌어지는 일이겠구나.'

그렇기에 장평은 황색 지대에 대한 보고서를 다시 한번 읽어 보았다.

지키는 이 없이 허술한 화약고를 바라보는 기분으로.

'무장 집단이라.'

무장 집단이 형성되는 것 자체도 경계해야 하는 상황인데다가, 피재진인이 경고하던 '굶주림'이 잠든 지역이기 때문이기도 했다.

'무장 집단이 생겨나도 이상하지 않긴 하지.'

사실, 대기근이 벌어지면 사람들은 집과 땅을 버리고 다른 곳으로 떠나곤 했다.

운이 좋은 이들은 마침 일손이 부족하던 촌락이나 미개척된 빈 땅에 정착했으나, 대부분의 피난민은 눈에 보이는 모든 이들과 싸우며 식량과 땅을 빼앗는 폭도가 되곤 했다.

흔히 있는 일이었다.

지금처럼 가만히 주저앉아 기근을 견디는 것이 더 특이한 일이었다.

'구휼 덕분이겠지.'

행운인지 불운인지 안휘성의 목민관들은 명관이었고, 제국 또한 구휼에 적극적이었다.

그 때문에 백성들은 떠나는 대신 버텨 보기로 한 것이었다.

'역설적이구나. 많은 이들의 책임감과 선의가 백성들을 기근 안에 묶어 놓았다는 것이.'

하지만 냉정하게 말하자면, 지금의 상황은 그 관원들이 만든 것이기도 했다.

대규모 구휼을 성공시키지 못하면 수백만의 백성들이 앉은 자리에서 굶어 죽게 만드는 상황을.

'황색 지대 사람들은 폭도가 될 조건을 모두 갖추었다.'

녹색 지대 사람들은 버틸 만했고, 적색 지대는 아예 생존조차 힘들었다.

그러나 적당히 굶주리고 적당히 절박한 황색 지대 사람들은 남은 힘을 긁어모아 폭도가 될 수 있었다.

'구휼 순위에서 밀려났다는 사실 또한 그들을 자극할 것이고.'

긴급함은 적색 지대에 밀리고, 효율성에서는 녹색 지대에 밀린다.

구휼 우선순위에서 벗어나 있음을 알게 된다면, 그들의 대응은 진정시킬 도리조차 없을 정도로 격렬해지리라.

배신감은 명분이, 굶주림은 핑계가 되어, 그들의 증오와 폭력을 정당화하리라.

그야말로 명약관화(明若觀火). 화약고로 날아가는 불씨를 보는 기분이었다.

결국은 시간문제였다.

'녹색 지대의 구휼 통로가 늦지 않게 뚫려야 할 텐데. 너무 늦기 전에 최소한의 구휼이라도 황색 지대에 닿을 수 있도록.'

장평은 최악의 상황이 벌어지지 않기를 빌었다. 황색 지대 사람들이 폭도가 되기 전에 구휼이 도착하기를, 그리하여 논과 밭을 가는 도구들을 사람에게 겨누는 일이 없기를.

그리고 무엇보다도……

'무림인들이 나서지 않아도 되도록.'

남궁세가 사람들은 정파인. 무장해 봤자 무공을 모르는 민간인들을 해치는 것이 달가울 리 없는 데다가…….

'저 고결한 개방도들의 손에 민간인들의 피를 묻히지 않기 위해서라도.'

도와야 하는 무고한 사람들, 굶주린 민초들과의 교전은 개방의 협객들에겐 마음이 부서지는 악몽 같은 기억이 될 것이기에.

장평은 착잡한 기분으로 황색 지대 보고서를 덮었다.

남은 것은 적색 지역이었다.

장평은 보고서를 펼쳤다.

〈적색 지대에는 아사자가 속출하고 있었다. 팔다리는 바싹 마르고 배만 불룩 튀어나온 자들. 손가락 하나 움직일 기력도 없는 생존자들은 신음 소리로 우리들과 우리들의 식량을 반겼다.〉

장평은 그 참상을 떠올려 보았다.

천 리를 마다하지 않고 달려온 개방도들이 아사자들을 마주했을 때 느꼈을 좌절감과 죄책감을.

〈현재 우리는 지침서에 의거해 모든 생존자들을 구휼 중이며, 마교가 제공한 새로운 수원에서 신선한 물을 공급하고 있다. 사망자들은 유족의 동의하에 모두 소각 처리했다.〉

그리고 아직 살아 있는 자들에게 품었을 책임감을.

〈생존자들의 소화 능력 회복 기간을 감안하여 식량 소모량을 계산해 본 결과, 사전에 예정된 기간까지 구휼을 유지할 수 있음을 확신한다. 우리는 이들의 곁에서 계획을 수행하겠다.〉

장평은 보고서의 마지막 문장을 손끝으로 훑었다.

"부디, 구휼 물자가 소진되기 전에 후속 조치가 이어지길 바랄 뿐이다……."

오만가지 감정이 착잡하게 뒤엉킨, 개방도들의 간절한

요청을.

"후……."

장평이 무거운 마음으로 보고서의 글귀들을 다시금 훑어 내려가는 사이, 소리 없이 문이 열렸다.

장평은 눈길을 서류에 둔 채 물었다.

"공문은 보냈나?"

전직 협박의 두목, 현직 장평 담당 시녀 오연은 고개를 끄덕였다.

"예. 공식 경로로 전달했어요."

"답변은?"

"오조룡패가 무섭긴 무서운 모양이더군요."

오연은 꽤나 두꺼운 공문서 봉투를 내밀었다.

"파발마를 통해서 바로 답변서를 보낸 걸 보면요."

"무서워해야 정상이지. 생사여탈이 내 뜻에 달려 있으니."

공문서 봉투의 밀봉을 뜯으며, 장평은 물었다.

"총독의 뒷조사는?"

"생각보다 빠르게 끝날 것 같아요. 이런 말 하긴 뭐하지만, 한 성의 총독씩이나 되는 고관 주제에 청백리라서요."

"그런가."

밀봉을 뜯은 장평은 보고서를 읽어 내려갔다.

솔직하고 직설적인 개방의 보고서와는 달리, 공문서는

관원들 특유의 애매모호한 화법과 두루뭉술한 묘사들로 가득했다.

그러나 후연광의 보고서는 달랐다. 여러모로 체념한 것인지 솔직하고 직설적인 답변이 들어 있었다.

〈목민관들은 내가 끌고 갔다. 황제의 체면을 깎은 불경죄는 내 선에서 끝내 달라.〉

〈무림인들을 움직인 것은 오직 백성들의 생존을 위함이었다. 내 독단이니 반역죄를 묻겠다면 내게만 물어 달라.〉

장평은 쓴웃음을 지었다.

'온통 남 걱정뿐이군.'

후연광은 좋은 사람이고, 좋은 신하였다.

대기근은 끔찍한 불행이지만, 그 대기근이 그의 관할에서 일어난 것은 제국으로서는 불행 중 다행이었다.

관직이 아니라 목숨까지 내놓은 후연광이 이 정도라면, 보신에 급급한 다른 신하들이 만들었을 인재(人災)는 얼마나 거대했을까?

황제의 위엄을 깎은 고관으로서, 후연광이 맞이할 결말이 안타까워질 정도였다.

그리고 장평이 제일 알고 싶었던 정보는 대수롭지 않은 듯이 적혀 있었다.

〈재야의 학자 백홍수는 다종다양한 많은 재해를 연구

해 왔다. 그의 지식과 경험을 활용할 수 있도록 무림인들에게 파견했다.〉

백홍수. 아마 피재진인의 본명이리라.

〈그가 주장하기로는, 이번 가뭄을 버티는 것보다 더 위험한 것이 있다고 하였다. 가뭄이 끝났을 때 벌어질 재앙에 대비해야 한다고 말했다. 조사 결과, 안휘성 북부의 휴경지(休耕地)는 최적의 조건을 갖췄다고 했다.〉

장평은 착 가라앉은 눈으로 마지막 구절을 읽었다.

〈변이한 메뚜기 떼, 황충(蝗蟲)이 창궐할 최적의 조건을.〉

황충.

장평은 그제야 깨달았다.

〈황…… 황…….〉

혼절하기 직전, 피재진인이 두려움에 떨면서도 남기려 했던 마지막 대답을.

"그는 경고하려 했었군."

장평은 침중한 표정으로 말했다.

"황색 지대에 황충이 창궐할 거라고."

* * *

재해 전문가인 피재진인은 황색 지역에서 황충이 창궐

할 것이라고 확신하고 있었다.

'광인의 헛소리가 아닐까?'

장평은 잠시 생각했고, 현실을 받아들였다.

'그가 보이는 것처럼 광인일 뿐이라면, 총독씩이나 되는 후연광이 중용할 이유가 없다.'

그의 말이 틀릴 가능성보다 맞을 가능성이 높다는 사실을.

"오연."

"예."

"황충이 대체 뭐지?"

무림은 기본적으로 상계(商界)의 일부.

장평은 무림인이지 농사꾼이 아니었고, 농업에 대한 경험이나 지식도 전무했다.

"모든 것을 먹어 치우는 대규모 메뚜기 떼…… 라고 하더군요."

유연의 대답도 어정쩡했다.

"예방법이나 대처법은?"

"잘 모르겠어요. 돈이 되는 정보나 지식이 아니라서요."

정보 조직이라고는 해도 하오문 또한 결국 상계의 그늘에 머무는 범죄자들.

기본 상식 이상의 정보는 없는 모양이었다.

'피재진인이 재해 전문가로서 파견된 거라면, 재해의

전문가인 피재진인조차도 두려워서 입에 담지도 못할 정도로 황충을 두려워했다는 뜻인데…….'

장평은 생각에 잠겼다.

"메뚜기 떼가 그렇게 심각한 위협인가?"

"본 적이 없어서 모르겠지만, 한번 일어나면 막을 방법이 없다고 하더군요."

"하지만 피재진인은 늦기 전에 막아야 한다고 말했지. 그건 막을 수 있는 방법이 있다는 뜻이 아닌가?"

"그건 피재진인 본인에게 물어봐야겠죠?"

장평은 이를 악물었다.

'그를 압박하지 말았어야 했구나.'

장평의 압박 탓에 해결책을 가진 피재진인이 쓰러져 버렸다. 결과적으로는 오판이 된 셈이었다.

장평은 자리에서 일어났다.

"자리를 지켜라."

"예."

장평이 향한 곳은 약초 창고였다.

"장평."

"오 의원님."

밤의 어둠 속에서, 신농씨의 탈을 쓴 오방곤은 기괴하게 여겨졌다. 마치 비현실적인 요괴나 귀신과 같이.

"피재진인이라면 별 차도가 없다."

그는 무뚝뚝하게 말했다.

"아니면 다른 용무가 있나?"

"피재진인을 보러 온 것이지만, 뵌 김에 여쭤보고 싶은 것이 있습니다."

"물어봐라."

"대규모 변이 메뚜기 떼, 황충이라는 현상에 대해 아시는 것이 있습니까?"

그 순간, 오방곤은 그 자리에 얼어붙었다.

가면만 아니었다면, 그의 얼굴에 무슨 감정이 떠올랐는지 확인할 수 있을 정도의 큰 동요였다.

그는 착 가라앉은 목소리로 말했다.

"……안다."

"지식이나 풍문으로서요?"

"황충이 휩쓸고 지나간 자리를 본 적이 있다."

풍문이 맞다면, 오방곤은 삼백 년을 산 사람이었다. 그의 견문이 넓고 경험이 다양한 것은 이상한 일이 아니었다.

"어떠합니까?"

"생지옥이다. 모든 것을 뜯어먹지."

"사람도요?"

"동물을 노리진 않는다. 저항할 수 있으니까. 하지만 식물이라면 모두 먹어 치운다. 초가집의 지붕, 심지어 사람이 입고 있는 옷까지도."

오방곤의 무미건조한 목소리는 두려움으로 흔들리고 있었다.

"이 땅에 황충이 창궐하는 건가?"

"적어도 피재진인은 그렇게 생각했습니다."

"그의 정신은 온전치 못하다."

"그는 안휘성 총독이 초빙한 재해 전문가입니다. 황충에 대한 두려움이 너무 커 제대로 설명하지 못했을 뿐입니다."

"그럼 황충이 일어나겠군."

오방곤은 피재진인을 힐끗 바라보았다.

깨어난다는 보장이 없는 광인이자, 황충의 대처법을 알고 있는 유일한 사람을.

"재앙이군."

"대처법은 없습니까?"

"황충의 굶주림은 무한하다. 사람이 할 수 있는 것은 없다."

"그래도 끝은 있겠지요."

장평은 차분히 물었다.

"오 의원님이 보셨던 황충 현상은 어떻게 끝났습니까?"

"황충의 선두가 길을 잘못 들었다. 먹을 것이 없는 곳으로 이동해서 그곳에서 끝났다."

"굶어 죽어서요?"

"반쯤은 맞고, 반쯤은 틀렸다."

오방곤은 무심한 목소리로 말했다.

"앞줄의 황충들이 굶주려 힘을 잃으면, 뒷줄의 황충들이 약해져 땅에 떨어진 동족들을 뜯어먹는다. 그리고 그들도 지치면 다음 물결의 먹이가 되지. 동족포식을 반복하며 그 무리는 끝이 났다."

"역설적인 결말이군요."

굶주림의 화신인 황충들의 굶주림이 결국 그들 스스로를 먹어 치우는 것으로 끝나다니.

그러나 희망적인 얘기는 아니었다.

결국은 스스로 자멸하기만을 기다려야 한다는 얘기니까.

"독극물이나 방충제들은 효과가 없습니까?"

"메뚜기는 잡을 수 있다. 하지만 황충을 막을 수는 없다."

"그래 봤자 메뚜기 아닙니까?"

"황충은 메뚜기의 변종이다. 더 크고 더 굶주렸으며 하루에 삼백 리를 움직인다. 하지만 진짜 문제는 숫자다. 그들은 너무…… 많다."

오방곤은 옛 기억이 떠올랐는지 몸서리를 쳤다.

"네가 뭘 생각하건, 황충의 규모는 네 생각과는 비견조차 되지 않을 것이다."

"저는 최악의 경우를 상상하고 있습니다."

"아니. 넌 상상할 수 없다."

오방곤은 장평을 바라보았다.

가면 너머로 근심이 깃든 눈동자가 보였다.

"사람이 상상할 수 있는 수준이라면 황충이라고 부르지도 않으니까."

장평은 두려움을 느꼈다.

의술의 대가이자 초절정고수, 그리고 그 이전에 삼백 년을 살아 온 박학다식한 노현인.

그 오방곤이 황충을 막을 방법은 없다고 단언하고 있기 때문이었다.

"피재진인은 불을 써야 한다고 말했었습니다. 불이나 연기로 몰아낼 수 있지 않을까요?"

"내가 만났던 피해자들도 불을 썼다. 횃불이나 연기 등으로 막아 보려 했지. 그리고 그들의 땅 또한 황무지가 되어 있었다."

"특별한 기술이 필요하단 말이로군요."

장평은 피재진인을 바라보았다.

"일어날 수 있을지 확신할 수 없는 사람의 머릿속에만 있는 기술이."

"정확히 말하면, 일어난다고 해도 기억할 수 있을지 확신할 수 없는 환자의 머릿속이지."

"……기운이 생기는 말은 아니로군요."

"내게 네 기운을 북돋아 줄 이유가 있나?"

장평은 쓴웃음을 지었다.

"없긴 하죠."

화선홍이 그리워지는 순간이었다.

어쩌면 의학자 중에서 가장 친절하고 상냥한 의원일지도 모르는 사내가.

* * *

장평은 곧바로 불굴신개에게 찾아갔다.

"무슨 일인가?"

심란하고 착잡한 표정이었다. 그 또한 적색 지대에 대한 보고서를 읽은 모양이었다.

"피재진인은 무당이나 주술사가 아닌 재해 전문가였습니다. 그의 경고를 전해야 한다고 생각했습니다."

"경고라니, 무엇을?"

이미 무거운 짐이 불굴신개를 짓누르고 있었다. 장평은 그에게 근심을 더해 줘야 한다는 사실에 미안함을 느꼈다.

그럼에도 불구하고, 말해야만 했다.

"황색 지대에서 황충이 창궐할 가능성이 있다고 합니다."

"아······."

불굴신개는 다리에 힘이 풀렸는지 의자에 털썩 주저앉았다. 별호에 걸맞지 않은 그 모습은 사태의 중차대함을 설명하고 있었다.

범죄자 모임인 하오문과는 달리, 개방은 출신이 다양한 자들이 모인 집단이었다.

덕분에 지식의 폭이 넓고 다양했다.

"황충이 일어날 거라고 보시는 겁니까?"

황충이 일어날 거라고 확신할 정도로.

불굴신개는 고개를 끄덕였다.

"메뚜기의 알은 가뭄이 들면 부화를 미루네. 그게 땅속에 모이고 모이다 한꺼번에 부화하면 황충이 되지. 이미 세 해의 가뭄이 있었으니, 부화를 미룬 메뚜기 알이 충분히 쌓였을 것이네."

장평은 지도를 바라보았다.

"왜 하필 황색 지대일까요?"

"적색 지대에는 먹을 것이 전혀 없네. 녹색 지대도 논밭은 비워 두었고."

"황색 지대는요?"

"다른 지대에 비해서는 물이 좀 있네. 아마도 소량이지만 봄보리를 파종했을 거야. 그리고 그걸 감지한 보리밭 지하의 메뚜기들이 부화하기 시작한다면, 안휘성 북부에 묻혀 있는 모든 메뚜기 알들이 부화할 걸세."

"막을 방법은요?"

"없네."

"피재진인은 불에 대해 말했습니다."

"황충은 사람이 다룰 수 있는 불로 어찌할 수 있는 규모가 아닐세."

오방곤과 똑같은 말이었다.

그것이 진실이기 때문이리라.

장평과 불굴신개는 침묵 속에 지도를 바라보았다. 지도 속의 황색 지대를.

장평이 대책이 없어 침묵하고 있다면, 불굴신개의 침묵에는 고뇌가 깃들어 있었다.

"만약 지금 이성과 양심이 만류하고 있는 어떠한 계획이 머릿속에 들어 있으시다면."

장평은 말했다.

"생각으로 멈추지 말고 실행하십시오."

"내가 무슨 생각을 하는지 아는가? 자네가 무얼 부추기고 있는지는 아는가?"

"모릅니다. 하지만 뭐라도 할 수 있는 일이 있다면, 저지르고 후회하십시오. 무슨 일이 있더라도 나아가기 위해 치켜든 협객기가 아닙니까?"

"……."

불굴신개의 침묵은 고뇌의 잿빛이 진하게 실려 있었다.

"그래. 나는 이미 협객기를 들었지."

긴 고뇌 끝에 결단을 내린 그는 이를 악물고 말했다.

"증오도 저주도 이 한 몸으로 받아내면 될 일이니, 할 수 있는 일은 해야겠지."

"방법이 있긴 한 겁니까?"

"있네."

"방주님만이 하실 수 있는 일입니까?"

"그건 아니네만, 왜 묻나?"

"대신 손을 더럽힐 사람이 있음을 잊고 계신 듯해서요."

장평은 담담한 표정으로 말했다.

"오조룡패의 조롱어사. 누구도 반항하지 못할 황권의 대행자를요."

"내가 무슨 일을 하려는지 아는가?"

"모릅니다."

"뭔지도 모르는 일을 어찌하여 대신하려 하는가?"

"그 일이 꼭 필요한 일임을 압니다. 제가 대신할 수 있음을 들었습니다."

장평은 불굴신개를 바라보았다.

지금 이 순간에도 지도 너머로 백성들을 마주하고 있는

대협객의 옆모습을.

"구휼은 앞으로도 계속되어야 함을 압니다. 그러기 위해서는 방주님께, 그리고 개방에 떳떳함이 필요함을 압니다. 떳떳할 수만 있다면 꺾이지 않을 자들이, 계속 떳떳할 수 있도록 도울 길임을 압니다."

불굴신개는 깨달았다.

"보고서를 읽었나?"

장평이 개방과 개방도들을, 그리고 불굴신개를 '이해'하고 있음을.

한번 정한 뜻을 꺾지 않기에 자연재해라 불리는 남자, 대협객 불굴신개.

그 또한 꺾이지 않기 위해서 고뇌하고 노력하는 한 사람에 불과하다는 것을.

다른 개방도들과 마찬가지로, 의로운 일을 행하려고 발버둥 치는 사람에 불과하다는 것을.

"읽었습니다."

"그래, 읽었군. 그 보고서 때문에 모두 읽혔어……."

한참 동안 침묵하던 불굴신개는 너털웃음을 지으며 말했다.

"그거 아나? 자네에 대한 정보를 처음 입수한 순간부터 난 자네와는 절대 마주치고 싶지 않다고 생각했다네."

"거짓말이 특기인 첩보원이라서요?"

"그래. 그런 이들은 대개 나와는 뜻이 통하지 않는 부류였거든. 유능하면 유능할수록 더 그랬고 말이야."
"우연이군요. 저도 협객들이랑은 잘 안 맞았는데."
완전히 다른 방향에서 걸어와, 한 자리에 선 두 사내. 서로가 마음을 열고 함께하리라고는 예상치도 못한 두 사내는 후련한 미소를 지었다.
"자, 그럼 말씀해 주십시오. 방주님께서는 차마 행할 수 없는 대책을요."
"황충을 막을 방법은 없네. 하지만 늦출 방법은 있네."
불굴신개는 장평을 바라보며 말했다.
"메뚜기 알을 자극하여 부화시킬 빌미, 보리 이삭들을 모두 태워 버리는 것으로."
굶주린 와중에도 한 조각의 희망을 피워 낸 사람들 앞에서, 그 희망을 불사르라고.
"확실히 고뇌하실 만한 일이었군요."
장평은 그 행동의 무게를 곱씹었다.
이제 장평이 결론을 내려야 했고, 그러기 위해서는 저울의 반대쪽에 무게 추를 얹어야 했다. 그 행동이 얼마나 의미 있는 일인지를.
"보리 이삭들을 태워 버리면, 메뚜기 알의 부화를 얼마나 늦출 수 있습니까?"
"첫 비가 내리기 전까지는 늦출 수 있네."

"비가 내리면요?"

"그 전에 피재진인이 깨어나길 바라야겠지."

"그리고 깨어난 그가 해결책을 기억해 낼 수 있길 바라야 하고요."

"……그 재수 없는 소릴 꼭 덧붙여야 했나?"

투덜거리는 불굴신개를 보며 장평은 웃었다.

"저만 당할 수는 없지 않습니까?"

"오방곤?"

"예."

"그래. 그럴 줄 알았지. 그 노인네는 같은 말을 해도 사람을 불편하게 만드는 단어만 골라서 하는 고약한 작자니까."

"대협객이 입에 담을 말이 아니로군요."

"친구끼리 못 할 말이 어디 있겠나?"

친구.

다사다난한 무림행 속에서 허명과 과찬에 익숙해진 장평이었지만, 지금 이 순간만큼 스스로가 자랑스러웠던 적은 없었다.

장평은 잔잔한 미소를 지었다.

"그럼…… 가 보겠습니다."

"그래. 가게."

불굴신개는 황색 지대를 바라보며 말했다.

"기대치 못한 곳에서 얻은…… 나의 벗이여."

* * *

기다림은 끝났다. 해야 할 일이 생겼다.
장평은 짐을 꾸리기 시작했다.
그리고 놀랍게도 하루 종일 잠만 자고 있던 척착호도 언제 일어났는지 자신의 짐을 꾸리고 있었다.
"언제 일어난 거요?"
"먹을 수 있을 때 먹고, 잘 수 있는 때 자는 것이 군인의 재능이라오."
척착호는 싱긋 웃으며 말했다.
"움직여야 할 때 움직이기 위해서라도."
"다른 군인들도 다 그런 재주가 있소?"
"잘 쉬지 못하는 놈부터 지치고, 지치는 놈부터 죽소."
"인상적이구려."
빠르게 짐을 꾸린 척착호는 그제야 물었다.
"어디로 가는 거요?"
"황색 지대로 갈 거요. 황충 대책을 위해 봄보리에 대해 논의하러……."
눈만 껌뻑껌뻑 뜨는 척착호를 보며, 장평은 쓴웃음을 지었다.

"피를 볼 준비가 된 폭도들에게 가오. 그들이 싫어할 일을 하기 위해서."

"명성 높은 장 형의 혀가 또다시 요술을 부리길 빌어야겠구려."

척착호는 착잡한 표정을 지었다.

"민간인이 죽는 모습은 잊기 힘든 법이니."

장평이 짐 꾸리는 것을 마치자, 방 한편에 서 있던 오연이 장평에게 물었다.

"제가 동행하지 않아도 될까요?"

"너는 너무 느리다."

이류 무사인 오연은 장평이나 척착호만큼의 경공을 펼칠 수 없었다. 그러니 남겨 두는 편이 합리적이었다.

"남궁세가에 대기하면서 내 지시나 전언에 행동을 맞춰라."

"세부적인 지시 사항은요?"

"내가 직접 올 수도 있지만, 상황에 따라 척착호를 보낼 수도 있다. 척착호가 온다면 내가 그에게 맡긴 전언에 행동을 맞춰라."

잠시 생각하던 장평은 말했다.

"그리고 피재진인이 일어나는 즉시 네가 보낼 수 있는 가장 빠른 수단을 동원하여 내게 연락해라."

"예."

장평과 척착호는 밤의 남궁세가를 거닐었다.

절반쯤은 잠들었고, 절반쯤은 철야 작업 중이었다. 그리고 그들 중 누구도 두 사람에게 신경을 쓰지 않았다.

개방의 숙소를 지날 무렵, 문을 열고 나와 정중히 포권하며 서 있는 불굴신개를 제외하면.

'누가 그를 굴하지 않는 자라 했던가?'

저렇게 고개를 숙이고 허리를 굽히며 예를 표하고 있는데.

"저 사람한테 인사 안 해도 되겠소?"

"갈 길이 머오."

척착호의 말에도 불구하고, 장평은 발을 멈추지 않았다.

"서두릅시다."

그것이야말로 불굴신개의 예에 대한 최고의 답례가 될 것이기에.

남궁세가의 대문이 열리는 순간, 문득 장평은 한 줄기 바람을 느꼈다. 가슴속까지 스며드는, 그 어느 때보다 청량한 바람을.

"강행군이 될 거요."

장평은 발목을 풀었다. 경공술을 펼칠 준비였다. 그의 얼굴에는 어느새 잔잔한 미소가 떠올라 있었다.

감정도 표정도 철두철미하게 통제하는 장평답지 않게,

스스로도 의식하지 못한 미소를.

"그럴 만한 가치가 있는 강행군이."

* * *

남궁세가에서 녹색 지대까지는 마차로는 닷새, 칠결 제자들은 하루가 걸렸다.

그리고 전력을 다한 장평과 척착호는 반나절도 안 걸렸다.

'빠르다.'

장평이 익힌 경공술 쾌속경공은 적은 내력 소모로 빠른 속도를 낼 수 있었다. 그에 비해 척착호는 탕마검성 호연결에게 물려받은 강행주법을 쓰고 있었다.

'내 쾌속경공에 비해 내력과 체력의 소모가 많을 텐데도, 나와 비슷한 속도와 지구력을 보이는구나.'

역시 무공의 격차가 나긴 나는 모양이었다.

장평은 일단 남궁세가의 이차 구휼단을 찾았다.

"구휼단을 지휘하고 있는 남궁운성입니다."

남궁풍양의 동생이자, 남궁벽운의 숙부였다.

그는 녹색 지대에 마련한 거대한 보급기지에서 식량의 출납을 관리하고 있었다.

"계획은 잘 진행되고 있소?"

"하루에 삼만 석의 식량이 출납되고 있습니다. 이대로 순조롭게 진행된다면, 이틀 안에 황색 지대로 이어지는 구휼로를 뚫을 수 있을 겁니다."

장평은 피로한 기색이 역력한 짐말과 수레꾼들을 힐끗 보며 말했다.

"언제까지 순조로울 수 있을지 모르겠구려."

"피로하긴 하지만, 그래도 사기는 높습니다. 선행이기도 하고 본가에서 급료도 세 배로 쳐 주니까요."

장평은 하려던 말을 삼켰다.

식량 수송은 남궁세가의 일이었다. 장평에겐 해야 할 일이 있었다.

"용무가 있어 황색 지대로 들어갈 생각이오. 현지에 대한 정보가 있다면 공유받고 싶소."

남궁운성은 미간을 찌푸렸다.

"꼭 필요한 일이 아니면 들어가지 않는 편이 좋을 겁니다. 황색 지대의 상황이 험악하게 돌아가고 있습니다."

"꼭 필요한 일이오."

장평은 오조룡패의 조롱어사이자, 무림맹의 전권대사. 그가 무언가를 하겠다면 막을 자는 없었다.

남궁운성은 더는 말리지 않고 말했다.

"황색 지대에는 폭도들이 창궐하고 있습니다. 우리가 구휼한 지역을 습격하여 식량을 갈취해 가는 일도 적지 않습니다. 그 때문에 본가에 추가 병력을 요청할 생각이었습니다."

황색 지대의 정세가 불안하다는 개방도들의 예상이 맞아떨어진 것이었다.

"세력화가 이뤄진 거요? 아니면 여러 조직이오?"

"황색 지대의 유력 호족은 네 곳이 있습니다. 매년 수십만 석의 소작료를 받는 대지주였지요. 크고 작은 폭도들은 그들의 영향력 아래 움직이고 있습니다. 다만……."

"다만?"

"풍씨 가문에 속한 폭도들은 다른 이들과 약간 다릅니다."

"어떤 의미로 말이오?"

"풍씨 가문에는 무림인이 있습니다."

"아무리 무림과 무관하다 해도 호위 무사 정도는 있었겠지."

"그 수준이 아닙니다. 못해도 초일류, 어쩌면 절정고수급입니다."

"확실하오?"

"확실합니다. 제가 도착하기 전까지 식량 창고를 지키다 죽은 선봉대의 무사 스무 명 모두 일류고수였으니까요."

남궁운성은 최대한 감정을 배제한 말투로 말했다.

"선봉대를 지휘하던 제 아들은 초일류고수에 근접했었고요."

장평은 멈칫했다.

"……애도를 표하오."

"아시다시피 상황은 촌각을 다툽니다. 허례허식은 구휼 이후로 미루시지요."

남궁운성은 고개를 돌려 황색 지대를 바라보며 말했다.

"아들에게 약속했으니까요. 백성들을 위해 혈채는 미루기로. 그리고 복수를 마칠 때까지 눈물은 미뤄 두기로요."

"알겠소."

장평은 최대한 사무적으로 물었다.

"네 호족 중에서 물이 가장 많은 곳이 어디요?"

"풍씨 가문입니다. 호변에 닿아 풍광이 좋기로 유명했지요. 지금은 혼탁한 흙탕물이 되었지만요."

"그렇구려."

장평은 고개를 끄덕였다.

그러자 남궁운성은 장평을 바라보았다.

"그럼 풍씨 가문으로 가시는 겁니까?"

"그렇소."

"그럼 풍씨 가문에 붙어먹은 흉수가 누구인지 확인 좀 해 주십시오. 죽이는 건 제게 양보하시고요."

"상황이 허락한다면 그리하겠소."

장평은 착잡한 마음으로 몸을 돌렸다.

경공을 펼쳐 수많은 수레들을 넘어 날아가는 사이, 척착호가 물었다.

"교섭이 잘되겠소?"

"잘 모르겠소."

"싸우게 된다면 얘기하시오."

"민간인이 죽는 모습은 잊기 힘들다고 하지 않았소?"

"그래서 하는 소리요."

척착호는 장평을 바라보며 말했다.

"장 형은 명성이 높은 사람이오. 나는 아니지. 그러니 손을 더럽혀 본 내게 떠넘기시오."

"아마 이번 일이 끝나면 그 명성도 땅에 떨어지겠지 싶소."

"무슨 소리요?"

"나도 나보다 중요한 사람을 대신해 손을 더럽히러 온 것이니 말이오."

"……그렇소?"

척착호는 잠시 침묵하다 말했다.

"그럼 가능하면 피를 보지 않는 쪽으로 해결해 봅시다."

"상황이 허락한다면 그리하겠소."

녹색 지대를 지나자, 공기가 달라지기 시작했다. 피와 재, 그리고 쉬고 썩은 냄새들이 바람에 섞여 장평에게 닿기 시작했다.

 장평은 본능적으로 느꼈다.

 피 냄새를 맡아야 이곳에서 물러날 수 있을 거라고.

 그럼에도 불구하고 장평은 자조적으로 말했다.

 "상황이 우리에게 허락하는 선까지는."

* * *

 황색 지대의 사람들은 대부분 모습을 감추고 있었다.

 굶주려 쓰러진 자들은 집 안에 들여놓았고, 움직일 수 있는 자들은 모습을 감추고 있었다.

 그러나 이방인인 두 사람을 경계하는 눈빛은 어디서나 느껴졌다.

 혹은 증오와 적개심으로 타오르는 눈빛은.

 하지만 그들 중 수풀 밖으로 뛰쳐나오는 이들은 없었다.

 차림새는 물론, 그들의 날랜 경공만 보더라도 일기당천의 강자들이 분명해 보였기 때문이었다.

 구걸하기엔 선을 넘은 이들, 습격하기엔 너무 약한 황색의 사람들은 그렇게 장평과 척착호를 바라보고만 있었다.

 이제 시선에 익숙해진 첩보원인 장평과는 달리, 예민해

진 척착호는 불편한 기색을 숨기지 못했다.

"여기저기에 피 냄새가 나는 이들이 많구려."

"신경 쓰이시오?"

"많이."

척착호는 침중한 표정으로 말했다.

"피 냄새가 나는 이들이 숨어 있는 것은 기습을 하기 위함이고, 기습하는 이들은 대개 화살을 쏘아붙이니 말이오."

"척 형은 아직도 화살이 두려우신 모양이구려."

장평은 농담조로 말했다. 척착호의 예민함을 이완시켜 주기 위해서였다.

"이제는 화살을 피할 수 있고, 설령 맞는다 해도 박히지도 않을 고수인데도."

"나도 알긴 아는데…… 워낙에 몸에 밴 습관이라 그렇소."

척착호도 불편함을 누그러뜨리려 노력했지만, 그의 본능적인 감각은 예민함을 잃지 않는 모양이었다.

"지금껏 내 목숨을 지켜 준 습관 말이오."

너무 빠르게 강해진 탓에, 자신의 강함과 타인의 약함을 제대로 저울질하지 못하는 것이었다.

시간이 지나면 해결될 문제였다.

강호에서 다른 무인들을 자주 접하면서.

'저 예민함이 풍씨 가문에서 폭발하지는 말아야 할 텐데.'

척착호와 대화를 하는 틈틈이 장평은 주변의 환경을 살펴보았다.

'그야말로 죽어 가는 세상이로구나.'

아직 잎이 달린 나무는 줄기가 죽어 잎이 누렇게 변했다. 대부분의 나무들은 헛배라도 채우기 위해 껍질이 벗겨진 상태였고, 대지의 초목 또한 생기가 도는 것이 없었다.

심지어 잡초조차도.

'죽어 가는 황색 지대조차 이러한데, 이미 죽어 버린 적색 지대는 얼마나 끔찍할까?'

장평은 자신이 적색 지대에 가지 않아도 된다는 것을 다행스럽게 여겼다.

선봉 구휼대. 개방의 칠결 제자들은 분명 이보다 더한 곳을 마주해야 할 테니.

그러던 도중, 비린내가 풍기기 시작했다.

장평에게 익숙한 피비린내가 아닌, 낯선 비린내였다.

"척 형."

질척이는 진흙탕 속에 작은 웅덩이가 보였다. 메말라 죽어 버린 수초들이 보였다. 그리고 아직 남은 흙탕물 속에서 꿈틀거리며 죽어 가는 물고기들이 썩어 가는 냄새가 풍겼다.

한때는 맑고 넓었던 호수가, 생기와 신록이 넘치던 호변이 남긴 유해였다.

그리고 장평은 약간 떨어진 곳에서 거대한 장원을 발견했다. 웅장함 대신 허망함이 느껴지는, 생기 없는 장원.

빈틈없는 기왓장과 굵직한 기둥조차 사람의 유골처럼 느껴지는 장원이.

"이제부터 각별히 경계하시오."

"적의 기습을 말이오?"

"아니. 척 형 스스로의 불쾌감을 경계하시오."

장평은 풍씨 가문의 대문이 삐걱거리며 열리는 것을 보며 말했다.

"실수하여 상대를 죽여 버리지 않기를."

그리고 장평은 마주했다.

대문 앞에서 나오는 앙상한 체구의 장년인과, 무림에서 보기 힘든 독특한 모양의 검을 찬 한 검객을.

척착호는 나지막이 물었다.

"저들이오? 우리가 상대할 적이?"

맞았다.

중년인은 장평이 용모파기로 확인했던 인물이었다. 황색 지대의 폭도들을 부리는 네 호족 중 하나, 풍씨 가문의 수장 풍여경이었다.

그러나 그의 옆에 서 있는 검객은 개방과 남궁세가에 용모는 물론, 이름조차 알려지지 않은 인물이었다.

"저 여검수가 우리가 맞서야 할 흉수고?"

폭도들에게 싸움을 가르치고 과격하게 행동할 것을 주문했으며, 손수 남궁세가의 식량 창고를 습격한 자. 구휼 작업에 참가한 남궁세가의 선량한 무사 스무 명을 벤 여검사는…….

〈저는 안휘성 출신의 기연 추적자예요.〉

……지나칠 정도로 익숙한 얼굴이었다.

허리에 찬 독특한 검만큼이나.

"오래간만에 다시 뵙네요."

그러나 동시에 예상치 못한 상황에서 만난, 예상치 못한 사람이기도 했다.

"무림의 그 누구보다 위험한 자. 파사현성 장평 대협."

그녀에게 어떤 얼굴을 보여야 할지 도저히 알 수 없기에, 장평은 늘 애용하는 무표정의 가면 너머로 숨는 것을 택했다.

"그렇구려. 오래간만에 다시 보는구려."

감정을 완전히 배제한, 무미건조한 말투와 함께.

"흑검객의 후인. 흑검지주 동부용 소저."

한때, 그와 몸과 체온을 섞었던 여자를.

* * *

묻고 싶은 말이 많았다. 듣고 싶은 말이 많았다.

그녀의 몸 여기저기에 생긴 상처들, 그리고 차분해진 인상과 냉혹해진 눈매까지.

하지만 그 전에 해야 할 말이 있었다.

장평은 장년인을 바라보며 말했다.

"풍여경 가주님이십니까?"

"맞소."

장평은 오조룡패를 꺼내 튕겨 주었다.

"조룡어사 장평입니다."

풍여경은 오조룡패를 보고 흠칫 놀랐다.

"오조룡패가 실존하는 줄은 몰랐소."

일조룡패는 흔하디흔한 암행 감찰관이었다. 이조룡패는 비리 사건을 조사하는 전문 감찰관이었다. 삼조룡패쯤 되면 태수 따위는 현장에서 파직시킬 수 있고, 총독조차 긴장해야 했다.

하지만 관아와 오랫동안 깊은 연을 맺은 대호족 풍씨 가문조차 오조룡패는 처음이었다.

황제의 전권 대리인을 실제로 마주하는 것은.

"그걸 지금의 내게 들이밀 줄은 더욱 몰랐고."

풍여경은 복잡한 표정으로 오조룡패를 던져 주었다.

"그래, 조룡어사께서는 무슨 일로 여기까지 오셨소? 혹시라도 좋은 소식이오?"

아니라는 것은 본인이 잘 알고 있으리라.

그러나 가솔 수백과 소작농 수만의 생사를 어깨에 얹은 대지주로서, 한 조각의 희망을 품는 것은 비웃을 수 없는 일이었다.

"보리를 파종하셨다고 들었습니다."

"우리 소작농 중 하나요. 어렵게 물을 구했지."

"그 보리를 태워 없애야겠습니다."

장평은 쌍욕을 하지 않은 풍여경의 자제력에 내심 감탄했다.

얼굴이 시뻘겋게 달아오르고 핏줄과 힘줄들이 불뚝불뚝 서면서도, 그는 애써 정중한 태도를 유지했다.

"이유가 뭐요?"

"조건은 갖춰졌습니다. 황충이 일어날 겁니다. 그리고 그 보리밭은 황충이 제일 먼저 일어나는 계기가 될 것입니다."

"황충…… 황충인가."

달군 쇠 같던 풍여경의 얼굴이 백지장처럼 변했다. 그 또한 흙을 파먹고 사는 사람이니 누구보다 잘 아는 것이었다.

그 위험성도, 그리고 가능성도.

"확실하오?"

"총독 후연광이 직접 파견한 재해 전문가가 경고했습니다."

"어떤 전문가가?"

"피재진인 백홍수라고. 혹시 아십니까?"

"천하의 피재진인께서 그리 말하셨단 말이오?"

"예. 그는 정확히 이 일대를 지적했습니다."

풍여경은 침음성을 삼켰다.

무림인에게는 광인으로만 보였던 그는, 농사꾼들에게는 절대적인 신망을 얻고 있던 모양이었다.

"자세히, 그리고 정확히 말해 보시오."

"피재진인은 황색 지대에서……."

"황색 지대? 그게 뭐요?"

장평은 흠칫했다.

'이들은 모르는구나.'

생각해 보면, 삼색 지대는 구휼의회에서 일방적으로 조사하고 지정한 것이었다.

그저 자신들을 제외한 주변에만 식량을 나눠 주는 것을 보았을 뿐, 자신들이 황색 지대로 지정해 우선순위에서 제외되었다는 것도 알 수 없었으리라.

'알게 되면 악감정만 자극할 것인데.'

장평은 잠시 고민했으나, 숨긴 채로는 주장을 이어 나

갈 도리가 없었다.
"구휼의회에서는 재해 정도와 여력에 따라 세 단계로 나누었습니다. 이곳은 황색 지대. 기아 상태지만 아사자가 나오기까지 여유 시간이 좀 있는 지역입니다."
"……시간이 있다고?"
퍽!
풍여경의 눈에서 핏줄이 터지며 피눈물이 흘러 내렸다.
"굶어 죽기 전까지 시간이 있으니, 우리는 버려 두고 다른 이들부터 살리겠다고? 지금 그렇게 말한 거냐?"
"예."
"너 이 개 같은……."
참지 못한 풍여경이 달려가 멱살을 잡으려 하자, 옆에서 서 있던 동부용이 검집을 뻗어 풍여경을 가로막았다.
"막지 마시오!"
"실수하지 마세요, 가주님. 저 두 사람 중 한 사람만 나서도 장원 안의 모든 사람들을 도륙할 수 있어요. 한 시진이 지나기 전에요."
"……동 대협이 나서 준다 해도 말이오?"
"저기 저 조룡어사님께 있어 저는 그저 잠깐 가지고 놀 장난감에 불과해요."
동부용은 싱긋 웃으며 말했다.
"옛날이나 지금이나요."

옛날의 순수함 대신 뒤틀림이 깃든 그녀의 미소에, 장평이 무표정으로 덮어 둔 어떠한 감회가 간질거렸다.

그러나 풍여경의 두려움. 혹은 이성이 그에게 침착함을 돌려주었다.

"……하던 말 계속하시오, 조롱어사."

"피재진인은 황색 지대, 그러니까 이 지역에서 황충이 일어날 가능성이 높다고 했습니다."

"그렇긴 하지."

풍여경은 마지못해 고개를 끄덕였다.

"그래서, 뭘 어떻게 하라는 거요?"

"보리가 익으면 그 밭의 황충이 깨어나고, 그 황충들은 다른 황충들을 깨울 겁니다. 그러니 보리를 불태워 황충들의 부화를 늦춰야 합니다."

"'막아야'가 아니구려. '늦춰야'구려."

풍여경과 장평은 잠시 서로를 바라보았다.

"가주님."

"아니. 이젠 내 차례요. 내가 질문할 차례요."

장평이 입을 닫자, 풍여경은 물었다.

"그 밭의 보리를 태운다 칩시다. 그런다고 황충을 막을 수 있소?"

"다른 수를 찾고 있습니다."

"없잖소."

"피재진인에겐 있습니다."
"그게 뭔지 들었소?"
"말하던 도중에 쓰러졌습니다."
"언제쯤 깨어날 수 있소?"
"모릅니다."
"그럼 답이 없는 거잖소."
장평은 더 이상 말을 돌릴 수 없었다.
"예, 없습니다."
장평은 풍여경을 똑바로 바라보았다.
"하지만 보리밭을 태우면 비가 오기 전까지 황충을 늦출 수는 있습니다."
"잊었소? 그놈의 비는 삼 년째 안 왔소."
"하지만 보리가 익으면 황충은 확실히 일어날 겁니다."
장평은 할 수 있는 말을 모두 다 했다.
이젠 풍여경의 몫이었다. 이 가혹한 지시에 답해야 하는 것은 풍여경이었다.
"왜, 왜 우리에게만?"
땅에 의지해 살아온 농사꾼은 하늘을 우러러보며 길게 탄식했다.
"왜 우리에게만 이토록 가혹하단 말인가? 재난을 겪기는 마찬가지인데, 왜 우리에게만 이토록 잔인하게 구는가?"
긴 침묵이 흘렀다.

무겁고 비통한 침묵이.

그 침묵을 깬 것은 여전히 하늘을 우러러보고 있는 풍여경이었다.

"……태우시오."

치켜든 고개. 두 눈에서 솟은 굵직한 눈물이 볼을 타고 흘러내렸다.

"누군가의 소박한 희망이 대인들의 '큰 계획'에 방해가 된다면, 어찌 감히 방해하겠소? 직접 가서 잿더미로 만드시오. 저항한다면 그 보리 이삭을 틔워 보고자 심혈을 기울였을 가족들도 함께 태워 버리시오. 그러고도 남을 힘을 가진 사람이 그래도 무방한 권한을 갖고 왔으니, 누가 감히 앞을 막겠소? 뜻대로 행하시오."

"가주님."

그 자리에 석상처럼 서 있는 풍여경 대신 동부용이 한 걸음 앞으로 나섰다.

"보리밭이 어딘지 알아요. 제가 안내하죠."

"……동 소저."

"왜요?"

동부용은 냉소적인 표정으로 물었다.

"감히 장평 대협의 '큰 계획'을 지체시킨 폭도들을 징벌하고 가실 셈이라면, 지도라도 남겨 드릴까요?"

"아니오. 같이 갑시다."

"장평 대협을 귀찮게 만들고도 멸문을 피하다니. 아직 풍씨 집안의 가운이 다하진 않은 모양이네요."

냉소한 동부용은 몸을 돌려 걸음을 옮겼다.

"천하의 장평 대협 앞에서, 그 가운이 언제까지 버틸지는 모르겠지만요."

* * *

지평선까지 모든 것이 논밭이었다.

아니, 논밭이었던 황무지였다.

세 사람은 무거운 침묵 속에 쩍쩍 갈라진 논밭 사이로 난 신작로를 걸었다.

눈치를 보던 척착호는 전음을 날렸다.

〈저 여자와 지인으로 보이던데 왜 저렇게 재수 없게 구는 거요?〉

장평도 전음을 날렸다.

〈저 여자와 잤소. 진심으로 나를 믿고 의지하게 속였소. 그리고 그녀의 무림초출을 축하하는 척하며 다른 사람을 낚을 함정을 팠소.〉

말문을 막힌 척착호는 장평을 바라보았다.

〈……정말 그랬단 말이오?〉

〈정체를 의심해 시험하기도 했소. 신분을 증명하지 못

하면 죽일 생각이었고.〉

 장평은 무표정한 얼굴로 전음을 날렸다.

〈무엇보다도, 그 모든 사실을 당사자도 알고 있소.〉

〈장 형, 당신 사람 새끼 맞소?〉

 동부용은 뒤도 돌아보지 않은 채 말했다.

"전음 끝나셨으면 슬슬 갈까요?"

 움찔 놀란 척착호는 장평을 바라보았다.

"항마부 사람들은 전음은 다른 사람이 못 듣는다고 말했는데……."

"당연히 못 들었죠. 전음으로 대화를 했다는 것을 짐작했을 뿐이지."

"그건 또 어떻게 알았소?"

 당황한 척착호의 말에, 동부용은 말했다.

"아무 이유 없이 걸음이 느려졌잖아요. 그리고 둘 다 절정고수 이상이고, 둘 다 아무 말도 없었고요."

"소저는 정말 눈치가 빠르시구려!"

 척착호가 감탄하자, 동부용은 냉소했다.

"무림행을 하면서 언제나 주변에 주의를 기울이는 습관이 들었거든요. 좋은 스승의 가르침 덕분에요."

"확실히 좋은 교훈이구려. 좋은 스승이었던 모양이오."

 척착호의 말에, 동부용은 고개만 돌려 장평을 바라보았다.

"좋은 스승이죠. 덕분에 죽을 위기를 부상으로 끝낸 적이 한두 번이 아니니까요."

"동 소저."

장평이 뭐라고 말하기도 전에, 그녀는 다시 고개를 돌려 앞을 바라보았다.

"전음까지 나눠 가며 하실 얘기가 뭔지는 모르겠지만, 슬슬 마무리 지으세요. 감히 조룡어사의 허가도 받지 않고 보리를 심은 대죄인들이 멀지 않으니."

동부용의 말대로였다.

바둑판처럼 쩍쩍 갈라진 황토들 사이로, 보리 이삭이 한 구획을 덮고 있었다.

장평은 자신도 모르게 멈춰 서서 그 보리 이삭을 바라보았다.

이 말라죽은 땅에 뿌리내린 생명이, 그리고 그 생명에 들어갔을 노력과 마음이 그의 마음을 흔들었다.

"군침이라도 도세요?"

동부용은 냉소했다.

"피눈물을 흘리며 울부짖을 소작농 일가를 떠올리니까?"

"……동 소저."

장평의 어조에는 불쾌감과 경고가 섞여 있었다.

"네, 장평 대협."

미소를 지은 동부용은 그 자리에 멈춰 서서 몸을 돌렸다.

그녀는 장평에게 다가갔다.

서로의 숨결이 닿을 만큼 가까운 거리.

"더 말해 보세요. 누구도 감히 천하의 장평 대협에게 이런 식으로 말할 자격이 없다고요."

동부용의 메마른 숨결이 장평의 목덜미를 간지럽혔다.

"너 따위에게 조롱당하고 비난당하는 것이 불쾌하다고, 후회할 짓을 하지 말라고 쏘아붙이세요. 제가 기억하는 화왕루의 장평처럼요."

"싫소."

"왜요?"

"그럴 필요가 없기 때문이오."

동부용은 잠시 침묵했다. 무슨 생각인지 장평조차 짐작할 수 없는 침묵을.

"……흠."

옆에서 보고 있던 척착호의 눈에 경계심이 서릴 무렵. 동부용은 미소를 지으며 뒤로 물러났다.

"그래요. 제가 잊고 있었네요. 장평 대협은 의미 없는 행동은 하지 않는 분이라는 것을요."

동부용은 웃는 얼굴로 물었다.

"어쨌건 보리밭은 저기 있는 것이 전부예요. 적어도 풍씨 집안이 관장하는 영역 안에서는요."

"다른 곳은?"

"몰라요. 아시다시피 이웃끼리 왕래하고 그럴 상황이 아니라서요."

"알겠소."

장평은 걸음을 옮겼다.

척착호가 따라오려 하자, 장평은 손을 뻗어 만류했다.

"척 형은 여기 계시오. 나 혼자 다녀오겠소."

허리에 칼을 찬 낯선 무림인이 다가오자, 겁먹은 사람들이 집 안으로 들어갔다. 가장으로 보이는 중년의 농사꾼만이 장평을 맞았다.

척착호는 지켜보았다.

장평이 중년의 농사꾼과 잠시 대화를 나누고, 농사꾼이 보리밭과 장평을 번갈아 바라보는 것을.

설득했을까? 아니면 협박했을까?

들으려 하면 들을 수 있었다. 하지만 척착호는 의도적으로 청력을 낮춰 듣지 못하는 것을 택했다.

지금 장평이 하고 있는 일은 척착호가 감당할 수 없는 일임을 직감했기 때문이었다.

잠시 뒤, 부엌에서 불씨를 들고 나온 농사꾼은 불쏘시개들을 모아 자신의 밭에 직접 불을 질렀다.

착잡한 표정으로 그 모습을 바라보던 농사꾼은 오래 지

나지 않아 주저앉아 땅을 치며 통곡했다.

　그러나 어린아이처럼 울고 있던 그는, 놀라 집 안에서 뛰쳐나온 가족들이 불을 끄려는 것을 필사적으로 만류했다.

　장평을 가리키면서.

　무정한 불길이 한 가족의 희망을 집어삼키고 있었다.

　그 불길 너머 무표정한 장평의 얼굴은 불길이 춤출 때마다 서로 다른 음영을 드리웠다.

　수백 수천 개의 얼굴을 가진 사람처럼.

　차마 더는 볼 수 없었던 척착호는 고개를 돌렸다. 그의 시선이 동부용의 옆얼굴로 향한 것은 순전히 우연이었다.

　그리고 척착호는 놀랐다.

　'실망……?'

　장평을 바라보는 동부용이, 실망스러운 표정을 짓고 있다는 것에.

回生武士

4장

4장

그렇게 보리밭은 사라졌다.

잿더미와 통곡을 등진 채, 장평 일행은 다시 풍씨 가문으로 향했다.

"……."

불편한 침묵만이 여정의 동행자였다.

그리고 풍여경은 대문 앞에 서서 기다리고 있었다.

장평은 무심결에 인왕상을 떠올렸다.

바싹 마른 몸이지만, 단호한 결의가 깃든 얼굴. 장평과 그가 몰고 올 재앙을 집 안으로 들이지 않겠다는 듯한 모습이었다.

최소한 자기가 쓰러지기 전까지는…….

'좋은 가장이구나.'

부자는 망해도 삼 년은 간다던데, 풍여경의 바싹 마른 몸은 굶주림에 닳고 닳은 몸이었다.

지주로서도, 호족으로서도 좋은 사람이었음을 증명이라도 하듯이.

'이 땅. 하늘이 버린 이 땅의 사람들은 왜 이렇게 선하고 올곧은 이들밖에 없단 말인가?'

장평은 내심 탄식했다.

'하늘이 대체 무엇이길래 이렇게 선하고 올곧은 이들만 사는 곳에 가뭄에 이어 황충까지 더해주는가?'

풍여경은 장평을 보며 말했다.

"탄내가 나는구려."

"불을 질렀으니까요."

"피 냄새는 안 나고."

"피를 보지 않았으니까요."

"그렇구려."

풍여경은 복잡한 표정을 지었다.

"그럼 이제 우릴 어찌할 생각인가? 그…… 당신들의 '큰 계획'에 따르면?"

"그 부분에 대해 논의하고 싶습니다."

장평이 넌지시 실내로 들어갈 것을 청하자, 풍여경은 단호히 말했다.

"듣고 있네."

"무의미한 행동임은 스스로도 아시겠지요."

"무의미하더라도 가장의 책무일세."

"좋습니다."

장평은 차분히 말했다.

"식량 창고를 공격하셨던 걸로 압니다. 남궁세가의 선진이었던 스무 명의 무사를 해치셨고요."

풍여경은 물론, 장평의 뒤에 서 있던 동부용이 움찔하는 것이 느껴졌다.

그러나 장평은 차분하고 부드러운 목소리로 말했다.

"그 습격에 몇 명이 참가했습니까?"

"기력이 있는 모든 장정. 오백 내외일세."

"얼마나 죽었습니까?"

"칠십 가까이 죽었고, 이백 좀 넘게 다쳤지. 중상자가 적지 않으니 사망자는 백 명 가까이 갈 것 같군."

"다친 사람을 옮기며 약탈한 식량까지 들고 오려면 꽤나 힘들었겠군요."

장평은 부드러운 목소리로 말했다.

"전부 몇 가마니를 가져오셨습니까?"

"삼백 석 내외."

"그 습격들 때문에 남궁세가는 수송대와 창고들에 경비 병력을 추가로 파견하기로 했습니다."

장평은 조용히 말했다.

"구휼의회는 수송 능력과 여유 인력을 불필요하게 소모하게 되었지요."

"하려는 말이 뭐지?"

"습격을 중단하십시오."

"내가 명한 것이 아니네. 처자가 굶어 죽는 꼴을 지켜보느니, 처자를 위해 뭐라도 하며 죽겠다는 것이 사람들의 총의(總意)였지."

"그렇다면 습격을 중단시켜 주십시오."

"왜 그래야 하지?"

"지금 가주님의 시야는 몹시 좁습니다. 이 기근에 고통받는 모든 이들이 그렇듯이요."

"그래. 내가 자네들의 '큰 계획'에 대해 아는 바가 없긴 하지."

풍여경은 냉소했다.

"우리와 상의한 적이 없으니까."

"삼만 석."

말문이 막힌 풍여경을 보며, 장평은 조용히 말했다.

"지금 삼만 석의 식량이 매일 운반되고 있습니다. 모두 구휼에 쓰이고 있지요."

"참으로 후하군. 우리를 제외한 다른 이들에게는."

"우린 황색 지대를, 가주님을 버린 적이 없습니다."

"우린 두 눈으로 똑똑히 보았네. 쌀을 짊어진 무림인들이 우릴 따돌리고 지나가는 것을."

"그들은 적색 지대, 이곳보다 더 깊은 곳에 파견된 자들입니다. 아사자가 속출하고 있는 긴급한 지역으로요."

"그럼 그 다음은 우리여야 하지 않는가?"

"지금은 외곽 지역인 녹색 지대에 식량을 퍼부으며 수송로를 뚫고 있는 중입니다."

장평은 당당한 눈빛으로 풍여경을 바라보았다.

"우리가 녹색 지대의 사람들을 무시한 채 식량을 옮기려 한다면, 그들이라고 가만히 있겠습니까? 수레와 마차를 얌전히 보내 주겠습니까?"

"……"

정론이었다. 그렇기에 풍여경의 눈동자가 흔들렸다.

"삼만 석이 옵니다. 길만 뚫리면 옵니다."

장평은 쐐기를 박듯이 말했다.

"습격을 중단하십시오. 구휼 계획을 지체하지 마십시오. 고작 삼백 석을 위해 백여 명을 죽게 만들지 마십시오."

"……"

긴 침묵 끝에, 풍여경은 입을 열었다.

"나는 무림이란 곳은 잘 모르지만, 자네가 그 무림이란 곳에서 거짓말과 술수로 명성이 높다는 얘기는 들었네."

"누구에게 들었는지는 짐작이 가는군요."

장평은 동부용을 바라보았다.

그녀는 싱글싱글 웃으며 말했다.

"전 제가 겪은 일을 말씀드렸을 뿐이에요."

"그에 대해 불평하진 않겠소. 소저가 겪은 일을 말하는 것 또한 소저의 권리니까."

"그럼요?"

"그 대신, 소저가 들은 것들도 말해야 공정할 것이오. 나 파사현성 장평은 내 이름으로 한 약조를 어긴 적이 없다는 것을."

동부용의 눈은 낯선 빛을 담고 있었다. 장평조차도 무슨 생각인지 짐작할 수 없는 감정을.

"나에 대해 어떤 감정을 품건, 그건 소저의 권한이오. 날 미워하는 것도, 복수심을 품는 것도 소저의 정당한 권리요."

그러나 장평은 단호하게 말했다.

"하지만 나에 대한 소저 개인의 감정이 저들의 생사를 좌우할 권리는 없소. 작게는 소저를 신뢰하는 풍씨 가문 수백의 가솔을, 크게는 안휘성 수백만 백성들의 생사를 정할 권리는 더더욱 없소."

"말에서 열기가 느껴지는군요. 개향곡에서 화왕루에 이르기까지 제게는 단 한 번도 보여 준 적 없는 열기가요."

"큰 불을 마주하여 불씨가 옮겨 붙었소. 그뿐이오."

"후후……."

동부용은 뒤틀린 미소를 지었다.

그녀는 풍여경을 바라보았다.

"여기 이 사람, 파사현성 장평 대협은 사람을 속이고 책략을 격파하는 것이 특기예요."

장평과 풍여경이 제각기 반응을 보였다.

그러나 그녀의 말은 끝난 것이 아니었다.

"하지만 그가 자신의 이름을 걸고 한 약조를 반드시 지키는 것 또한 유명한 사실이죠. 비록 그 신용은 그의 거짓말을 보강하기 위한 장치에 불과하지만 말이죠."

"동 대협의 말은, 저자를 믿어도 된단 말이오?"

"곡해의 여지도 있고, 숨겨진 계획이 있을지도 모르죠. 하지만 그가 약속한 것은 반드시 지켜질 거예요."

풍여경은 장평을 바라보았다.

그는 말투를 바꿔 정중한 태도로 물었다.

"이틀 안에 삼만 석의 식량이 온다는 것을 약조할 수 있소?"

"그것이 원래의 구휼 계획이었습니다. 하지만 잦은 습격으로 인해 차질이 생겼지요. 일정이나 규모가 약간 달라질 수도 있습니다."

장평은 단호히 말했다.

"하지만 분명히 약조할 수 있습니다. 지금 수많은 이들이 이 땅에 식량을 전하기 위해 불철주야 노력하고 있다는 것은요."
"이름을 걸고 약속해 주시오."
"필부 장평이 엄숙히 약조하겠습니다. 오조룡패의 조룡어사로서, 무림맹의 파사현성으로서, 구휼의회의 일원으로서. 그리고 무엇보다도……."

장평은 엄숙한 어조로 말했다.

"……뜻이 통할 거라고는 생각지도 못한 사람에게 벗이라 불린 사람으로서, 풍씨 가문과 다른 세 가문에 맹세하겠습니다. 지금 불굴신개와 구휼의회는 이곳으로 식량을 보내기 위해 모든 노력을 다하고 있노라고요."
"……좋소."

풍여경은 이를 악물었다.

"우리가 방해한 시간이 있으니, 하루를 더 주겠소. 사흘 안에 식량이 올 것이라 믿고 사람들을 진정시키겠소."
"가능하겠습니까?"
"끝이 보인다면 버틸 수 있소. 구휼이 온다는 희망이 있다면 말이오."

풍여경은 몸을 돌렸다.

그는 굳게 닫혀 있던 풍씨 가문의 대문을 열며 말했다.
"풍씨 가문이 귀인을 맞소. 들어오시오, 귀빈이여."

풍여경은 자조하는 미소와 함께 말했다.

"차린 것은 없지만 말이오."

* * *

시들시들 시들어 가던 풍씨 가문은 바쁘게 움직이기 시작했다.
"구휼이 곧 올 걸세. 조금만 버티세."
말 그대로 사흘만 버틸 각오로 창고의 바닥까지 득득 긁어 주변 사람들에게 나눠 주었다.
씨암탉, 비쩍 마른 암소, 파종용 볍씨. 그 외에도 사람이 먹을 수 있는 것이면 값이나 중요도를 따지지 않고 아낌없이 뿌렸다.
"사흘만 견디라고 전하게. 사흘만."
풍여경은 다른 세 가문에도 사람을 보냈다.
"오조룡패의 조룡어사와 내가 보증한다고 전하고 말이야."
장평이 안내받은 숙소는 귀빈실이었다.
청소할 기력조차 아낀 탓인지 먼지가 좀 쌓이긴 했지만, 남궁세가의 귀빈실보다도 고급스러운 곳이었다.
'하기야, 재산으로만 따지면 고정 지출이 없는 단순 지주인 이들이 더 부유했겠지.'
무림인들은 한 명 한 명이 돈이었다. 모으는 것도, 키우는 것도, 붙들고 있는 것도.

고정 지출이 없는 지주 호족이 더 부유한 것은 이상한 일이 아니었다.

장평은 서신을 적어 척착호에게 말했다.

"미안하지만, 척 형께 부탁드려야겠소."

"뭐, 파발마로 쓰려고 데리고 온 거잖소."

너털웃음을 지은 척착호는 행장을 풀지도 않고 다시 길을 떠날 준비를 했다.

"만약 피재진인이 깨어났다면……."

"그의 얘기도 들어 보고 오겠소."

쿠르르릉!

척착호는 밟아 부수는 듯한 강행주법으로 쏜살같이 날아갔다. 그 모습을 본 사람들은 모두 멍한 표정을 지었다.

"와, 사람이 화살보다 빠르네."

무림에 속하지 않은 농민들이 접해 본 무림인은 기껏해야 대지주의 호위 무사로 일하는 일류 무사 정도였다.

초일류 무사인 동부용도 경외할 정도였으니, 척착호 같은 초인들은 처음 보는 것이리라.

"정말로 당신들은 혼자서도 우리 모두를 죽일 수 있었구려."

풍여경은 놀라움과 두려움이 섞인 표정으로 장평을 바라보았다.

"설득하기를 택해 주어 고맙소."

"저야말로 풍 가주님이 현명한 판단을 하신 것에 감사할 따름입니다."

장평은 웃으며 말했다.

"저와 구휼의회의 목표는 한 명이라도 더 많은 사람을 살리는 것이니까요."

의심이 가신 풍여경은 고개를 끄덕였다.

"우리의 목표도 그것이라오."

이렇게 습격 문제는 생각보다 간단히 정리되었다. 보리밭 문제도.

문제는······.

'황충.'

가장 근본적인 문제인 황충에 대해서는 여전히 대책이 없다는 것이었다.

장평은 풍여경과 다른 농사꾼들을 모아 이런저런 논의를 나누었다.

"황충은 정말 대책이 없는 겁니까?"

"일어나기 전에 막을 방법은 없소."

그러나 농사로 잔뼈가 굵은 모든 이들이 똑같이 난감한 표정으로 말했다.

"일어나고 나면 어찌할 도리가 없고."

"불이나 연기는 어떻습니까?"

4장 〈259〉

"그냥 날아서 지나가오."

장평은 잠시 생각하다가 말했다.

"피재진인이 쓰러지기 전, 부화하기 전에 처리할 방법이 있다는 정보를 들었습니다. 불을 사용하라고 하던데, 짐작 가는 바가 있으십니까?"

"우린 모르겠소."

풍여경은 침중한 표정으로 말했다.

"만약 답이 있다면, 피재진인이 창안한 독창적인 비법일 것이오."

그리고 그는 정신을 잃고 쓰러져 있었다.

언제 일어난다는, 아니, 일어날 수 있다는 기약조차 없이.

'피재진인이 만든 비책이 대체 뭘까?'

장평이 압박한 탓이었다.

'대체 불을 어떻게 써서 땅속의 알들을 처리한다는 걸까?'

장평은 단편적인 단서들을 조합해 보며 생각에 잠겼다.

석양을 지나 달이 높이 오를 때까지.

'내가 들은 단서에는 무언가가 빠져 있다.'

도무지 답이 나오지 않았다.

'가장 중요한 핵심이.'

장평은 착잡한 표정으로 달을 바라보았다.

상현달과 보름달 사이의 어중간한 달을.

장평은 조용히 말했다.

"들어오시오, 동 소저."

동부용은 문을 열고 들어왔다.

"언제부터 눈치채셨죠?"

"스무 걸음 전부터."

"놀랍도록 강해지셨군요. 저도 나름대로는 빠르게 강해졌다고 생각했는데."

질시와 경외, 억울함과 감탄이 뒤섞인 복잡한 눈빛이었다.

장평은 척착호를 떠올렸다.

'그도 이런 기분이었겠군.'

정작 그 눈빛을 마주하고 보니, 딱히 할 말이 없었다.

장평은 대답 대신 동부용에게 자리를 권했다.

"앉으시오."

그녀는 자리에 앉는 것과 동시에, 고급스러운 술병 하나를 탁자에 놓았다.

"옥로주(玉露酒)예요. 풍 가주님이 아끼던 귀물 중 하나라고 하더군요."

"우린 술잔을 나눌 사이가 아닌 것 같소만."

"술이요?"

그녀는 얼룩이 묻어나는 웃음을 터트렸다.

화왕루 이전의 동부용이라면 지을 수 없었을 표정을.

"이거 풍씨 가문이 준비한 장평 대협의 저녁 식사예요. 무림인이니 며칠 굶어도 상관없겠지만, 어쨌건 저들 입장에서는 귀빈이니 접대는 해야 하잖아요."

"접대라면서 안주도 없이 술병만 보냈소?"

"주안상은 한 가족의 식사니까요."

"그것도 그렇군."

장평은 납득했다.

그들은 그런 상황 속에 있었다.

수십만 석의 곡식을 거두던 대지주가 가보로 삼을 미주보다도, 그 안줏거리가 더 귀한 기근 속에.

"단순히 심부름에 굳이 동 소저를 보내지는 않았을 테고."

장평은 동부용을 바라보았다.

"할 얘기가 있어서 온 거라면 듣겠소."

"비난이나 원망의 말이라도요?"

"가슴속에 쌓아 둔 말을 풀어놓으시오. 그러면 소저의 마음도 조금은 가벼워지겠지."

동부용은 피식 웃었다.

"늘 그렇듯이 말은 청산유수로군요."

그녀는 장평을 향해 몸을 기울이며 말했다.

"하지만 그게 아니라면요?"

"응?"

동부용의 몸에서는 여체 특유의 진한 살 내음이 느껴졌다. 체취라고 딱 잘라 말할 수 없는, 사내를 자극하는 강렬한 냄새가.

순진한 기연 추적자였던 동부용은 이제는 산전수전을 다 겪은 강호인으로서 장평에게 말하고 있었다.

"그냥 단순히, 한 사람의 여자로서 첫 남자에게 다시 한번 안기러 온 거라면요?"

* * *

척착호가 보낸 서신은, 그리고 직접 보고 들은 척착호의 증언은 많은 정보를 전해 주었다.

연락망이 끊겨 있던 미지의 땅, 황색 지대의 현 상황에 대한 요긴한 정보였다.

"중요한 정보 고맙네."

불굴신개와 남궁풍양은 서신을 읽고 지도와 정보를 수정했다. 계획 또한 세부 사항이 다수 변경되었다.

"피로할 텐데 좀 쉬게."

"아뇨. 괜찮습니다. 시키실 일 없으면 바로 돌아가겠습니다."

"벌써 말인가?"

"장 형도 전서구 한 마리쯤은 들고 있어야 일을 하지요."

척착호는 대수롭지 않게 말했다.

"이럴 줄 알고 잠도 미리 넉넉히 자 뒀으니, 사나흘은 안 자도 됩니다."

불굴신개는 순간적으로 고개를 갸웃거렸다.

'잠이란 것이 저축도 가능한 거였나?'

그러나 그것도 잠시. 그는 다시 일 얘기로 돌아갔다.

"장평이 황색 지대 사람들에게 사흘 안에 구휼이 들어갈 것을 약조했다면, 그 약조를 지켜야겠지. 남궁 가주께서는 인력을 조금 더 배치할 수 있으시겠습니까?"

"수레는 모두 쓰이고 있습니다. 말과 소는 지쳤고요. 저는 오히려 한숨 돌린 다음 재개할 것을 논의하려 했습니다만……."

"합당한 말씀입니다. 하지만……."

이차 구휼대가 움직인 것도 벌써 열흘. 우마도, 마부도 누적된 피로로 엉망이었다.

"우마를 쉬게 하면 장평이 약조한 사흘 안에 구휼이 들어가지 못할 것입니다."

"어떻게 안 되겠습니까?"

불굴신개의 말에, 남궁풍양은 고개를 저었다.

"우마는 엄살을 부릴 줄 모릅니다. 무리하면 그대로 길

바닥에 쓰러져 죽지요. 지금이라도 휴식을 시켜야 합니다."

"그렇다면 인력을 씁시다. 비상시를 대비해 대기시켰던 무림인 전원을요."

불굴신개는 침착한 어조로 말했다.

"우마를 쉬게 하고, 무림인들이 수레를 끌고 가는 겁니다. 어쨌건 약조한 사흘 내로 길을 뚫어야 하지 않습니까?"

개방도들은 마다하지 않을 터였다.

문제는 남궁세가와 그 산하 문파들이었다.

"그 정도로는 부족합니다만……."

잠시 생각 혹은 계산을 하던 남궁풍양은 마음을 굳혔다.

"만약 네 가문이 장평과의 거래대로 폭도들을 자제시킨다면, 경비에 배치한 무인들도 빼서 수송력으로 쓸 수도 있겠지요."

어떻게든 임시변통에 성공하자, 불굴신개는 안도의 한숨을 내쉬었다.

그러나 남궁풍양의 말은 끝난 것이 아니었다.

"하지만 창궁단(蒼穹團)만큼은 제 뜻대로 쓰겠습니다."

"남궁세가 최정예 부대를 어디에 쓰시려고요?"

"제 동생 남궁운성이 베어야 할 원수가 있다고 하더군요."

"창궁단주(蒼穹團主)께서요?"

"예. 작게는 아들의 원수이자 크게는 황색 지대의 폭도들을 규합하고 지휘한 대악당."

남궁풍양은 담담한 목소리로 말했다.

"사파의 간녀(奸女), 흑검흉수(黑劍兇手) 동부용을요."

* * *

순진하고 풋풋하던 동부용은 이제 없었다.

그날 화왕루에서 장평이 없애 버렸다.

그리고 지금, 장평을 향해 몸을 기울인 것은 풍파와 시련을 겪어 온 한 여자였다.

장평조차 속셈을 알 수 없는 그녀는 여러모로 위험한 여자였다. 그렇기에 더욱 자극적이고 인상적인 유혹이었다.

"몸을 험하게 굴리며 살았지만, 장평 대협만큼의 쾌락을 준 사람은 없었어요. 대협이 제 첫 남자라는 사실을 제외하더라도 말이죠."

그녀는 촉촉하게 젖은 목소리로 속삭였다.

"하룻밤. 아니, 한 시진만이라도 좋아요. 아무 생각도,

아무 감정도 품지 못하게 날 엉망으로 만들어 줘요. 재앙에 휩쓸려 손을 더럽힌 실수투성이의 무림인 대신, 욕정에 몸을 떠는 한 마리 암컷으로 만들어 줘요."

그 말이 장평을 얼마나 뒤흔들었는지는, 장평 본인을 제외하고는 아무도 알 수 없으리라.

'잊고 싶다. 단 한 순간만이라도 벗어나고 싶다.'

제국, 천하, 안휘성, 기근, 그리고…… 황충.

이 모든 불안함과 중압감에서 잠시라도 자유로워지고 싶었다.

그렇기에 장평은 눈앞의 탄탄한 여체를 바라보았다.

필요한 만큼의 쾌락을 제공해 줄 수 있는 도구. 이미 그의 손길에 완벽히 조련된 암컷을.

'그녀 또한 그걸 바라고 있지 않은가.'

장평은 자신도 모르게 손을 뻗었다.

그 순간, 장평의 눈앞에 한 사람이 스치고 지나갔다.

〈연랑이라고 불러 줘.〉

충족감과 행복함이 가득 담긴 미소를 지은 채, 장평의 팔을 베고 있는 남궁연연이.

'그녀는 나를 버리지 않았는데, 내가 어찌 그녀를 배신할 수 있단 말인가?'

장평은 손의 방향을 바꿔 자연스럽게 술병을 쥐었다.

"잊어야 할 일이 있긴 나도 마찬가지요. 함께 미주에

의지해 보도록 합시다."

동부용은 장평을 바라보았다.

장평이 순간적으로 충동을 느꼈다는 것을 눈치챈 것일까? 그것을 이성으로 억지로 눌러 앉혔다는 사실을?

"그래요."

무엇을 바라는지 모를 눈동자로 장평을 바라보던 그녀는 뒤틀린 미소를 지으며 술잔을 집었다.

"일단은 풍씨 가문의 가보부터 맛보죠."

옥로주는 맑고 청량한 향이 일품인 미주였으나, 도수가 높은 독주는 아니었다.

동부용과 장평은 쓴웃음을 지었다.

"취할 수 있겠어요?"

"힘들겠구려."

"그럼…… 이야기라도 하죠."

장평은 조용히 말했다.

"사파인으로 활동했다는 얘기는 들었소."

"명성 높은 후견인 때문에, 정파인들은 어려워하며 한 수 접어주기만 하더군요."

그녀는 비틀린 미소를 지었다.

"그러니 장평 대협에게 빚진 것이 없는 사파인들과 뒤섞일 수 밖에요."

"내 그림자가 소저를 망쳤구려."

"신경 쓰지 마세요. 기연 추적자도 따지고 보면 도굴꾼. 가야 할 길을 간 거니까요."

술잔을 비운 장평은 말했다.

"많이 강해졌구려."

"많이 싸웠어요."

"많이 노련해졌고."

"많이 속였어요."

"많이 상처받았구려."

"거의 다 나았어요."

동부용은 장평을 바라보았다.

"화왕루에서 입은 상처만 빼고요."

"아직도 아물지 않았소?"

"아물 수는 있냐고 물어보는 것이 더 올바른 질문이겠죠?"

동부용은 웃었다. 옛날 기연 추적자 시절의 순수한 미소와 대비되는, 뒤틀린 미소였다.

"그래도 절 신경은 쓰고 있었다니 기분이 좋네요."

"그저 소문만 조금 들었을 뿐이오."

"하지만 절 말리지도 않았죠."

장평이 말문이 막힌 순간, 동부용은 싱긋 웃었다.

"이해해요. 강호와 무림맹이 걸린 중대사들이 많았잖아요. 저는 이미 장평 대협의 보호를 거절했으니, 절 돌봐 줄 의리도 없었고요."

"그래도 신경 썼어야 했소."

"반복해서 듣기 지겹네요. 다른 얘기 하실래요?"

장평과 동부용은 동시에 술잔을 비웠다.

"안휘성 출신이란 얘기는 들었소만, 이곳에서 소저를 보게 될 줄은 몰랐소."

"저도 이렇게 될 줄은 몰랐어요."

동부용은 어깨를 으쓱해 보였다.

"아버지는 풍씨 가문의 소작농 출신이셨죠. 지나가는 길에 어릴 때 알고 지내던 고향 친구 안부나 물으러 왔다가, 기근이 왔다는 사실을 알게 되었죠. 그래서 오가는 길에 가끔 들러 식량을 좀 갖다줬는데…… 풍씨 가문에서 절 부르더라고요."

"약탈단을 꾸리기 위해서?"

"예."

그녀는 자조적인 표정을 지었다.

"덕분에 무림인 앞에서 일반인이 얼마나 무력한지 알게 잘 알게 되었죠."

초일류고수라면 일반인은 숫자가 얼마나 되건 문제가 되지 않았다. 특히 천하제일의 신병이기인 흑검과 흑영순살검을 지닌 동부용이라면 비슷한 무위의 그 누구보다도 살인에 능했으리라.

습격 현장을 직접 확인한 남궁운성조차도 그녀의 무위가 초일류인지 절정고수인지 확신하지 못할 정도였으니까.

"어쩌다가 일이 이리되었소?"

장평은 알고 있었다.

폭도가 되었던 백성들은 용서받을 수 있을 터였다. 남궁세가도 문제 삼지 않을 것이고, 관아도 크게 벌주지 않을 것이었다.

하지만 동부용은 아니었다.

"남궁세가는 소저를 벨 것이오. 무림인과 무림인의 일이니까."

"그러게요."

동부용은 복잡한 미소를 지으며 말했다.

"제가 바라던 건 이게 아니었는데. 어쩌다가 여기까지 와 버린 건지 모르겠네요."

"동 소저."

"옛 친구를 도와주고 싶었어요. 착한 애인데 불쌍하잖아요. 나쁜 일은 한 적 없이 농사만 지었는데, 밥도 못 먹고 지내는 건 너무하잖아요. 그래서 그녀를 도와주었더니, 주변 사람들이 자기들도 도와 달라고 부탁하더라고요. 굶어 죽기 직전인 사람이요."

그녀는 후회하고 있을까? 처음 고향 친구를 도와준 그

순간을?

"도와 달라는 사람들을 도왔을 뿐인데, 어쩌다가 이렇게 된 걸까요……."

장평은 알 수 없었다.

그저 동부용은 자신을 바라보고 있다는 것밖에.

"장평 대협은 수백만 백성을 구휼하는 고결한 구원자로서 이곳에 왔는데, 전 왜 폭도들을 이끄는 흉적으로서 여기에 있는 걸까요."

사태를 악화시켰을 뿐인 그녀 자신의 무력함과, 구휼단을 움직이는 장평의 유능함을 비교하고 있다는 것밖에 알 수 없었다.

그 계산의 결과는 후회와 탄식뿐이란 것도.

"아직 늦지 않았소. 내가……."

"사람을 해쳤어요."

"남궁세가라면 나와 인연이 있소."

"싸워 본 적 없는 사람들에게, 처자식을 위한 한 줌의 구휼미를 지키기 위해 삽과 낫을 든 농부들에게 흑검을 휘둘렀어요."

장평은 침묵했다. 괜찮다고, 어쩔 수 없는 일이었다고 말하는 대신 침묵했다.

거짓말인 걸 아는 사람에게 거짓말을 하는 것은 무의미하기 때문이었다.

"알고 있어요. 잊을 수 없는 일이고, 잊어서도 안 되는 일이라는 것을. 하지만 어쩌겠어요. 이미 저지른 일인걸."

"내가 도울 수 있는 일이 없겠소?"

"안아 줘요."

동부용은 장평을 바라보았다.

"오늘 밤만이라도. 아니, 한 순간만이라도 좋아요. 아무 생각도 할 수 없게 만들어 줘요. 제가 저지른 일들에서 잠시라도 도망칠 수 있게, 내 몸과 마음을 당신으로 덮어 주세요."

"나는…… 정혼자가 있소."

"……."

동부용은 한참 동안이나 침묵하다 말했다.

"그렇군요. 정혼…… 했군요."

동부용은 쓸쓸한 미소를 지었다.

"황색 지대에 지낸 탓에 못 들었네요. 언제 정혼하셨어요?"

"저번 달이오. 이번에 남궁세가에는 혼인 승낙을 받으러 온 것이기도 하오."

"생각보다 늦었네요."

"그런 셈이오."

"생각보다…… 기회가 많았던 거군요."

동부용은 창밖의 달을 바라보았다.

"만약에, 만약에 말이에요. 제가 그때, 화왕루에서 떠나가지 않고 장평 대협 곁에 남았다면 뭔가 바뀌었을까요?"

"……."

"고난이 닥치면 서로 의지하고, 위기를 맞으면 서로 협력하고, 아무 일 없는 일상에는 같이 밥도 먹고 술도 마시며 같은 시간을 보냈다면…… 지금 장평 대협 곁에 있는 사람이 그 사람이 아닌 저였을 수도 있었을까요?"

그녀의 눈빛과 목소리에는 묘한 울림이 깃들어 있었다.

전생까지 합쳐 수십 년. 무림인으로서의 경험은 물론, 인생 경험 또한 깊은 장평은 그녀가 지금 무슨 생각을 하는지를 잘 알고 있었다.

이 대화 끝에 무슨 일이 일어날지를.

그래서 장평은 솔직하게 답했다.

"그랬을지도 모르겠소."

"지금의 정혼자와는요?"

"그래도 그녀와는 혼례를 올렸을 것 같소. 두 번째 부인으로라도."

"지독한 집착이네요."

"뗄 수 없는 인연이기에."

"저도 그런 사람이 되고 싶었어요."

동부용은 편안한 미소를 지었다.

"화왕루에서 본 장평 대협은 정말 충격적이고 인상적

이었어요. 빈틈없고, 교활하고, 노련하고, 무엇보다도 냉혹한 괴물이었죠. 무섭고 멀리하고 싶은 괴물이요."

"정확한 평가구려."

"하지만 동시에 깨달았어요. 저 냉혹한 괴물의 곁에 서려면, 저도 사람이 아닌 괴물이 되어야 한다고 생각했어요. 하지만 제가 화왕루의 장평을 쫓아가는 동안, 대협은 어느새 화왕루의 장평이 아닌 더 나은 사람이 되어 있었네요. 제가 힘겹게 걸어온 길들을 비웃기라도 하듯요."

"나는 비웃지 않았소."

"제가 비웃고 있어요."

"아직 늦지 않았소."

장평은 손을 내밀었다.

"내가 있는 한 바로잡을 수 있소. 마음을 달리 먹는다면 내가 지켜 줄 수 있소."

"뻔뻔한 말이네요."

동부용은 장평이 내민 손에 손가락을 섞었다. 깍지를 낀 그녀는 복잡한 미소를 지었다.

"제게 단 한 시진조차 내주지 않는 사람이 입에 담기에는요."

"동 소저."

"원한다면 깍지를 풀어요. 당신의 정혼자를 존중하기 위해서 제 손을 뿌리쳐요."

장평은 이 손을 놓으면 무슨 일이 벌어질지를 잘 알고 있었다.

"자결하지 않겠다고 약속하면 그리하겠소."

"잘못된 사람을 쫓아 잘못된 길을 걸었어요. 잘못된 판단으로 잘못된 행동을 했고요. 하지만 걸레처럼 더럽고 냄새나는 이 삶은, 제 목숨은 제 것이에요. 이미 뜻을 정했는데, 이제와서 다른 사람의 간섭을 받을 이유는 없어요."

"내게 기회를 주시오. 내가 그때 소저를 이용했던 것, 그리고 신뢰를 저버렸던 것을 속죄할 기회를 주시오."

"그 기회는 손안에 있잖아요."

동부용은 깍지 낀 손가락으로 장평의 손등을 톡톡 쳤다.

"지금도 밀어내고 있는 그 기회요."

"……."

잠시 정적이 있었다.

동부용은 깍지를 낀 장평의 손이 헐겁다는 사실을 새삼 느꼈다.

그녀는 쓴웃음을 지었다.

"미안해요. 끝까지 구질구질하게 굴었네요."

동부용은 깍지를 풀고 손을 뺐다.

"잘 가요. 단 한 번도 내 손에 들어온 적 없던 사람."

동부용의 손끝이 장평의 손끝을 떠났다.

"제겐 과분했던 흑검을 가져가세요. 그 대신, 동부용이란 여자가 당신 삶 속에 있었다는 추억만이라도 가져가주세요."

동부용이 모든 것을 내려놓은 평화로운 미소를 짓는 그 순간.

턱!

장평의 손이 동부용의 손목을 낚아챘다.

"흑검의 주인은 당신이오. 당신의 삶이 그러하듯이 함부로 떠넘기지 마시오, 동 소저."

"……?"

장평의 손이 그녀를 거칠게 끌어당겼다. 동부용의 탄탄한 몸이 장평의 몸에 닿는 순간, 그녀는 장평의 눈동자를 보았다.

불쾌감과 자괴감, 그리고 맹수와도 같은 폭력적인 욕망이 뒤섞인 눈동자를.

"……빌어먹을."

아직 먼지를 털지 않은 침상 위로, 동부용의 몸을 내던지듯 눕혔다.

"대협……?"

자괴감과 욕망이 뒤섞인 눈동자가 번들거렸다. 그 눈이 먹잇감을 앞둔 수컷의 눈으로 변해 가는 것과 동시에, 동부용은 가슴이 뛰는 것을 느꼈다.

그 사람이 돌아왔으니까.

그녀를 길들였던 수컷이.

평생 그 그림자를 쫓아왔던 사내가 자신을 뒤덮으며 다가오고 있으니까.

장평은 그녀의 옷을 찢듯이 거칠게 벗겼다. 그가 몸을 기울여 동부용의 여체에 무게를 싣는 순간, 동부용은 자신도 모르게 장평의 목에 팔을 감았다. 탄력 있는 다리 또한 사내의 허리를 빈틈없이 감고 있었다.

다시는 놓아주기 싫다는 것처럼 단단히.

"동부용."

장평은 불쾌함인지 욕정인지 구분할 수 없는 목소리로 으르렁거렸다.

"상냥함을 기대하지는 마라."

물어뜯을 듯 거친 입맞춤과 함께, 동부용은 눈을 감고 몸을 떨었다. 기대감 섞인 두려움 때문이었다.

"아……!"

생각보다도 거칠고 우악스러웠다.

배덕감이 실린 장평의 손길은.

* * *

봄날의 밤은 그리 짧은 편은 아니었다.

그러나 뒤틀린 두 남녀가 맺힌 것을 완전히 털어 내기에는 다소 짧은 감이 있기도 했다.

"……빌어먹을."

선잠에서 깬, 혹은 이성을 되찾은 순간.

장평은 창밖이 밝음을 깨달았다.

먼지와 뒤엉킨 침상이 축축했다. 그리고 그의 옆에는 상처투성이의 탄탄한 여체가 맥없이 늘어져 있었다.

'혼례도 올리기 전에 바람을 피우게 될 줄이야.'

굳이 따지자면, 욕정보다는 압박감 때문이었다. 황색 지대 사람들에 대한 압박감, 답도 없는 황충에 대한 초조함, 그리고 자기 앞에서 죽음을 선택한 동부용에 대한 불쾌감과 죄책감까지.

그를 짓누르는 혼탁한 모든 감정들이 뒤섞여 간밤을 빚어냈다.

잘 단련된 육체를 지닌 두 무림인이 싸움처럼 거칠게 뒤엉킨, 짐승같이 격렬한 밤을.

장평이 침상에서 몸을 일으키자, 등 뒤에서 잠에 취한 속삭임이 들려왔다.

"장평……?"

"일어나시오. 아침이오."

그는 뒤도 돌아보지 않고 옷을 꿰어 입었다. 동부용은 가만히 누워 몸 안에 남아 있는 감각들의 여진을 음미했다.

"기분이 좋아요. 나른하고 안락해요."
그녀는 배시시 웃으며 말했다.
"머릿속도 텅 비었고요."
"나쁜 생각을 잊었다니 잘됐구려."
"장평 대협."
"말하시오."
"미안해요. 혼례를 올리기도 전에 바람부터 피우게 만들어서."
"그 말이 진담이고 정말로 미안해서 하는 말이라면."
마침 옷을 다 입은 장평은 몸을 돌렸다.
"자결 같은 허튼 생각은 하지 마시오. 지금은 물론, 앞으로도 말이오. 알겠소?"
"저는 절 죽일 생각을 버려도, 남궁세가는 절 죽일 마음을 버리지 않을 거예요."
"그렇겠지."
이미 쌓여 있는 난제들에 한 가지가 더해졌다. 장평은 머릿속이 복잡해지는 것을 느꼈다.
"그것도 내가 어떻게든 해결하겠소."
"몸을 섞은 값으로요?"
"값을 논하자면, 소저가 내게 향응을 베푼 것이 아니오. 내가 소저에게 베푼 것이지."
"낭만적인 일을 타산적으로 다루네요."

"그렇소. 그러니 그 빚은 허튼 생각을 하지 않는 것으로 갚으시오."

동부용은 배시시 웃었다.

"왜 웃소?"

"그리운 모습을 봐서요. 약점을 놓치지 않고 물어뜯는 계산적인 모습을요."

그녀는 아련한 표정으로 말했다.

"화왕루의 그 사람이 아직 완전히 사라진 건 아닌가 보네요."

"그 사람을 찾으려고 노력하지 마시오. 나는 그 사람이 아니게 되려고 노력 중이니."

"또 다른 장평이라. 상상이 잘 안 되네요."

동부용은 장난스럽게 웃었다.

"그래서, 그 장평은 어떤 장평이 될 예정인가요?"

"머리는 차가워도 가슴속에는 불씨가 담겨 있는 사람."

"음…… 그렇게 말해도 잘 모르겠네요."

"굳이 이해할 필요 없소. 일어나 옷이나 입으시오."

침상 위의 동부용은 두 팔을 펼쳤다.

그녀는 나른한 표정으로 속삭였다.

"그보다는, 장평 대협이 옷을 벗고 다시 눕는 편이 낫지 않을까요?"

장평은 대답 대신 동부용에게 옷을 던졌다.

"뭘 하려고요?"

"생각."

"황충에 대한 생각이요?"

"그렇소."

지금 맞이한 상황 중에서, 제일 중대하고 제일 중요한 것은 황충이었다.

"황충이 깨어나면 답이 없으니까."

분야를 막론한 모든 전문가들이 입을 모아 말하고 있었다.

장평이 손에 쥔 것이라고는 지식의 파편들. 피재진인이 말했던 '굶주림들이 깨어나기 전에 불을 쓰는 계획'밖에 없었다.

"피재진인은 뭐라고 했어요?"

"땅속에 있을 때 불을 써라."

"그게 다예요?"

"그렇소. 그게 다요."

문제는 무슨 불을 어떻게 쓰라는 것인지를 모른다는 것이었다.

"혹시 피재진인에게 제자나 저서는 없소?"

"저는 못 들어 본 것 같은데요."

그녀 또한 무림인. 피재진인이 속한 속세와는 다른 세상의 사람이었다.

"피재진인의 집이나 주변 사람을 찾아보라고 해야겠군."
"그 사람이 어디 사는데요?"
"모르오. 하지만 후연광 총독이 그를 구휼의회로 파견했으니, 후연광이 알고 있……."

그 순간, 장평은 멈칫했다.

'잠깐만.'

흐릿한 상념이 머릿속을 떠다녔고, 장평은 그 상념을 단어로 빚어내기 위해 집중했다.

짧지 않은 숙고 끝에, 장평이 조립한 결과물은 하나의 질문이었다.

"왜 피재진인이 구휼의회로 왔지?"

피재진인을 파견한 후연광은 안휘성의 총독. 무림인인 장평은 그에 대해 자세히 알지는 못했지만, 북경에서 시위를 벌일 정도로 기개 있는 사람이었다.

그런 사람이 황충 사태를 예측하고도 조언가만 파견한다?

"왜 자기 손으로 직접 해결하지 않고 구휼의회로 피재진인을 파견한 거지?"

모순이었다.

"자기가 할 수 없는 일이라서 그랬겠죠?"
"맞소. 문제는 왜 못 하냐는 거요."

권한 문제는 아니었다. 목을 내놓고 폭주 중인 후연광

은 백성들을 위해서라면 못 할 일이 없었다.

 그 말은, 반대로 말하자면 관아에서는 도저히 할 수 없는 일이라는 뜻이었다.

 그리고 관원이 절대 가질 수 없는 것이 하나 있었다.

 "무공."

 그래서 피재진인을 파견한 것이리라.

 "아마도 무림인만이 쓸 수 있는 해결책이기에 피재진인을 보낸 것이겠지."

 중간에 소통 실수가 생긴 모양이었다.

 후연광은 구휼의회가 당연히 명성 높은 피재진인의 말을 귀담아들을 것이라 생각했겠지만, 재해 연구가인 피재진인이랑 얽힐 일이 없었던 무림인들은 그를 그냥 미친놈 취급했다.

 직접 확인해 보기 전까지는 장평 또한 피재진인을 미친놈이라고 생각했으니까.

 관과 무림 사이의 거리감이 빚은 착오였다.

 "그래서, 어떻게?"

 한 걸음 나아갔다 해도 남아 있는 의문들이 장평의 발목을 다시금 붙잡았다.

 "무림인에게만 가능한 무슨 불을 어떻게 써서 땅속의 알들을 제거하란 말인가?"

 장평은 초절정고수를 향해 가는 절정고수. 무림의 고명

한 수법 대다수를 알고 있었다.

그러나 장평이 기억하는 그 어떤 무공도 땅속에 불을 지를 수는 없었다.

'너무 넓다.'

몇몇 열양공의 고수들이 있긴 해도, 이 광대한 평야를 뒤덮는 것은 불가능했다.

장평은 다시 생각에 잠겼다.

반대로 말하자면, 규모의 문제만 해결하면 해결책이 조립된다는 뜻이었다.

그때였다.

"장평."

탁하고 무미건조한 목소리가 밖에서 들려왔다. 장평이 나가 보니, 신농씨의 탈을 쓴 사내가 서 있었다.

구명의선 오방곤이었다.

"오 의원님이 여긴 무슨 일로 오셨습니까?"

"아직 할 일이 없어서 부상자라도 돌보려고 왔다."

지금은 얌전히 구휼을 기다리고 있지만, 풍씨 가문을 비롯한 황색 지대 사람들 사이에는 부상자가 적지 않았다.

폭도로서 식량을 약탈하기 위해 싸움을 벌였던 민간인들이.

"전염병 걱정은 없는 겁니까?"

"전염병의 큰 줄기는 둘. 시체와 물이다. 둘 다 대강 잡혔으니, 큰 문제는 없을 것이다."

오방곤은 불길한 한 마디를 덧붙였다.

"적어도 비가 내리기 전까지는."

비.

모든 이들이 기다리는 비야말로 가뭄을 마무리 지을 것이었다.

그러나 기쁜 마음으로 단비를 맞이하려면, 비가 오기 전에 해결해야만 했다.

땅속에서 때를 기다리는 무한한 굶주림.

황충의 창궐을.

장평은 오방곤을 바라보았다.

의원이 아닌, 자신보다 노련한 초절정고수를.

"오직 무림인만이 쓸 수 있는 불에 대해 짐작 가는 바가 있으십니까?"

오방곤은 주저 없이 답했다.

"삼매진화(三昧眞火)."

"이 평야 전체를 덮을 수 있는 규모로요."

"없다."

"확실합니까?"

"확실히 없다."

그러나 대화를 끝마치고 자기 할 일을 하러 떠나리라

생각했던 오방곤은 예상 밖의 행동을 했다.

"왜지?"

그는 장평에게 물었다.

"무림인만이 쓸 수 있는 불은 대체 왜 찾지?"

"황충의 알 때문입니다."

"피재진인이 남긴 단서로 거기까지 추측한 건가?"

"예."

오방곤은 그 자리에 석상처럼 선 채 생각에 잠겼다. 한참 동안 생각하던 그는 말했다.

"꼭 불이어야 하나?"

"예?"

"꼭 불을 써야만 하는 이유가 있냐는 말이다."

"그거야 피재진인이……."

"그는 민간인이고 우린 무림인이다."

오방곤은 감정 없는 목소리로 말했다.

"무림인인 우리는 피재진인의 지식을 오판했다. 그럼 민간인인 피재진인이라고 무림인들의 무공에 대해 착각하지 말라는 법이 있나?"

"……피재진인의 계획이 틀렸을 수도 있다는 뜻입니까?"

"그래."

"이유는요?"

"무공을 모르는 피재진인이 찾을 수 있는 해법이라면, 무공을 익힌 내가 찾지 못했을 리가 없다."

가능성이 있는 말이었다.

장평은 관점을 바꿔 피재진인의 단서에서 빠져나오기로 했다.

"그럼 불은 일단 제쳐 둡시다."

장평은 말했다.

"천하의 무공 중에서 가장 공격 범위가 넓은 무공은 무엇입니까?"

"음공."

"돌벽만 해도 소리를 막는데, 파괴력을 유지한 채로 땅속에서 온전하게 퍼질 리가 없습니다. 그다음은요?"

"열기와 냉기."

"흙에 막힙니다."

"진동."

멈칫.

오방곤의 무미건조한 답변을 들은 순간, 장평은 머릿속에서 뭔가가 달칵 소리를 내며 맞물리는 것을 깨달았다.

'충격파의 달인. 혼돈대마.'

파편화되어 있던 정보들이 하나의 생각으로 합쳐지는 순간이었다.

"장 형, 나 왔소."

그때, 척착호 또한 복귀했다.

오방곤이 이곳에 부상자가 있다는 것을 알게 된 것도 척착호의 보고였을 터.

출발 자체는 비슷해도 경지가 높은 오방곤이 더 먼저 도착한 것이리라.

장평은 척착호에게 물었다.

"척 형, 혹시 마교도들이 어디서 활동 중인지 알고 계시오?"

"어…… 확인해 보란 얘길 못 들어서……."

척착호가 머리를 긁적이자, 오방곤이 말했다.

"떠나기 전에 상황판을 보고 왔다. 약간의 오차는 있겠지만, 적색 지대 변두리의 십악산(十岳山) 근처에서 수원을 찾는 작업을 하는 중이라고 표시되어 있었다."

"그게 어딥니까?"

오방곤은 손을 뻗어 그리 멀지 않은 산을 가리켰다.

"저기."

대충 가늠컨대, 경공을 최대한으로 펼치면 두어 시진 뒤에 도착할 거리였다.

"척 형, 무림맹에 입맹하기를 권할 때 했던 약조를 기억하시오?"

"강적과 싸울 수 있게 해 주겠다고 했던 약조 말이오?"

"지금 그 약조를 지킬 때가 왔소."

장평은 십악산을 바라보았다.

혼돈대마가, 그리고 흉수대마 북궁산도가 있는 곳을.

"천하에서 세 번째로 강한 고수와 싸우게 될지도 모르는 때가."

척착호는 잠시 놀란 표정을 지었다.

그러나 그것도 잠시.

그는 호쾌하게 두 주먹을 탁 부딪치며 말했다.

"참으로 오래간만에 사투가 나를 부르는구려!"

오방곤은 장평에게 물었다.

"싸우러 가는 건가?"

"기본적으로는 대화로 해결할 생각입니다만, 싸울 수도 있습니다."

"기본적으로는 대화라는 말인가?"

"맞습니다. 하지만 교전 여부는 더 강한 쪽이 택하는 법이니까요."

"싸움이 아닌 대화로 해결할 생각이라면, 나도 동행하겠다."

장평은 순간적으로 멈칫했다.

그는 반사적으로 무표정을 얼굴에 띄운 채, 뭔가를 계산했다.

그 모습을 본 오방곤은 말했다.

"싫다면 강요할 생각은 없다."

"아닙니다."

마음을 굳힌 장평은 주저 없이 말했다.

"동행하시지요."

"미리 말해 두겠다. 만약 대화에 실패해 싸움이 벌어져도 난 마교도들과 싸우지는 않을 것이다. 그래도 괜찮나?"

척착호는 의심스러운 눈빛으로 오방곤을 바라보았으나, 오히려 장평은 주저 없이 말했다.

"예. 저들에게 교전을 재고하게 만들 억제력으로 충분히 도움이 됩니다."

"좋다."

척착호는 장평에게 전음했다.

〈대놓고 수상한 소리를 하는데, 믿어도 되겠소?〉

〈정말 수상한 사람이라면, 대놓고 말하겠소?〉

말문이 막힌 척착호는 고개를 끄덕였다.

장평은 말했다.

"갑시다. 십악산으로. 이 지긋지긋한 황충 문제를 해결할 답을 찾으러."

오방곤은 무미건조한 목소리로 말했다.

"개죽음으로도 끝날 수도 있는 여정이지만."

장평과 척착호는 오방곤을 빤히 바라보았다.

"내가 틀린 말 했나?"

"아뇨. 아닙니다."
척착호는 투덜거렸다.
"참 힘이 나고 기운이 생기는 덕담이네요."

* * *

오방곤의 경공은 두 사람보다 한 수 위였고, 장평은 척착호보다 약간 느렸다.
그러나 장평이 놀라게 만든 것은 척착호였다.
'왜 안 지치지?'
대지를 짓이기는 듯 강맹한 기세의 척착호의 강행주법은 가볍고 날렵한 장평의 쾌속경공보다 내력 소모가 컸다.
'내공이나 체력 차이는 별로 없을 텐데…….'
그럼에도 불구하고 장평보다 훨씬 기운이 넘쳤다.
'그렇구나.'
잠시 고민하던 장평은 기묘하게 출렁이는 척착호의 종아리 근육을 보고 깨달았다.
'저 괴물은 자신이 보법을 펼치는 반동조차 흡수하여 내공으로 전환하는 거구나.'
현 무림지존인 용태계가 제국의 국력을 쏟아부은 반칙으로 완성된 무인의 정점이라면, 척착호는 존재 자체로

반칙이었다.

"장 형."

장평이 흠칫 놀란 것은 그 척착호가 장평에게 말을 걸어왔기 때문이었다.

"왜 그러시오?"

"그, 내가 나한테는 안 어울리는 일이지만 생각이란걸 좀 해 봤는데 말이오……."

척착호는 방어적인 태도로 주저하며 말했다.

"피재진인이 불을 쓰라는 얘기를 했다는 것이 사실이오?"

"맞소."

"후연광 총독이 굳이 우리에게 파견했던 것은 피재진인의 해결책이 무림인들만 가능한 방법이라는 의미이기도 하고?"

"그렇게 추측하오."

"그럼 메뚜기 알들을 그냥 열양공으로 익혀 버리면 되지 않소? 꼭 열양공의 대가가 아니더라도 내공만 있으면 찻잔의 물을 덥히는 정도는 다 할 수 있으니까. 메뚜기 알을 익혀 버리는 것도 가능할 거 같은데."

"그렇긴 하오."

장평은 조심스럽게 단어를 골랐다. 척착호가 면박을 당한다는 느낌을 받지 않도록.

"하지만 메뚜기 알들은 땅속에 있소. 물도 아닌 흙 속에. 무슨 무공으로 흙을 덮혀 알들을 죽일 수 있겠소?"

"그럼 그냥 땅을 갈아엎으면 되잖소."

"무슨 무공으로 땅을 갈아엎는단 말이오?"

그러나 척착호의 대답은 예상 밖이었다.

"무공?"

그는 진심으로 이해하지 못하겠다는 표정으로 고개를 갸웃거리고 있었다.

"땅을 갈아엎는데 무공이 왜 필요한 거요?"

"응?"

장평은 척착호와 자신의 말이 서로 빗나갔다는 것을 깨달았다.

그리고 어느 부분이 빗나갔는지도.

"땅을 갈아엎고 메뚜기 알을 잡을 수 있는 무공은 없소. 그 어떤 무림인에게도."

"땅이야 농사꾼들에게 갈아엎어 두라고 하면 되잖소. 어차피 농사꾼들 맨날 하는 일이 밭을 갈고 풀을 뽑는 건데."

"……!"

무림인. 그것도 첩보원 출신인 장평은 무의식적으로 '무림인들'이 해결할 방법을 찾고 있었다. 소수 정예로서 완벽하게 해결할 수 있는 묘수를.

그에 비해, 척착호의 발상은 단순하고 무식했다. 그러나 그는 수천수만이 한 목적으로 모이고 움직이는 것에 익숙했다. 진지 공사를 비롯한 단체 작업에.

"발도 없는 벌레 알이 어디 도망갈 것도 아니고, 농민들이 땅을 갈아 놓으면 무림인들은 그냥 땅 위로 올라온 알들만 익혀 버리면 되지 않소?"

어느새, 세 사람은 멈춰 서 있었다.

"그렇다 해도……."

착 가라앉은 목소리의 장평은 척착호를 바라보며 말했다.

"농경지는 너무 넓소. 무림인들 몇몇이 나선다 해도 알들을 모두 처리할 방도는 없소."

"어…… 그게 그러니까……."

척착호는 혼란스러워하고 있었다.

이해할 수 없었기 때문이었다.

자신보다 똑똑한 장평이 자기도 아는 당연한 것을 왜 이해하지 못하는지를.

"그야 당연히 하루아침에는 못하겠지. 그러니까 여러 날 동안 반복하면 되지 않소?"

그러자 오방곤이 말했다.

"알들을 모두 죽이기 위해서는 밭을 샅샅이 가열해야 한다. 그러려면 시간도, 내력도 부족하다."

"왜 모두 죽여야 합니까?"

"응?"

"우리가 막아야 하는 건 황충이지 메뚜기 떼가 아니지 않습니까."

그리고 고명한 의원인 오방곤이 왜 굳이 메뚜기를 멸종시키려 드는지를 이해하지 못해 머리를 긁적거리고 있었다.

"삼 년치 메뚜기 알이 쌓여서 황충으로 변이하는 거라면, 삼분의 일이나 그 미만으로 줄이면 그냥 일반적인 메뚜기가 되지 않겠습니까?"

장평과 오방곤. 경험과 판단력은 물론, 제각기 자신의 부문에서는 최고 수준의 지식을 지니고 있는 자들이었다.

"……"

그러나 그들은 지금 척착호의 말을 곱씹고 있었다. 효율을 중시하는 첩보나 정답을 추구하는 의술과는 다른 세계. 효율을 도외시하고 물량으로 모든 문제를 해결하는 군인으로서의 접근법에 충격을 받으며.

'그랬구나.'

특히 장평은 깨달았다.

"피재진인이, 그리고 후연광이 세웠던 계획. 우리 구휼의회에 전하려던 것이 바로 그것이었구려."

뒤늦게 피재진인의 초조한 부르짖음이 떠올랐다.
〈더 늦추면 안 돼! 그러면 너무 늦어!〉
남궁세가와 남궁세가의 산하 문파가 움직일 수 있는 무림인이 이삼천. 무공을 익힌 개방도가 사오천.
무림인들의 숫자는 충분했다.
'부족한 것은 시간.'
한정된 인력에 비해, 방역해야 할 농경지가 너무 넓었다. 하루라도 빨리 착수해야 했다.
그래서 피재진인은 애타는 마음으로 부르짖고 있던 것이었다.
아무도 귀담아듣지 않는 진리를.
'귀담아들었어야 했다. 그때 그의 계획을 새겨들었어야 했다.'
그리고 장평은 탄식했다.
"후……."
답을 찾는 것이 너무 늦었음에.
척착호는 고개를 갸웃거렸다.
"왜 그리 탄식하는 거요?"
"너무 늦었기 때문이오."
"아직 메뚜기 알은 깨어나지 않았잖소."
"무림인들을 모두 써 버렸소. 이제 구휼의회에는 움직일 수 있는 여유 인력이 없소."

"이제부터라도 작업에 착수하라고 하면 되지 않겠소?"

"그러기엔 너무 늦소. 그러니 우린 마교도들을 만나야 하오."

"아까도 물어보려다 말았는데, 대체 마교도들에게는 왜 가려는 거요?"

"마교가 굳이 이번 일에 끼어들었기 때문이오."

장평은 십악산을 바라보았다.

"그리고 그들에게는 늘 계획이 있으니까."

그때, 오방곤이 조용히 말했다.

"마교도가 온다."

"흉수대마가 우릴 포착한 모양이군요."

잠시 침묵하던 오방곤이 말했다.

"만약 퇴각하여 구휼의회로 돌아갈 생각이라면, 나도 엄호하겠다."

"물러나길 권하시는 겁니까?"

"너는 답을 찾았다."

"늦었습니다."

"그건 중요하지 않다."

오방곤은 장평을 바라보았다.

"중요한 것은, 답을 찾았다는 것이다."

"답은 하나 더 있지요. 마교가 준비해 온 해답."

장평은 담담한 표정으로 말했다.

"제가 저들에게서 가로챌 황충의 해결책이요."

* * *

두 사람이 십악산을 등진 채 세 사람 앞에 섰다.
"보고 싶었어요, 장평!"
"예상보다 늦었군, 장평."
화사하게 웃는 북궁산도와 비릿한 냉소를 머금고 있는 혼돈대마가.
"못해도 사흘 전에는 답을 구걸하러 올 거라고 예상했는데 말이야."
"파라 소저는 여전히 친절하고 상냥하구려."
장평은 냉소를 지었다.
"황충의 해결책을 가지고 있다고 자백해 줘서 고맙소."
"내 이름을 한 번만 더 입에 담으면, 홍수대마를 풀어놓겠다."
그러자 척착호가 두 주먹을 탕 부딪치며 말했다.
"그럼 나도 나설 거다."
"나는 널 안다. 항마부의 비밀 병기 척착호. 네가 나보다도 약하다는 것을."
혼돈대마는 냉소했다.
"항마부에서 뭘 익혔는지는 모르지만, 너와 홍수대마

의 격차는 하늘과 땅 차이다. 그러니 너보다 현명한 자들이 대화할 때 끼어드는 우행을 반복하지는 말아라."

"번번이 깨지고도 교훈을 못 얻었군."

장평은 피식 웃었다.

"뭐, 좋다. 본론으로 넘어간다면 나야 좋지."

장평은 차분한 표정으로 말했다.

"처음부터 황충에 대해 알고 온 건가?"

"역사는 길고, 겪어 본 그 누구도 황충을 잊지 못했다. 충분한 사례가 있다면 원리를 파악하는 것은 어려운 일이 아니다."

마교는 기근 때문에 온 것이 아니었다.

처음부터 황충의 창궐을 예측하고 온 것이었다.

"불굴신개와 한 계약은 그냥 눈속임이었군. 황충 사태가 벌어질 때 중원 안에, 그것도 구휼의회의 일원으로 있기 위한 위장막."

"맞다."

혼돈대마는 의기양양한 미소를 지었다.

"그들이 우리에게 구걸하기 위해서는 우리가 그들의 곁에 있어야 했으니까."

"어쩔 생각이었지?"

"거래를 할 생각이었다. 내가 황충을 막을 수 있다고."

혼돈대마는 자신만만한 말투로 말했다.

"한번 부화하기 시작한 황충은 걷잡을 수 없다. 그들 특유의 진동을 부화의 신호로 삼아 일제히 일어나지. 그리고 나는……."

"너는 그 진동을 인위적으로 일으키거나 차단할 수 있겠지."

말이 끊긴 혼돈대마는 불쾌한 표정을 지었다.

"그래. 황무지 한가운데에 일부러 낱알을 뿌려 둔 뒤, 그 땅의 황충들을 부화시킬 계획이었다."

"내가 알고 싶은 것은 그다음이다. 각성한 황충들을 어떻게 처리할 셈이었나?"

"황충은 먹이가 없으면 다른 황충도 잡아먹지. 살았건 죽었건 개의치 않고. 즉……."

"독이군."

혼돈대마는 짜증스러운 표정을 지었다.

"한 번만 더 내 말을 끊으면 싸우자는 뜻으로 알겠다."

"아닌가?"

"맞다. 그 낱알에는 독을 넣어 둘 생각이었다. 죽어도 사라지지 않고 체내에 계속 남아 있는 특수한 독. 그 시체를 먹은 다음 황충도 죽게 만드는 독을. 먹을 것이 없는 황무지에 갇힌 황충들이 유일한 식량인 동족 포식을 반복하는 한, 황충들은 계속 죽어 나가는 거다."

"그럼 황충이 전멸한 뒤에, 그 독은 어떻게 처리할 생각이지?"

"……."

혼돈대마는 대답하지 않았다.

"처리할 생각이 없는 거로군. 마지막 황충들의 시체와 함께, 그 땅을 영원히 쓸 수 없는 땅으로 만드는 거로군."

"그 사실에 대해 불평하는 이는 없을 거다."

장평은 고개를 끄덕였다.

"맞는 말이다. 황충의 창궐을 겪느니 농지 한 필지를 포기하는 것이 합리적인 계산이지."

"현실을 깨달았다면, 이제 황궁과 무림맹에 기별을 넣어라. 나 혼돈대마가 황충의 유일한 해결책이니, 너무 늦기 전에 내 마음에 드는 제안을 건네 보라고."

혼돈대마는 비웃음과 승리감이 섞인 미소를 지었다.

"불굴신개를 비롯한 구휼의회에도 말이야."

그러나 장평은 좌절과 굴욕감 대신 여유로움이 담긴 미소를 지었다.

"순순히 마교의 계획을 자백해 줘서 고맙소, 상냥한 파라 소저. 덕분에 각오했던 것보다 편안한 대화였소."

혼돈대마는 불쾌한 표정을 지었다.

"내 경고를 잊었나?"

"무시하는 거요."

"알았다."

혼돈대마가 눈빛을 보내자, 북궁산도는 투덜거렸다.
"왜 볼 때마다 재한테 싸움을 거는 거예요?"
그 투덜거림이 채 끝나기도 전에, 머리를 물들인 검은 염색약이 불타오르며 원래의 화려한 금발을 드러냈다.
혹한을 몰고 다니는 흉맹한 거수(巨獸).
마교 최강의 대마 흉수대마가 봉인을 푼 것이었다.
"목표는?"
"장평."
혼돈대마의 말이 끝나기 무섭게, 흉수대마는 그대로 장평을 향해 쇄도했다.
빠르고 강하다. 그저 그것뿐.
모든 무리(武理)를 모조리 넘어서는, 생물체 본연의 직관적인 강력함. 그렇기에 대응할 도리가 없는 파괴적인 흉탄이 장평을 향해 날아들었다.
그러나 장평은 준비되어 있었다.
"척 형!"
장평이 뒤로 물러나는 것과 동시에, 척착호가 흉수대마를 향해 몸을 날렸다.
"핫하!"
하늘이 내리고 전쟁이 벼린 투쟁의 천재가 생물체의 정점에 달한 흉수와 격돌했다.
쾅!

두 남녀가 서로 일 합을 나눈 순간, 그들은 얼어붙은 것처럼 그 자리에 멈췄다.

'내 일격을 받아 내다니!'

'이토록 가벼운 일격으로 이 정도의 파괴력을 낼 수 있다니!'

놀라움이 있었고, 무슨 일이 벌어진 건지 이해하기 위한 시간이 있었다. 그리고 이해했기에, 또다시 놀라움이 있었다.

'근골이 내 타격을 분산시켰다. 내가 가한 충격은 내공으로 전환되어 흡수되었다.'

'경이로운 저력이다. 신체 능력과 내공 모두 지금껏 만나 본 그 누구보다 강하다.'

그러나 그것도 잠시. 두 사람은 뒤로 훌쩍 뛰어 물러났다.

"혼돈대마, 교섭을 중단해요."

흉수대마는 냉정한 목소리로 말했다.

"이 적은 지금 죽여 둬야 해요. 지금보다 더 기량을 쌓기 전에."

혼돈대마는 흠칫 놀랐다.

'척착호가 그 정도의 적수란 말인가?'

물러 터진 북궁산도라면 모를까, 무적의 흉수대마가 이 정도로 약한 소리를 하는 것은 처음이었다.

장평 또한 척착호에게 물었다.

"붙어 보니 어떻소?"

"나보다 한 수 위요. 이기긴 힘들 것 같소."

척착호는 두 주먹을 쿵 부딪치며 말했다.

"하지만, 반나절 안에는 죽지 않을 거요."

서로 눈빛이 닿은 그 순간, 흉수대마와 척착호는 다시 한번 격돌했다.

'저 사내에게 타격은 통하지 않는다.'

단 일격으로 척착호의 특수한 체질을 파악한 흉수대마는 조법 위주의 공격을 펼쳤다. 할퀴고 꿰뚫는 등 척착호가 흡수할 수 없는 공격들이었다.

'그쪽에서 타격을 안 써 주면 나야 좋지.'

그러나 타격을 배제한 만큼, 흉수대마의 공격 방식은 단조로워졌다.

수가 좁혀진 흉수대마의 공격과, 상대방의 수가 예측 가능해진 척착호의 방어. 상황은 치열한 혼전 양상으로 돌아갔다.

흉수대마가 막힌 것을 본 혼돈대마와 장평은 서로 다른 표정을 지었다.

"혼돈대마. 너는 범속하고 현실적인 사람이다. 그저 마교가 네 손에 특별한 패를 쥐여 줄 뿐이지."

장평은 냉소했다.

"자. 이제 어쩔 셈이냐? 네 패가 특별하지 않게 되었는데?"

"상황이 이렇게 된 이상, 너를 여기서 죽여 둬야 할 것 같구나."

평범한 중년 남성이던 혼돈대마의 몸이 꿀렁거리더니, 버들가지처럼 가늘고 날렵한 체형을 가진 갈색 피부의 미녀로 변했다.

역용술에 들이던 내공과 집중력까지 전부 사용하기 위해서였다.

"차라리 잘된 건지도 모르겠군."

도도하고 자신만만한 얼굴. 이국적이고 총명한 회색 눈동자는 장평에 대한 적의와 살기로 가득했다.

"어차피 나는 널 죽여야만 하니까."

장평은 냉소했다.

"파라 소저의 멀쩡한 얼굴을 보는 건 이번이 처음이구려. 붓고 멍들었을 때보다도 더욱 사랑스럽고 싱그럽소."

장평은 느긋한 표정으로 조롱했다.

"그런데 무슨 수로 날 이길 생각이오? 파라 소저와 나의 궁합은 그리 좋지 않은데?"

혼돈대마 파리하는 빠르게 움직이며 다채로운 원거리 공격으로 탄막을 짜는 것이 특기였다.

'문제는 몸이 아니다. 두뇌다.'

문제는 그녀가 생각하고 출수하는 동안 장평이 예측하고 파훼한다는 점이었다.

 내공 소모가 큰 제약인 역용술을 푼 덕분에, 무위 자체는 전보다 더 높아졌다. 하지만, 본질적인 문제는 변하지 않았다.

 '이것은 결국 속도의 싸움이다.'

 둘 사이의 격차는 여전했다. 반사신경의 차이. 그리고 무엇보다도, 계산 속도의 차이가.

 장평은 자신만만한 표정을 지었다.

 '거리가 걸면 멀수록 대처하기 쉬워진다.'

 거기에, 장평에게는 태허합기공이 있었다.

 '거리를 좁혀 몸이 닿으면, 그대로 끝이다.'

 서로가 잘 알고 있었다.

 피하는 자와 쫓는 자.

 피차 한 번의 실수가 승패를 가를 것임을.

 혼돈대마와 장평 사이에 긴장감이 흘렀다.

 "장평."

 "말하시오, 소저."

 "넌 날 죽일 수 없다. 나는 황충의 유일한 해결책이니까."

 "걱정하지 마시오. 나도 한 사람의 사내이거늘, 파라소저 같은 미인을 죽이기야 하겠소?"

혼돈대마는 장평의 조롱을 이를 악물고 견뎌 냈다. 그녀는 침착한 표정으로 말했다.
"마지막으로 거래를 제안하겠다. 너를 살려서 보내 줄 테니, 저 사내의 목숨을 포기해라. 그리고 내 계획과 거래 제안을 중화에 전해라."
"전할 거요."
장평은 천천히 검을 뽑았다.
"일단 소저를 만신창이로 만든 뒤에."
"거절인가?"
"거절이오."
"멍청이."
혼돈대마는 냉소했다.
"싸울 생각으로 왔다면, 동행자를 신중히 골랐어야지."
혼돈대마는 수수방관하고 있던 사내, 오방곤을 바라보았다.
"이미 우리에게 포섭된 사람 말고 다른 사람을."

回生武士

5장

5장

그러나 장평은 별로 놀란 기색 없이 말했다.

"이미 짐작하고 있었소. 오 의원님이 마교에 포섭된 것 정도는."

"……뭐?"

흠칫 놀란 혼돈대마를 보며, 장평은 차분히 말했다.

"그는 '의학자'요. 마교와 과학에 대해 관심을 갖지 않는다면 오히려 이상한 일이지."

같은 의학자인 화선홍도, 무림맹 내부에서는 늘 경계의 대상이 되곤 했다.

장평은 오방곤을 만나기 전부터 그를 의심했고, 구휼의회의 회의실에서 혼돈대마와 흥수대마를 마주친 순간 확신했다.

지칠 대로 지친 노의원 오방곤은 마교가 제안하는 '과학'을 거부할 수 없으리란 사실을.

"아직 젊고 활기찬 화선홍조차 자신의 한계에 좌절하고 분노할 때가 있는데, 삼백 년을 살아온 역병 전문의라니. 셀 수 없을 정도로 많은 죽음을 마주해야 했을 것이오. 의학의 한계와 자신의 한계를 수없이 마주했을 것이오."

가면 너머에 감춰진 오방곤의 얼굴이 장평을 향하고 있었다.

"사람들을 도와주고 싶다. 그 마음이 진심이면 진심일수록 살리지 못한 사람들이, 구하지 못한 사람들이 떠오를 것이오. 그렇기에 나는 오 의원님을 동정하오. 누구보다 많은 생명이 손안에서 흘러 나가는 것을 겪어야 했던 노의원이 무력감과 죄책감에 무너진 것을 동정하오."

혼돈대마는 출수하는 대신 오방곤을 살폈다.

'결국은 그의 판단에 달렸다.'

혼돈대마는 상성상 장평에게 불리했고, 척착호와 홍수대마는 교전 중.

지금의 대치 상황이 어떻게 끝날지는 결국 오방곤의 선택에 달려 있다는 것을 잘 알고 있기 때문이었다.

"저는 당신과 진솔한 대화를 나누기 위해 이곳에 온 겁니다, 오 의원님."

장평은 아예 혼돈대마를 등지고 오방곤을 바라보았다.

"이미 마교와 결탁했음이 들통나야 속내를 털어놓으실 수 있을 테니까요."

"오직 나와 대화하기 위해서 두 대마 앞으로 왔다는 말인가? 내가 이미 마교도가 되었다는 사실을 알면서도?"

"예."

"용감하군."

"용감하다라. 저 같은 모리배에게는 분수에 맞지 않는 말이로군요."

장평은 차분한 미소를 지었다.

"용감하다는 말은 기아에 시달리는 사람들에게 달려가는 거지들이, 역병을 향해 달려가는 의원들이 들어야 할 말이지요. 저처럼 타산적인 사람이 아닌, 다른 사람들을 위해 진심을 다하는 사람들을 위한 말이니까요."

"진심이라. 늙은 심신이 감당하기엔 너무 무거운 말이로군."

오방곤은 천천히 탈을 벗었다.

그곳에는 피로한 얼굴의 사내가 서 있었다.

반로환동으로 얻은 젊고 팽팽한 얼굴이었지만, 젊은이 특유의 생기와 활기는 조금도 찾을 수 없었다. 오직 세월에 풍파 속에 퇴적된 피로와 회한만이 무감정한 얼굴에 쌓여 있었다.

"역병을 막고 싶었다. 할 수 있는 한 역병을 막았다. 하지만 사력을 다한 나날들의 끝에 마주한 것은, 언제나 불태워지고 있는 시체의 산뿐이었다."

그는 무기력한 목소리로 말했다.

"늘 그랬고, 앞으로도 그럴 것이다. 내가 뭘 어떻게 하건 사람들은 죽을 것이고, 불타는 시체들의 산이 날 마주할 것이다."

"오 의원님."

"죽어 가는 사람을 보면서도 해 줄 수 있는 것이 없다는 것이 어떤 기분인지 아나? 그 사람들이 들판에 가득히 누워 있는 것을 보는 것이 어떤 기분인지 아나? 그리고 그곳이 결국 그들의 화장터가 되어 아직 뜨거운 잿더미를 그러쥐면 무엇이 느껴지는지 아나?"

늘 감정이 없던 오방곤의 얼굴에 처음으로 감정이 실렸다. 지긋지긋하다는 표정이었다.

"난 역병이 싫다. 불굴신개가 기아를 증오하는 것만큼이나. 그러나 그는 맞서 싸울 수라도 있지, 내겐 맞서 싸울 방법조차 없다. 굶주림이야 밥을 먹여 달랠 수 있지만, 나는 무슨 약을 써야 하는지 모르니까. 약이 무엇인지 모르기에, 역병들은 거침없이 사람들을 집어삼키니까."

오방곤은 혼돈대마를 바라보았다.

"마교는 내게 약속했다. 내가 가진 것보다 더 많은 지식과 지금보다 더 나은 의술을."

"과학자들은 신이 아닙니다. 그들 또한 사람이며, 그들이 줄 수 있는 것은 사람의 지식일 뿐입니다."

"상관없다."

오방곤은 뒤틀린 얼굴로 말했다.

"마교도가 되어도, 그들의 의술을 받아도 역병은 여전히 창궐하겠지. 나는 또다시 불타는 시체 더미 앞에 서게 되겠지."

"그걸 알면서 왜 마교와 손을 잡으려 하시는 겁니까?"

"변명할 수 있게 될 테니까."

오방곤은 두 손을 내려다보았다.

깔끔한 지금의 두 손이 아닌, 피와 체액들로 물든 역병 속의 두 손을.

"살아 있는 사람은 역병을 이길 수 없다. 나는 이제 승리 따윈 꿈꾸지 않는다. 그저 이 늙은 몸과 부서진 마음을 현실에서 도피할 곳을 원할 뿐이다. 최선을 다했다는 변명 너머에 몸을 숨기고 싶을 뿐이다. 그러기 위해서는…… 최선을 다해야 한다."

오방곤은 장평을 바라보았다.

"마교와 손을 잡는 것이 최선이라면, 그리할 수밖에."

승리를 확신한 혼돈대마는 손을 내밀었다.

"그래요. 우리의 과학자들은 오 의원님께 제공할 지식이 아주 많지요."

그러나 오방곤은 반응하지 않았다.

그 순간, 혼돈대마는 깨달았다.

오방곤은 혼돈대마가 아닌 장평과 대화하는 것이었음을. 그리고 장평이 아직 오방곤을 바라보고 있다는 것을.

'무슨 소리를 하려는 거지?'

그녀는 초조한 표정을 지었다.

'지치고 부서진 저 노인에게 현실도피가 아닌 뭘 내밀어 유혹할 셈이지?'

장평은 입을 열었다.

"마교의 본질을 알게 된 순간부터 저는 그 파훼법을 고민했습니다. 과학이라는 개념 자체의 빈틈과 허점을요."

"찾았나?"

"아뇨."

장평은 담담히 말했다.

"과학이라는 이념 자체는 완전합니다. 자신들이 가장 믿고 싶은 것도 틀릴 수 있음을 각오하고, 가장 받아들이기 싫은 것이라도 그것이 옳다면 인정하겠다는데, 무슨 논리로 그 이념을 논파하겠습니까?"

"그럼 이 대화는 여기서 끝이군."

그러나 장평의 말은 끝나지 않았다.

"하지만 '과학자'는 틀릴 수 있습니다."

"말장난이군."

"현자를 자처하는 저들이 중화에 베푼 것은 증오와 혼란뿐입니다. 오 의원님을 영입하기 위해서가 아니었다면 의원님께도 지식을 제공하지 않았겠지요."

"그렇겠지."

오방곤은 음울한 표정으로 말했다.

"하지만 그걸로 충분하다. 내게 최선의 의술을, 최선을 다했다고 변명할 거리를 준다면 그걸로 충분하다. 내가 바라는 것은 무력감과 패배감에서 내 정신을 숨길 도피처뿐. 그 이상 바라는 것은 없으니까."

"있잖습니까."

"없다."

"정말로 원하는 것이 없다면, 무얼 위해 변절하시려는 겁니까?"

장평은 오방곤을 바라보았다.

"평생 갈고닦은 것들과 평생 해 온 일을 등지면서까지 원하시는 것이 뭡니까?"

"더 나은 의술."

"무얼 위해서요?"

"더 적은 죽음."

장평은 반문했다.

"삶은요?"

"……뭐?"

장평은 구명의선을 보는 것이 아니었다. 그는 너무 많은 죽음들에 지친 늙은 의원 오방곤을 마주하고 있었다.

"오 의원님은 역병에서 구해 낸 사람들을 기억하고 계십니까?"

방역을 위해 불타는 시체들의 산을 마주하며, 자신의 무력함에 통곡하는 한 의원을.

"만약 기억나지 않는다면, 불길에서 몸을 돌려 의원님의 등 뒤를 돌아보십시오. 불길 속의 죽은 사람들이 아니라, 역병의 손아귀에서 건져 낸 산 사람들을요."

"내가 살린 사람들은 한 줌밖에 되지 못하니, 자랑스러워할 일은 되지 못한다."

"세상엔 사람을 숫자로 보는 사람들이 있지요. 사람을 사람으로 보는 사람들도 있고요. 지금 의원님께서는 두 관점을 섞어서 보고 계십니다. 자신에게 가혹한 쪽으로만요."

오방곤은 혼란스러운 표정을 지었다.

"나는……"

"숫자로서 사람을 보시는 거라면, 어째서 개개인의 죽음에 고통받으십니까? 사람들을 사람으로 보는 거라면, 어째서 살려 낸 사람들은 외면하십니까?"

장평은 한 걸음 앞으로 다가갔다.

"불길을 마주하는 것이 견딜 수 없이 괴롭다면, 평생 걸어온 길을 부정하는 대신 몸을 돌리십시오. 죽은 이들을 보내는 불길이 아닌, 역병에서 살려 낸 사람들을 바라보십시오."

장평은 어느새 자신의 말에 열기가 담겨 있음을 느꼈다. 고결한 한 사람이 그의 가슴속에 옮겨 준 불씨가 오방곤의 메마른 가슴에도 옮겨붙기를 원한다는 사실을 자각했다.

"그리고 그들이 살아가며 행하고 이룬 것들과, 그들이 낳은 아이들이 행하고 이룬 것들을 바라보십시오. 한 명을 구함으로써 그가 낳을 훗날의 수백수천의 후손도 구한 것임을 떠올리십시오."

장평은 한 걸음 더 앞으로 다가갔다.

그러나 오방곤은 나아가지도, 물러나지도 못하고 붙들린 듯 그 자리에 서 있었다.

'흔들리고 있다.'

위기감을 느낀 혼돈대마는 소리쳤다.

"기만되지 마세요, 오 의원님! 놈은 오 의원님이 계몽되어 진보된 의술을 펼칠 기회를 막으려고 궤변을 펼치는 것뿐이에요! 의원님이 자신의 적이 되는 걸 막으려고요!"

오방곤은 장평과 혼돈대마를 번갈아 바라보았다. 노의

원의 눈으로 두 사람을 바라보았고, 무림명숙의 눈으로 두 사람을 바라보았다.

"나는...... 나는......"

그리고 그 세 사람의 배경에서는 격렬한 싸움이 벌어지고 있었다. 신이 되기 직전에 멈춘 여자와, 이제 곧 신이 될 사내가 치열하게 생사를 다투고 있었다.

그리고 장평과 혼돈대마 또한 싸우고 있었다.

'오방곤이 무력감을 품게 만들어야 한다.'

'오방곤이 자긍심을 품게 만들어야 한다.'

무슨 논리가 오방곤을 뒤흔들지, 어떤 말이 오방곤의 고뇌에 쐐기를 박을지 서로의 생각을 예측하고 파훼하며 생각했다.

"죽은 사람들을 떠올리세요."

"산 사람들을 기억하십시오."

"오 의원님이 더 유능했다면, 살릴 수 있었던 사람들을요."

"오 의원님이 그 자리에 안 계셨다면, 살려 낼 수 없었던 사람들을요."

오방곤은 바닥에 떨어진 신농씨의 탈을 바라보았다. 사람들의 시선에서 자신을 감추기 위해 오랫동안 애용했던 물건을.

정적이 있었다.

한참 동안 탈을 바라보며 침묵하던 오방곤은 나직이 물었다.

"내가 마교도가 되면, 무엇이 바뀌지?"

혼돈대마는 승리감에 미소 지었다.

"더 우수한 의술을 익히게 되시겠지요."

그러나 그 순간.

혼돈대마는 보았다.

"하지만 그 의술을 자유롭게 펼치실 수는 없을 겁니다."

장평이 회심의 미소를 짓는 것을.

"언제건 달려가 환자들을 돌볼 수 있는 의원이 아닌, 마교가 원하는 대로 움직여야 하는 마교도가 되어야 하니까요."

"……!"

장평의 말을 듣는 순간, 혼돈대마는 등줄기가 차갑게 식는 것을 느꼈다.

'수를 잘못 두었다.'

어디서부터 잘못된 것일까?

'장평의 속임수에 넘어갔다.'

혼돈대마는 오방곤의 질문에 최선의 답을 했다. 하지만 문제는 그 질문 자체였다.

'오방곤에게 중원의 의원으로 남거나 본 교의 무인이 되거나 둘 중 하나만이 가능하다고 인식하게 만드는 속

임수에!'

 장평은 이 대화의 맥을 계속 조절해 왔고, 혼돈대마는 그 사실을 이제야 깨달은 것이었다.

 장평이 예상했던 답을, 오방곤을 설득하기 위해 꼭 필요했던 열쇠를 자기 입으로 말해 준 뒤에야.

 "나는……."

 둘 다 할 수 있는 말은 다 했다. 이제 오방곤 본인이 결정하게 놔둘 수밖에 없었다.

 '의학자로서의 지식욕이냐?'

 '의원으로서의 책임감이냐?'

 그 누구보다 오랜 세월을 살아온 자가, 대비되는 두 면모를 가진 한 노인이 고뇌하고 있었다.

 '지식을 추구해라, 오방곤.'

 혼돈대마는 초조한 눈으로 오방곤을 바라보았다.

 '중원의 심장을 겨눌 칼날로서, 그리고 지금 이 순간 본교의 천적인 장평을 벨 칼날로서!'

* * *

 저 멀리 흉수대마와 척착호는 치열한 사투를 벌이고 있었다. 흉수대마는 분명 척착호를 압도하고 있었지만, 척착호는 역경을 버텨 내는 것에 익숙했다.

혼돈대마와 장평 또한 우열을 논하기 힘든 입장.

초절정고수인 역병의선 오방곤은 이 대치 양상을 깨고도 남는 변수였다.

결국, 또다시 원점으로 돌아온 것이었다. 한 노인의 판단에 모든 것이 걸려 있는 상황으로.

"……."

한참 동안 침묵하던 오방곤은 신농씨 탈에 손을 뻗었다.

"이 탈을 선물 받았을 때가 생각난다."

그는 그 탈을 어루만지며 회한에 찬 표정을 지었다.

"그래. 탈집 아낙이었다. 시부모와 남편을 역병으로 잃고도, 아이들을 살려 주어 고맙다고 몇 번이고 절하던 아낙이었다. 그녀에게 받은 이 탈을 낯가죽처럼 쓰고 다니면서도 지금껏 잊고 있었구나."

오방곤은 흐느꼈다.

"왜 잊고 있었을까? 사람들이 의원을 찾을 때, 나는 그 부름을 외면하지 않았다는 걸? 역병이 사람들을 덮쳐 올 때, 늘 그 자리로 뛰어들었다는 사실을 왜 잊고 있었을까? 내가 할 수 있는 모든 것을 다했기 때문에 불 앞에서 통곡했었음을 왜 잊었던 걸까?"

신농씨 탈을 품에 안은 채, 오방곤은 어린애처럼 울고 있었다. 노쇠함이 깃든 젊은 얼굴. 그의 삶만큼이나 모순

된 얼굴을 뜨거운 눈물로 적시고 있었다.

"그래. 나는 사람을 살렸다. 부족한 나지만, 그래도 사람을 살렸어……."

혼돈대마는 오방곤의 마음이 완전히 기울었음을 깨달았다.

'틀렸구나.'

단순히 오방곤 한 사람뿐만이 아닌, 안휘성의 기근과 황충을 예측하고 짜두었던 모든 계획이 수포로 돌아갔음을.

'오방곤을 데리고 왔기 때문이다. 장평이 오방곤을 변수로 만들었다.'

언제 어떤 상황에서도 변수를 찾아 판을 뒤집는 장평의 능력에 또다시 당했다는 것을.

'왜지?'

혼돈대마는 입술을 깨물었다.

'난 왜 장평을 이기지 못하는 거지?'

그때, 장평은 혼돈대마를 보며 냉소했다.

"패배를 곱씹는 중인가?"

혼돈대마의 속마음을 읽기라도 한 것처럼.

혼돈대마는 씹어 뱉듯 말했다.

"……운이 나빴을 뿐이다."

"명색이 책사이자 과학자라는 자가 운을 논하는가? 계

획의 허술함과 스스로의 실책을 짚어 보는 대신에?"

"……."

장평이 굳이 짚지 않아도 혼돈대마 스스로가 알고 있었다.

〈좋을 대로 생각해라. 헛짓거리로 한 눈을 팔면 나야 고마운 일이니.〉

모든 것은, 그 짤막한 냉소로부터 시작되었다. 장평은 냉소 속에서 마교가 다른 계획이 있음을 포착했고, 늙고 지친 의학자가 변절할 가능성이 높음을 연결했다.

'나 때문이다. 내 불필요한 말이 장평에게 돌파구를 만들어 주었다.'

혼돈대마는 뼈저리게 통감했다.

'왜지? 나는 왜 장평 앞에서 불필요한 말을 한 거지?'

그녀는 장평의 냉소를 보며 느꼈다.

'장평이 나를 멸시하고 조롱했기 때문이다.'

분노도, 불쾌감도, 증오심도 아닌……

'그리고 나는 그 조롱에 동요했다. 장평의 의도대로, 불쾌감이 이성을 넘어 실언을 했다.'

……자신보다 한 수 위에 서 있는 강적에 대한 두려움을.

'그에 대한 두려움과 부담감이, 내 특기인 심리전을 봉쇄하고 있다.'

책략가 혼돈대마의 특기는 과감한 기책으로 상대를 위축시켜 수세적인 대응을 유도하는 것이었다.

그녀는 심리전의 달인이었고, 혼돈대마를 마주하는 모든 적수는 움츠러든 채로 그녀가 할 수 있는 모든 수를 대비하기 위해 심력을 소모해야 했다.

그러나 지금. 움츠러든 것은 혼돈대마였다.

겪어 본 적 없던 패배가, 느껴 본 적 없는 두려움이 혼돈대마의 모든 것을 엉망진창으로 만들고 있었다.

'아니야.'

혼돈대마는 이를 악물었다.

두려워해서는 안 되었다. 거짓말로라도 자신감을 되찾고, 운 때문이라는 핑계로라도 두려움을 떨쳐 내야 했다.

'나는 샴발라의 수호자. 혼돈의 대적자 필두대마야. 그런 내가, 패배자가 될 순 없어.'

그녀가 꺾어 버린 패배자들과 같은 꼴이 될 수는 없었다.

'그래. 그냥, 운이 나빴던 거야. 화선홍이라는 지인 덕분에 오방곤의 심리를 우연히 예측했을 뿐이야.'

그러나 장평은 잔인할 정도로 차가운 눈으로 혼돈대마를 꿰뚫고 있었다.

"혹시, 단순히 운이 나빴던 것이라고 생각할 것 같아서 말해 주지. 네 실책은 이걸로 끝이 아니었고, 네 계획을

망칠 파훼법은 오방곤뿐만이 아니었다."

"무슨 헛소리냐?"

장평은 냉소하며 말했다.

"너는 피재진인에 대해 알고 있었지?"

"……."

"알고 있었겠지. 너희들은 무림인이 아니니, 이 일에 얽힌 모든 관계자를 편견 없이 조사했겠지. 그러니 존중해야 할 전문가인 피재진인을 광인이라 멸시하여 견제했겠지."

"그게 뭐 어쨌다는 거냐? 어차피 그는 제대로 된 답을 내놓지도 못……."

"내놓았다. 그는, 자신만의 답을 내놓았다."

장평은 혼돈대마를 바라보았다.

"쉽지 않은 일이고 많은 노력과 비용이 필요하지만, 피재진인은 분명 답을 찾았다. 우리가 그를 무시한 탓에, 실행할 기회를 놓쳐 버린 해결책을."

"무슨 소릴 하고 싶은 거냐."

"과학은 진보의 한 수단일 뿐. 진보가 과학자들의 전유물은 아니다."

장평은 한 걸음 앞으로 다가갔다.

한층 거대해진 그의 그림자가 혼돈대마를 뒤덮었다.

"과학은 그저 지름길일 뿐. 너희 현자들 밖에서도, 계몽되지 않은 자들 속에서도 진보는 이루어진다. 사람들의 필요와 갈망. 그리고 의지를 품은 자들의 노력이 이루는 것이다."

"누가 아니라더냐?"

혼돈대마는 짓눌리지 않기 위해 더욱 몸을 꼿꼿이 세우며 말했다.

"그저, 그 노력이 헛되다고 했을 뿐."

"헛되어도 좋다. 돌아서 가도 좋다."

무림인은 마교도를 노려보며 말했다.

"생면부지의 굶주린 이들을 위해 달려가는 사람들이 있는 한. 역병이 창궐하는 곳에 달려가는 의원들이 있는 한. 차마 입에 담지도 못할 정도로 황충을 두려워하면서도 그 해법을 강구하는 사람이 있는 한, 세상은 나아지고 좋아질 것이다. 너희 말대로 중화가 혼돈이라 해도, 의지를 품은 사람들이 있는 한 혼돈조차도 미래로 나아갈 수 있다."

비웃을 수 있었다. 비웃어야 했다.

제대로 된 길이 아니라고. 어디로 가야 하는지도 모르는 눈먼 이들이, 우연으로 한 걸음 내딛은 것뿐이라고 일소에 붙여야 했다.

그러나 그러지 못했다.

'……?'

그리고 혼돈대마는 자신이 반박하지 못했다는 사실에 혼란을 느꼈다.

똑.

작은 물방울이 떨어져 파문이 일었다.

혼돈대마의 확고부동한 신념이. 과학과 샴발라에 대한 신뢰에 흔들림이 생겼다.

"그러니, 인정해라. 과학은 틀릴 수 없지만, 과학자는 틀릴 수 있음을."

그리고 뒤이은 장평의 말은 그 파문을 파도로, 해일로 키워 갔다.

"나는……."

혼돈대마는 낯설고 이질적인 감각을 느꼈다.

얼굴이 뜨거워지고, 고개가 무거워지는 감정을.

그러나 그 감정이 무엇인지 자각하기에는, 그녀는 너무 멀리 와 있었다.

"내가 졌다. 하지만, 내가 졌을 뿐이다."

그저, 자신이 이해할 수 있는 감정 중 하나인 패배감으로서 받아들일 뿐이었다.

"……산도 언니. 교전을 중단해요."

홍수대마는 크게 발차기를 날려 척착호를 떨어트렸다.

"아니. 다음엔 늦어요. 지금 끝내야 해요."

그녀는 전투태세를 풀지 않은 채로 말했다.

"저 존재는 미증유의 괴물이에요. 저와 싸우는 동안에도 계속 강해지고 있어요."

"우린 이미 졌어요. 저 늙은이가 싸움에 끼어들기 전에 끝내죠."

"하지만……."

혼돈대마. 아니, 파리하는 힘없는 목소리로 말했다.

"부탁이에요."

흉수대마는 저 멀리서 살기 등등하게 달려오는 척착호를 힐끗 바라보았다.

"후……."

긴 한숨 끝에, 북궁산도는 다시 내공을 봉했다.

"저 남자를 오늘 못 죽인 거, 나중에 분명히 후회할 거야."

"알지만, 어쩌겠어요. 이제 적은 셋이고 우린 둘인데."

힘없이 웃은 파리하는 장평을 바라보았다.

"황충의 방제 계획에 대해서는 이미 저 늙은이에게 모두 전해 두었다. 구휼 의회나 지주들에게는 네가 알아서 설명해라."

"그래."

파리하는 북궁산도를 바라보며 말했다.

"귀환해요. 산도 언니. 이 저주받은 땅에는 한시도 머무르고 싶지 않으니, 한시바삐 도망치죠."

"급한 일 아니면 장평 대협이랑 시간 좀 가지면 안 될까? 어차피, 황충은 비 내린 다음에야 깨어날 거 아냐."

"막을 수 있는 황충을 피하자는 것이 아니에요. 막을 수 없는 재해에서 도망치자는 거지요."

순진무구한 표정을 짓는 북궁산도를 보며, 파리하는 힘없이 말했다.

"저기 저, 장평이라는 이름의 재해에서요."

* * *

척착호는 멀어지는 북궁산도를 보며 가쁜 숨을 몰아쉬고 있었다.

"후아! 이렇게 빡센 싸움은 왜구놈들 몰려왔을 때 이후 처음이로군."

"만족스러웠소?"

"짜릿하고 자극적인 싸움이었소. 내가 살아 있다는 것도 잊어버릴 정도로."

"혹시 잊었을까 봐 말하는 건데, 척 형은 아직 살아 있다오."

"안 그래도 즐기는 중이라오. 피로감과 고통들을."

"……위험한 즐거움을 즐기시는구려."

"아니. 그런 것이 아니오. 나는 그저, 살아있다는 것을 즐길 뿐이라오. 내게 뻗어 오던 죽음의 손길에서 빠져나왔다는 사실을."

척착호는 장평의 어깨에 팔을 두르고 껄껄 웃었다.

"죽음을 느끼지 못한다면, 어찌 살아 있음을 자각할 수 있겠소?"

"인상 깊은 사고방식이구려."

장평은 미소를 지었다.

"그건 그렇고, 몸 상태는 좀 어떠시오?"

"갈비뼈 세 개쯤 나갔고, 어깨 관절 뽑혔던 건 다시 끼웠소. 오른쪽 팔뚝이 부러진 건 부목을 대야 할 거요. 나머지는 자잘하게 긁힌 상처니, 그냥 놔두면 나을 거요."

"움직이는 것에 지장은 없소?"

"전혀! 이보다 더 심한 상태가 일상이었소."

"잘 됐구려."

장평은 담담한 목소리로 말했다.

"구휼 의회에, 보낼 전갈이 있소."

"……."

척착호는 음울한 표정을 지었다.

"난 부상자요."

"걱정하지 마시오."

장평은 오방곤을 바라보며 말했다.

"무림 최고의 의원이 동행할 테니까."

"……제기랄."

* * *

척착호가 구휼 의회에 도착한 것은 깊은 밤이었다.
"장평의 전언을 전하러 왔습니다."
"말씀하시오."
"황충을 제거하기 위해 극단적인 조치를 취할 것이니, 그에 대해서는 알아서 해결해 달라고 합니다."
불굴신개의 속눈썹이 파르르 떨렸다.
"황충의 해결책을 찾았단 말이오?"
"예. 마교를 설득……."
잠시 고민하던 척착호는 고개를 갸웃거렸다.
"협박? 거래? 합의? 어떻게 한 건지 저는 잘 모르겠는데, 마교 쪽에서 가지고 있던 황충 대책을 쓰기로 했습니다. 오방곤 의원님에게 맡기면 된답니다."
"오 의원에게?"
불굴신개와 남궁풍양이 바라보자, 척착호와 동행한 오방곤은 탈을 벗으며 말했다.
"필요한 도구는 모두 준비되어 있소. 그저, 토지의 일부를 오염시켜야 하는 점을 교섭해 주시오."
"얼마나 어떻게 오염된다는 거요?"

"스무 곳의 밭에 수은을 비롯한 중금속 계열 독극물을 조합한 약을 뿌릴 거요. 최소 백년 안에는 그곳에서 자라는 풀 한 포기도 손대서는 안 되오."

"그리하면, 황충을 막을 수는 있소?"

"있소."

황충에 노심초사하던 불굴신개는 주먹을 불끈 쥐며 미소를 지었다. 안도감과 희열이 섞인 승자의 미소를.

"그래. 해냈구려. 그가, 해냈구려."

남궁풍양은 척착호에게 물었다.

"그런데, 장평은 어디에 있소?"

"그는 풍씨 가문에 남았습니다. 구휼이 닿을 때까지 사흘을 약조했으니까요."

"풍씨 가문 말이오?"

"예."

"그렇구려. 알겠소."

남궁풍양은 자리에서 일어났다.

"황충에 대해서는 오 의원님께 모든 것을 맡기겠소. 나는 수송대를 점검하고 오겠소."

"알겠소."

그러나, 그는 창고가 아닌 연무장으로 향했다.

그곳에는 수십 명의 무사가 서 있었다. 남궁세가의 화려한 무복 대신, 낡고 허름한 회색 복색을 걸친 오십 명의 무사.

그들은 원한과 살기가 뒤섞인 결의로 안광을 빛내고 있었다.

"풍씨 세가다."

남궁풍양은 담담한 목소리로 말했다.

"흑검홍수 동부용은 풍씨 가문에 있을 것이다."

"확실합니까?"

"추측이다. 하지만, 확실할 것이다."

동부용이 폭도들이 식량 창고를 습격하는 것을 지휘했다는 말은, 폭도들의 일원이라는 뜻이었다.

그리고, 황색 지대 안에서 수백 명을 움직일 수 있는 세력은 네 가문 정도. 동부용이 넷 중 하나에 속해 있음은 분명했다.

"풍씨 가문이라는 근거는요?"

"장평이 거기에 있으니까."

남궁풍양은 여유로운 미소를 지었다.

"그녀를 지켜 줄 생각도, 능력도 있는 유일한 존재가."

"……파사현성 장평이라."

잠시 침묵하던 사내는 말했다.

"일이 복잡하게 되었군요."

"전혀 복잡할 것 없다. 풍씨 세가를 습격해 동부용의 신병을 확보해라."

"장평과 부딪히게 될 것입니다. 정말 아무 문제 없겠습니까?"

"우린 장평과 부딪히는 것이 아니다. 동부용을 잡으러 가는 것이지. 그녀가 흉행의 응보라는 명분이 우리에게 있는 이상, 장평도 어찌하지 못할 것이다. 산 채로 잡아서, 살려서 데리고 오거라. 그 뒤의 일은 내가 맡겠다."

남궁풍양은 바둑이라도 두는 듯한 침착한 표정으로 말했다.

"내가 염려하는 것은 장평이 아니라 너다. 네 복수심이 그녀를 해칠 것이 걱정스럽다."

"……."

"하지만, 내 약조하겠다. 네 증오를 잠시만 덮어둔다면, 우리 가문은 그 이상의 이득을 얻게 될 것이라고."

"……."

고뇌하는 사내를 보며, 남궁풍양은 엄숙한 표정으로 말했다.

"인고의 시절을 인내한 자……."

"……그 결실은 풍성하리라."

남궁세가의 가훈을 읊으며, 아들을 잃은 사내는 마음을 굳혔다.

"가주님의 명대로, 동부용은 살려서 데려오겠습니다."

창궁단주 남궁운성은 차분한 목소리로 말했다.

"그것이, 가문의 이익을 위한 것이라면요."

* * *

"보이나? 뭐가 좀 보이나?"
사람들은 높은 곳에 올라, 초조한 표정을 짓고 있었다.
그들 모두 기다리고 있는 것이 있었다.
간절한 희망과 불안감. 그리고 초조함.
"아직 이틀도 안 지났네. 그만 보채게."
장평과 풍여경이 약조한 것은 사흘. 그러나 풍씨 가문 사람들은 그 거래가 성립한 날부터 목이 빠져라 수레만을 기다리고 있었다.

기다림 말고는 할 수 있는 것이 아무것도 없기에, 그들은 기다렸다.

풍여경은 뒷짐을 진 채 읊조렸다.
"해가 지는군."
"예."
석양이 지고 있었다.
둘째 날 저녁이 오고 있었다.
풍여경은 착잡한 표정으로 옆에 서 있는 장평을 바라보았다.
"내일은…… 구휼이 와야 할 텐데."

"늦어도 내일까지는 올 겁니다."
"그래야겠지. 그래야 할 거야. 만약 그렇지 않으면……."
장평은 웃으며 물었다.
"절 해치기라도 하시려고요?"
"……우리가 무슨 수로 자넬 해치겠나."
이번 사태를 겪으며 '무림인'에 대해 알게 된 풍여경은 쓴웃음을 지었다.
"그냥, 굶어 죽어 가면서 자네를 저주할 수밖에. 우리의 원혼이라도 자네에게 해코지를 할 수 있도록."
"세상에 원혼이란 것이 실존한다면, 무림인들의 절반 정도는 이미 죽었을 겁니다."
"그런가. 무림이란 참으로…… 엮여선 안 될 곳이로군."
"현명하십니다."
웃으며 말한 장평은 순간적으로 움찔했다.
"……흠."
"왜 그러나?"
"아무래도, 제가 가주님의 저주를 면할 수 있게 된 것 같군요."
장평이 미소를 지은 것과 동시에, 지붕 위에 올라가 있던 사람이 외쳤다.
"불! 도로에서 횃불이 보입니다!"

그는 희열에 찬 목소리로 외쳤다.

"횃불을 단 짐수레들이 줄지어 다가오고 있습니다!"

"……!"

사람들은 앞을 다투어 담 위로 올라가고 대문 밖으로 나섰다.

그러나, 꿈도 착각도 아니었다.

"짐수레가 온다. 식량이 와!"

저 멀리서 짐수레들이 오고 있었다.

말이나 소가 아닌, 사람들이 땀을 뻘뻘 흘리며 끌고 오는 짐수레들이.

그리고, 그 수레 안에는 고봉밥처럼 꽉꽉 눌러 담은 가마니들이 쌓여 있었다.

"구호 물자들이 오고 있습니다!"

"아……!"

온몸에 힘이 빠진 풍여경은 그 자리에 주저앉았다.

그는 감격에 몸을 떨며 흐느꼈다.

"드디어. 드디어……!"

작게는 가솔 수백. 크게는 수백만의 생사가 그의 어깨에 걸려 있었다. 태산보다 무거운 압박감과 책임감에, 드디어 숨구멍이 뚫린 것이었다.

그는 장평을 우러러보며 흐느꼈다.

"자네 덕분일세. 이게 다, 자네 덕분이야!"

"제 공이 아닙니다. 저 수레를 여기까지 보내기 위해 노력한 이들의 공이지요."

장평은 알 수 있었다.

우마가 지쳐 쓰러진 상황에서도, 발 벗고 수레를 끄는 사람들이 있었다는 것을. 그 수레에 곡식들을 채우기 위해 노력한 사람들이, 그리고 그 곡식들을 안휘성으로 가져오기 위해 노력한 사람들이 이룬 결실이라는 것을.

생면부지의 누군가가 굶주린다는 사실만으로 발 벗고 나선, 수천수만 명의 사람이 이뤄 낸 기적이라는 것을.

"사람들을 준비시키십시오. 식량들을 분배하고 전달할 준비를요."

"그러지. 암. 그러고말고."

풍여경은 기쁨의 눈물로 볼을 적신 채 호령했다.

"대문을 열고 창고를 열어라! 하역 작업을 준비하고 분배 계획을 짜라! 아녀자들도 놀지 말고 움직여라! 차를 끓이고 술을 내와라! 다 떨어졌으면 맹물이라도 떠와서 수레꾼들을 대접할 준비를 해라!"

"예! 가주님!"

굶주린 몸에 고된 노동을 지시받았음에도, 그 누구도 얼굴에 미소를 지우지 않았다.

'불이 이어지고 있구나.'

장평은 따뜻한 눈빛으로 횃불의 줄을 바라보았다. 그리

고, 그에 호응하듯 풍씨 가문 안에서 타오르기 시작하듯 불 붙는 횃불들도.

'불 꺼진 땅을 다시 밝히러, 불씨들이 오고 있구나.'

넓은 저택을 뒤덮었던 질척거리는 무기력함은 더는 없었다. 삶의 활기와 희망찬 열기가 활화산처럼 솟구치고 있었다.

그 모습은 정말…… 아름다웠다.

"……."

그러나, 장평은 해야 할 일이 있었다.

장평은 그들을 등지고 자신의 방으로 향했다.

"구휼이 오고 있군요."

"그렇소."

방 안에서 기다리고 있던 동부용은 희미한 미소를 지었다.

"절 잡을 사람들도 곧 오겠고요."

"……그렇소."

시간은 그리 길지 않으나, 동부용도 험난한 사파 무림에서 잔뼈가 굵은 몸이었다.

민간인인 다른 폭도들은 용서받겠지만, 동부용은 무림인. 남궁세가의 사람들이 보복하러 올 것임은 잘 알고 있었다.

지금까지야 황색 지대가 미지의 영역이라 수수방관했

지만, 구휼망이 이어지며 연락이 재개된 지금. 그들은 주저할 것이 없었다.

특히, 아들을 잃은 남궁운성이.

"시간이 얼마나 있을까요?"

"길면 며칠. 짧으면…… 지금 당장."

"어느 쪽일 것 같아요?"

"시간이 많진 않을 거요. 남궁풍양은 소저가 여기 있다는 것을 예측했을 테니까."

그녀는 미소를 지었다.

"대협이 여기에 있으니까요?"

"그렇소."

"그렇군요. 무림에는 하나를 보면 열을 헤아리는 사람이 참 많군요."

장평은 손을 내밀었다.

"내 곁에 있으시오. 내가 지켜 주겠소."

"천하의 남궁세가를 상대로요?"

"그들이 남궁세가라면, 나는 장평이오."

동부용은 복잡한 눈으로 장평의 손길을 바라보았다.

"무림행을 하는 동안, 몸도 마음도 지칠 때가 많이 있었지요. 다치고 아팠을 때도, 생명이 위험할 때도 많았고요. 그때마다, 제가 떠올렸던 것은 장평 대협의 손이었어요. 화왕루에서, 제가 뿌리쳤던 손이요."

동부용은 씁쓸한 표정으로 말했다.

"그 손을 잡을 수 있을 때까지, 포기하지 않겠다고요."

"내 손은 아직 소저를 기다리고 있소."

"화왕루에서 그 손을 잡았어야 했어요. 장평 대협의 곁에 머물며, 함께 시간을 보냈어야 했어요. 흑검흉수 동부용이 아닌, 장평의 동료이자 연인인 동부용이 되었어야 했어요."

"그리하시오. 아직 늦지 않았소."

"늦었어요."

동부용은 편안한 목소리로 말했다.

"지금 제게 손을 내미는 사람은, 그날의 그 사람이 아니잖아요."

"그럼 날 이용하시오. 지금의 소저가 사파인이라면, 사파인답게 내 호의를 이용하시오."

"싫어요."

턱.

장평의 손에, 묵직한 무언가가 얹어졌다.

폭이 넓은 옛 방식의 장검. 흑검이었다.

"……동 소저."

"전 너무 멀리 갔어요. 넘어선 안 될 선도 넘었고요."

동부용은 장평을 바라보았다.

"전 지쳤고, 이젠 지겨워요. 싸움도, 모략도, 원한도.

이젠 지긋지긋해요."

"숨겨 줄 수 있소. 지켜 줄 수 있소. 그 누구도 오지 못하는 곳으로 보내 줄 수 있소."

"제가 가봤자 어딜 가겠어요?"

동부용은 자조적인 미소를 지었다.

"제가 쫓아 왔던 사람은 이제 어디에도 없는데."

장평은 깨달았다.

화왕루에서 그녀를 잡을 수 없었듯이, 너무 멀리까지 가버린 흑검흉수 동부용을 잡을 수 없다는 것을.

"갈 곳은 있소?"

"강호인에게는 강호가 집이니, 어딘가는 제 자리겠지요."

절그럭.

장평은 손을 거두었다.

축 늘어뜨린 팔에는 흑검의 무게감만이 후회처럼 묵직하게 달라붙어 있었다.

"외인의 출입이 드문 산골이나 어촌으로 가시오. 상설 시장도 없어서, 오일장이나 방물장수가 찾아오는 외진 곳으로."

"천하의 장평답지 않은 말이네요."

"지금은, 이게 나다운 말이라오."

"……그래요."

동부용은 희미한 미소를 지었다.

"화왕루의 장평은 하지 않을 말이긴 하죠."

그녀는 몸을 일으켰다.

아무런 짐도 챙기지 않은 그 모습에, 장평은 자신이 쓰던 붓짐을 건네주었다.

"사시오. 동부용. 우리가 다시 얽힐 일은 없겠지만, 어딘가에서 평화롭게 살아가시오."

"그 말로는 절 보낼 수 없을 거예요."

동부용은 붓짐을 받아드는 대신 말했다.

"화왕루의 장평처럼 말해 줘요. 제가 지금까지 잊지 못했고…… 앞으로도 잊지 못할 그 사람처럼요."

"동 소저는 내 약점이니, 날 위해서 숨어 사시오."

장평은 메마른 목소리로 말했다.

"소저의 신병을 확보하면, 남궁풍양은 소저를 이용해 내게 손해를 입힐 것이오. 협박하거나 불리한 거래를 강요하고, 동시에 조작된 풍문을 퍼트려 내 평판을 떨어트릴 것이오. 그러니 떠나시오. 내 발목을 붙들지 않도록 숨어 사시오."

동부용은 비틀린 미소를 지었다.

"화왕루의 그 사람이, 아주 없어진 건 아니었네요."

동부용은 한 걸음 다가왔다. 그리고 두 손에 붓짐을 든 장평의 목에 두 팔을 감고 입을 맞추었다.

가뭄의 대지처럼 건조하고 텁텁했다. 오직 쓸쓸함과 쓸쓸함만이 느껴지는 입맞춤이었다.

"후후……."

그 입맞춤의 끝에, 동부용은 봇짐을 받아 들고 미소를 지었다.

더러운 손의 흑검흉수가 아닌.

아직 화왕루를 겪기 전. 무림제일검을 얻어 의기양양한, 순진무구한 기연추적자 동부용 시절에 지을 수 있었던 순수한 미소를.

"잘 있어요. 장평."

문을 열고 나간 동부용은 그렇게 번잡함 속으로 사라졌다.

장평은 그녀가 인파 속으로 사라진 뒤에야 나직이 속삭였다.

"잘 가시오. 동 소저."

그가 움켜쥐어야 했던 손은 이제 없었다.

장평은 그 대신 돌고 돌아 마침내 그의 손에 들어 온 흑검을 움켜쥐었다.

그러나, 그 묵직함과는 달리, 손에는 허전함이 느껴졌다.

한때는 손안에 있었던, 그러나 지금 이 순간 손아귀 사이로 흘러내리는 무언가에 대한 상실감이 장평을 그 자리에 못 박힌 듯 우두커니 서 있게 만들었다.
 얼마나 시간이 지났을까.
 "장 대협."
 번잡한 인파를 헤치고 다가와 말을 건 것은, 등 뒤에 변복을 한 수십 명의 무사를 거느린 사내였다.
 "남궁 대협."
 남궁운성은 장평이 쥔 흑검을 흘낏 보며 말했다.
 "흑검흉수 동부용을 보신 모양이군요."
 "봤소."
 "어디 있습니까?"
 "죽었소. 내 손아귀 안에서."
 남궁운성은 표정을 굳혔다.
 "정말 장평 대협께서 흉적을 벤 것이라면, 그 시체를 보여 주십시오."
 "그 시체는 강호 어디에도 찾을 수 없을 거요."
 "저는 수하들을 잃었습니다. 구휼 의회의 지시를 받아, 의로운 일을 하던 아들과 함께요."
 "진심으로 애도를 표하오."
 무미건조한 장평의 말에, 남궁운성은 격노했다.
 "이 개자식이?!"
 그가 애검에 손을 뻗어 발검술을 펼친 순간.
 한 줄기 검은 검광이 허공에 직선을 그었다.

턱! 떨그렁!

둔탁한 소리와 금속성이 동시에 울렸다.

"……!"

남궁운성이 휘두른 것은 검신 없는 짤막한 손잡이뿐. 장평의 쾌검은 그의 애검이 검집에서 완전히 뽑혀 나오기도 전에 검집과 함께 베어 버린 것이었다.

"저것이 고금제일검……!"

"흑검객의 유산. 흑검!"

달빛조차 빨아들이는 광택 없는 검은 검신.

금속도 돌도 아닌 미지의 물질은, 그 어떤 대장장이도 연마할 수 없을 정도로 날카로운 예기로 밤공기를 가르고 있었다.

재질은 신비. 예리함은 경이. 검이라는 도구가 가질 수 있는 한계를 넘어선 신기(神器)였다.

안목 있는 모든 이는 경탄할 수밖에 없었다. 흑검이라는 무기의 경이로움과……

'듣도 보도 못한 쾌검이었다.'

장평이 흑검으로 펼친 신속무비한 일격에.

'흑검객의 무공. 흑영순살검이 분명하다.'

파앙!

격노한 남궁운성은 애검의 손잡이를 바닥에 내팽개쳤다.

"오늘의 일은 결코 잊지 않을 것이오."

힘으로는 당할 수 없음을 깨달은 그는 증오심만으로 사람을 찔러 죽일 듯한 안광을 발하며 으르렁거렸다.

"흑검흉수 동부용이 내 아들과 부하들에게 저지른 짓도. 그리고 장평 대협이 그 정당한 복수를 막아선 것도. 나와 남궁세가는 결코 잊지 않을 것이오!"

"원하는 만큼 증오하고 원하는 만큼 애도하시오. 그저, 한 가지만 잊지 마시오."

달빛도, 별빛도 집어삼키는 검은 검신. 그저 사람을 향해 겨누는 것만으로도, 흐르는 밤바람이 칼날에 잘려 나갔다.

"만약 죽은 동부용에 대해 알고 싶은 것이 있다면, 이 흑검이 답할 것임을!"

* * *

그렇게, 모든 것은 제자리로 돌아갔다.

육체적인 피로는 불길 같은 선의를 늦출 수 없었고, 도로를 타고 밀려드는 구휼의 물결은 창고들을 채우고 앞으로 나아갔다.

선봉 구휼대의 물자가 바닥나기 전에, 적색 지대까지 닿을 정도로.

그리고 한번 물꼬가 트인 보급로는 계속해서 사방으로 퍼져 나갔다.

누구도 굶지 않도록, 설령 굶어야만 한다면 그 굶주림이 길지 않도록.

사람들은 이제 구휼 의회를 완벽히 신뢰했고, 신뢰받는 협객들은 피로를 잊었다.

그러니, 장평은 더 이상 풍씨 가문에 머물 필요가 없었다.

"이만 가 보겠습니다."

"장 대인은 하늘이 내린 사람이오. 안휘성 사람들과 우리 풍씨 가문에 베푼 천운이오."

풍여경은 장평의 두 손을 꼭 붙잡고 말했다.

"장 대인. 언제라도 좋으니 다시 한번 왕림해 주십시오. 우리 풍씨 가문이 이 땅에서 수확한 햅쌀로 지은 밥을 대접할 수 있도록요."

"풍 가주님께서 부주의하게도 그리 말하셨으니, 이 교활한 밥벌레는 기회를 보아 곳간을 거덜내러 오겠습니다."

"허리띠를 풀고 드셔도 티도 안 날 겁니다. 제 창고에만 수십만 석이 쌓일 것이고……."

풍여경은 흡족한 미소를 지었다.

"장 대인을 위해서라면, 이 땅의 모든 창고가 활짝 열릴 테니까요!"

 장평은 풍씨 가문 사람들의 진심 어린 환송을 뒤로 한 채, 천천히 수레들의 물결을 거슬러 내려갔다.

 파즈즈…… 파즈즈즈……

 저 멀리서, 기묘한 울림이 아련히 들려왔다.

 나무나 집들로 가려진 지평선 너머에서 무언가가 구름처럼 피어오르고 있었다.

 '저것들이 황충인가.'

 장평은 안력을 집중해 바라보았다.

 족히 수백여 장을 가득 덮은 황충들. 그 날갯소리가 지평선 너머에 닿을 지경이었다.

 무한한 굶주림으로 내달리는 무한한 무리들.

 그야말로 두려워하고 절망하기에 마땅한 대재앙이었다.

 그러나, 무한한 굶주림 앞에 남아 있는 것은 땅에 뿌려진 약간의 낱알뿐. 그들은 앞을 다투어 독이 든 낱알들을 뜯어 먹었고, 그들이 추락해 몸을 떨며 죽어가자 다음 열의 황충들이 한 때는 동족이었던 먹이를 집어삼켰다.

 그리고 그들 또한 죽었고, 동족의 먹이가 되었다. 그렇게, 무한한 굶주림은 순식간에 자기 자신을 잡아먹으며 가라앉았다.

 그러나 장평은 새삼스럽게 두려움을 느꼈다.

'황충들을 스무 곳에 분산시켜 방역할 예정이라 했었지.'

장평은 상상해 보았다.

지평선 끝에서 끝까지 덮은 황충을.

어딜 가도 들리는 날갯소리와 어딜 보아도 남은 것이 없는 황무지를.

'우리가 해냈다.'

그들이 막지 않았다면, 저 스무 배의 황충들이 창궐했을 것이다. 그리고 이 땅의 모든 것을 집어삼켰을 것이다.

그리되면 모두가 끝이었다.

불길 같은 선의도, 불씨 같은 희망도 태울 것이 없다면 꺼질 수밖에 없으니까.

그렇게, 장평은 남궁세가로 복귀했다.

적잖은 이들이 장평에게 차가운 시선을 보내고 있었다.

그러나, 그 대문 앞에 선 사내만은 온화한 미소를 짓고 있었다.

"고생이 많았네. 사위."

남궁풍양이었다.

"오는 길에 별고 없었는가?"

"오기 전에 약간의 실랑이가 있긴 했지요."

장평은 그를 마주 보며 미소를 지었다.

"불청객을 보내 주신 덕분에."

남궁세가 사람들의 불편한 시선은 남궁운성이 자신이 겪은 일을 가내에 퍼트린 덕분이었다.

"흑검흉수의 만행은 명명백백한데, 응보를 위해 나선 아비를 어찌 막을 수 있겠는가?"

"덮을 수도 있었잖습니까."

"있었지."

남궁풍양은 결코 거짓말을 하지 않았다.

"이 혼란통에 사람 하나쯤 사라진다고 티가 나지는 않을 터, 그냥 덮어두자면 덮어둘 수 있긴 했지."

"그럼에도 불구하고 굳이 저지될 것이 분명한 복수행을 보내셨지요. 오직 제 처지를 난감하게 만들기 위해서."

남궁풍양은 장평과 동부용의 관계를 모를 리가 없었다. 그럼에도 불구하고 남궁운성을 보낸 것이었다.

장평이 그가 도착하기 전에 동부용을 도피시키건, 아니면 도피가 늦어 동부용을 지키기 위해 남궁운성과 대치하게 되건 어느 쪽이건 남궁세가에 빚을. 그것도 동부용이 저지른 혈족의 혈채(血債)를 상속받게 되는 것이니까.

"아들을 잃은 아비를 본 순간, 이미 내 의도는 짐작했을 것이 아닌가. 혈채를 물려받기 싫었다면, 동부용을 내주면 되는 일이었네. 그게 올바른 것 아니겠는가."

"죄에는 벌. 피에는 피. 확실히, 그게 모든 일을 올바르게 마무리 짓는 것이겠지요."

장평은 인정했다.

"하지만, 그러기 싫었습니다."

"그래. 그게 자네의 선택이었지. 그럼 그에 대한 책임도 따라야지."

남궁풍양은 온화한 미소를 지었다.

"하지만, 너무 염려할 필요는 없네. 자네가 흑검흉수를 비호한 것이 사실이듯이, 우리가 한 가족이라는 것도 사실이니까."

"그럼, 가족이 아니게 되면 혈채를 미룰 방법도 없겠군요."

남궁풍양은 껄껄 웃었다.

"처가에서 할 말은 아니로군."

장평은 가장(家長)이라는 단어의 의미를 새삼스레 되새겼다.

'그는 가장이다.'

남궁풍양은 장평을 얻기 위해 남궁연연을 사용했다. 그리고 그 장평이 황족과 혼례를 올리면 생길 인맥을 계획하고 있었다.

그러나, 장평의 유능함과 인맥에는 안전장치를 걸어 둘 필요가 있었다.

그는 물론이고 친딸인 남궁연연도 남궁풍양에게 그리

호의적이지 않았으니까.

그래서 남궁풍양은 친동생인 남궁운성의 원한을 이용했다. 장평에게 동부용의 혈채를 물려주었다.

황족과 연을 맺을, 그리고 이후에 어디까지 성장해 나갈지 모르는 장평을 압박하기 위해서였다.

"처가로서 친하게 지내거나, 원수로서 사투를 벌여보자는 뜻이로군요."

가족이거나, 혈족의 원수.

인간관계는 복잡하고도 미묘했다. 수많은 관계와 입장이 있었다. 그러나 지금, 남궁풍양은 장평에게 족쇄를 채웠다. 양극단 중 하나만 선택하게 만드는 족쇄를.

"나는 자네처럼 위험한 사람을 적으로 돌리기는 싫네. 자네도 또한 그러길 바라고."

남궁풍양은 사람에게는 관심이 없었다.

중요한 것은 가문.

'남궁세가'를 위해서라면, 사용하지 못할 것이 없었다.

그것이 남궁세가의 일원이자, 친동생의 혈채라해도.

장평은 냉소적으로 말했다.

"이 대죄인이 감히 대 남궁세가에 발을 들여 놓아도 될지 걱정스럽군요."

남궁풍양은 너털웃음을 지으며 말했다.

"경계하지 말게. 사위. 나도, 남궁세가도 자네의 적이 아니라네."

모든 일이 끝나면 다시 말해 주기로 약속했던 말이었다.

거짓말은 아니지만, 많은 것이 함축된 말.

남궁풍양다운 말이었다.

"우린, 오래 볼 사이가 아닌가?"

"확실히 그렇긴 하지요."

장평은 비릿한 미소를 지으며 그를 스쳐 지나갔다.

"우리가, 오래 볼 사이라는 것은요."

* * *

장평이 남궁세가에 들어서자, 익숙한 시녀 하나가 다가왔다.

"오연."

하오문의 전 두목. 지금은 장평의 시녀이자 수하가 된 여자였다.

"내가 알아야 할 사실이 있나?"

"구명의선의 의원단이 진행한 황충 박멸 계획은 완료 됐어요."

"성공했나?"

"그건, 비가 내려봐야 알겠죠?"

맞는 말이었다. 장평은 고개를 끄덕였다.
"토지 오염에 대한 경고는?"
"네 대지주에게 전달했다고 해요. 나머지는 농사꾼들끼리 알아서 하겠죠."
"피재진인은?"
그녀는 싱긋 웃으며 말했다.
"정신을 차리고 회복 중이에요."
"어디 있지?"
"서쪽 귀빈실에요."
장평은 물었다.
"척착호는?"
"돌아오신 이후로 계속 주무시고 계세요."
"……귀신 같군."
판이 돌아가는 바는 알지 못하면서도, 자기가 할 일은 끝난 것을 알아챈 것도. 그리고 자기 할 일이 끝나자마자 바로 잠든 것도.
여러모로 기인이었다.
"다른 지시사항은요?"
"없다. 쉬어라."
장평은 서쪽 귀빈실로 향했다.
그곳에는 피재진인 백홍수가 누워 있었다.
방 안에서는 탕약의 냄새가 진하게 났고, 몸 여기저기

에는 침이 꽂혀 있었다.

특히 머리는 거의 고슴도치 수준이었다.

침술의 과감함을 보건데, 아마도 오방곤이 직접 손을 쓴 모양이었다.

"조롱어사 장평이로군."

피재진인은 이전과 달리 또렷한 목소리로 말했다.

"조리 있는 말씀에 차분한 목소리를 보니."

장평은 그의 머리맡에 앉으며 말했다.

"상태가 많이 좋아지셨군요."

"그래. 내 정신은 온전치 못했지. 너무 많은 재앙을 마주하고, 그 재앙을 너무 깊이 생각했기에. 이런 상태를 무림인들은 심마라고 부른다고 하더군."

그는 복잡한 미소를 지으며 말했다.

"나는 내가 아프단 것도, 그리고 치료가 가능하다는 것도 몰랐네."

"심마는 무림인이 주로 걸리는 질병이니까요. 민간의 의원들은 그냥 치매나 광증이라 생각하고 손을 놓았겠지요."

"무림에 좀 더 관심을 가졌어야 했어."

"무림에서도 심마를 치료할 수 있는 의원은 드뭅니다. 무림 최고의 의원이 손을 썼으니, 진인께서는 참으로 운이 좋으셨습니다."

"그래. 기연이지. 그야말로 기연이야."

피재진인은 주름진 얼굴에 쓸쓸한 미소를 지었다.

"대책을 말해 주지 못하고 쓰러져서 미안하네. 덕분에 고생이 많았던 모양이군."

"사죄하지 마십시오. 사죄할 것은 저희 구휼 의회입니다. 어리석은 제가 진인의 말을 새겨듣지 않은 탓에, 속수무책으로 황충이 창궐하는 재앙을 맞이할 뻔했습니다."

황충이란 단어가 나온 순간, 피재진인은 움찔했다. 안색이 파래진 그를 보고, 장평은 돌려서 말했다.

"심마가 치유된 지금도 '그것들'이 두려우십니까?"

"나는 농사꾼의 아들이었네. 내가 처음으로 겪은 재앙이 '그것들'이었지."

그는 가능한 침착하려고 노력했으나, 이미 숨소리가 거칠었다.

"불을 지르고 빗자루를 휘둘러도 조금도 줄어들지 않고, 아무리 도망쳐도 무리를 벗어날 수 없었네. 가장 끔찍한 것은 소음이었네. '그것들'의 날갯소리. 수없이 겹쳐 울리는 소음들은 내 뇌리 깊숙한 곳에 박혀 있네. 심마를 가라앉힌 지금 이 순간에도 그 소리는 여전히 귓전에 울리고 있지."

"안색이 안 좋으십니다. 대화는 나중에……."

상태를 살핀 장평이 그의 말을 중단하려 하자, 피재진인은 고개를 저었다.

"아니. 나는 말해야 하네."

"무엇을요?"

"감사의 말을."

피재진인은 힘없는 몸과는 달리 별빛처럼 빛나는 눈으로 장평을 바라보았다.

"고맙네. 조롱어사. 그리고 무림인 장평에게 감사하네. 내가 겪은 악몽을 안휘성 사람들까지 겪지 않게 만들어줘서. 내 심신이 쇠약해 내 책무를 다하지 못했음에도 불구하고, 스스로 답을 찾아 '그것들'을 막아 주어서."

"해야 할 일을 했을 뿐입니다."

"그래도 나는 내 마음대로 고마워하겠네."

피재진인은 장평의 손에 자신의 손을 얹었다.

"다른 땅에 사는 남들의 일을. 외면해도 되는 일을, 해야 할 일이라고 말하는 사람이 여기에 와준 것을 고마워하겠네."

장평은 조심스럽게 침들을 피해 피재진인의 손등에 손을 얹었다.

거칠고 앙상했다. 그러나, 따뜻했다.

협객들의 거칠고 맹렬한 불과는 다르지만, 가슴 속에 무언가를 품은 사람의 손이었다.

"이제부터는 어찌하실 겁니까?"

"아는 자는 대비할 수 있고, 대비한 자는 위험을 피할 수 있는 법. '그것들'을 막을 더 좋은 방도를 찾겠네. 좀 더 빨리 예측하고, 좀 더 쉽게 막을 방법을 찾겠네. 물론, '그것들'이 아닌 다른 재앙들에 대처할 방법도."

피재진인은 너털웃음을 지었다.

"이제부터는, 의원들이나 무림인들의 도움도 받아 가며 말일세."

"언제까지요?"

"모든 재해를 정복하거나, 내 숨이 다할 때까지."

"진인의 천수가 다하는 것이 훨씬 빠를 겁니다."

"알고 있네."

피재진인은 웃으며 말했다.

"그런데 그게, 내가 할 수 있는 할 일을 외면할 이유가 되는가?"

장평은 그 순간, 피재진인이 품은 것을 이해했다.

'별의 빛이로구나.'

개방의 협의가 스스로를 태워서 주변을 밝히고 덥히는 맹렬한 불길이라면, 닿을 수 없음을 알면서도 멈추지 않는 피재진인의 마음가짐은 은은한 별빛과 같았다.

"진인의 천수가 다하는 날이 언제일지는 모르겠으나."

장평은 피재진인의 손을 어루만졌다.

"눈을 감는 그 순간까지 진인의 흉중에 품은 빛이 흐려지지 않기를 빌겠습니다."

"그래. 나도 그렇길 비네. 그리고 믿는다네. 아무 잘못 없던 내가 '그것들'을 겪어야 했던 것에는 이유가 있었다는 것을."

피재진인은 별빛이 담긴 미소를 지었다.

"다른 사람들이 재난을 피할(避災) 수 있게 도우라는 천명이."

* * *

아직 상태가 안 좋은 피재진인은 짧은 대화로 기력을 다했는지 눈을 감고 잠이 들었다.

장평은 침들을 피해 조심스럽게 손을 뻗었다. 그의 고개를 돌려 편히 잠들 수 있도록.

밖으로 나온 그는 구휼 의회로 향했다.

그곳에는 단 한 사람. 불굴신개만이 남아 있었다.

"장평."

그는 더 이상 경칭을 붙이지 않았다.

그러나 그것이 무시나 폄하가 아님은 장평이 제일 잘 알고 있었다.

"구휼 계획은 순조롭게 돌아가고 있네. 자네가 황색 지대의 막힌 부분을 뚫어 준 덕분일세."

"일조할 수 있었다니 기쁩니다."

불굴신개는 장평을 바라보았고, 장평의 말이 진심이란 것을 느꼈다. 그렇기에 그는 편안한 미소를 지었다.

"사람을 돕는 기쁨을 알게 된 것을 축하하네."

"축하는 받겠지만, 부추기지는 마십시오. 개방 사람들처럼 선행에 중독되긴 싫습니다."

"그래. 자네에겐 자네가 해야 할 일이 있으니까."

이곳에서의 일은 장평에겐 일탈과도 같았다.

그는 늘 거짓말과 술수 속에 살았고, 타인을 돕기보다는 속이고 이용할 방법을 먼저 생각하곤 했다.

그러나, 이곳 구휼 의회에서는 그럴 필요가 없었다.

상대는 천재(天災). 궁지에 몰린 사람을 돕기 위해 모인 사람들 속에서, 사람들을 돕는 것에 모든 노력을 기울이면 되었으니까.

"우리는 속한 곳도, 걷는 길이 다르지. 어쩌면 다음에 볼 때는 동지(同志)가 아닐지도 모르겠군."

"어쩌면요."

장평은 덧붙였다.

"그럴 일이 없길 바라지만요."

그 순간, 창밖이 흐려지기 시작했다.

초인적인 감각을 가진 두 무림인은 창밖의 하늘을 바라보았다.

희끗희끗하던 구름들이 검게 물들어 가는 모습을. 그리

고 그 검은 구름들이 먼지 가득한 물방울을 쏟아 내는 모습을 마주 보았다.

그리고 그들보다는 조금 늦게, 창밖에서 열광적인 환호가 폭발했다.

"고작 삼 년."

장평은 가슴 속에서 무언가가 일렁이는 것을 느끼며 읊조렸다.

"그 끔찍하던 가뭄과 기근도, 고작해야 삼 년에 불과했군요."

삼 년 간의 국지적인 기근.

사서에는 그냥 짤막하게 안휘성에 잠깐 기근이 있었다고 기록될 일이었다.

그러나, 그 한 문장 속에는 수많은 것이 깃들어 있었다.

고통받으면서도 버텨 낸 사람들과, 앞을 다퉈 세상에 보은하려는 개방도들과 자신의 책임을 다하려 모든 것을 내던진 사람들. 그리고 이 사태조차 이용하려 했던 자들의 음모와 그 음모를 막아낸 자들.

그리고 무엇보다도, 살아남은 사람들이.

장평과 불굴신개는 자신도 모르게 밖으로 향했다. 먼지 섞인 작은 물방울들이 점점 더 굵고 거세게 지붕의 기와들을 때리는 소리를 들으며, 젊고 늙은 두 벗은 하늘을 우러러보았다.

"장평."

"예."

"내 이름은 범소라고 하네."

"알고 있었습니다."

"하지만 부르지는 않았지."

"맹주님에 대한 예의가 아니니까요."

"이젠 불러도 되겠군."

"예. 불러도 되겠지요."

나이도, 살아 온 방식도, 사고방식도 다른 두 사람이었지만, 그들은 이미 벗이기 때문이었다.

가뭄이, 그리고 기근이 끝나가고 있었다.

말라 갈라진 땅은 빗물을 마시고 촉촉함을 되찾을 것이다. 그 흙 위로 풀이 자라나고, 생명들이 되살아날 것이다.

사람들은 다시 제 자리로, 일상적인 삶으로 돌아가리라.

이 땅에 찾아온 자들은 자신들의 집으로 돌아갈 것이고, 이 땅에 속한 자들은 하던 일을 할 것이다.

누군가는 사람을 향해 쇠를 휘두르고, 누군가는 땅을 향해 쇠를 휘두르리라.

그러나 그들 모두 잊지 않으리라.

여기에, 그들이 있었음을.

살아남기 위해 노력했고, 살리기 위해 노력했던 사람들

이 있었다는 것을.

 폭우가 모든 것을 씻어내고 있었다.

 기쁘고 기뻐 견딜 수 없는 사람들. 미친 사람들처럼 웃고 날뛰는 사람들 속에서, 장평 또한 고개를 들어 빗물을 받아 마셨다.

 "우리는. 함께 이 비를 맞는 우리는 참으로 복된 자들이라네."

 불굴신개 범소는 승리감과 행복감. 그리고 빗물에 젖은 얼굴을 장평에게 향했다.

 "그렇지 않나, 벗이여?"

 그는 손을 내밀었고, 장평은 그 손을 움켜쥐었다. 손길 너머, 범소의 가슴 속에서는 불길이 느껴졌다. 세상 모든 빗물이 모여도 끌 수 없는 맹렬하고 고결한 불이.

 "예. 범소 형님."

 장평은 웃었다.

 지붕 위에서, 비에 젖기 전에 협객기를 거두기 위해 다급히 달려가는 구결 장로가 보였다.

 파앙!

 그는 협객기에 내공을 담아 빗물을 털어 냈다. 구결 장로는 바짝 마른 협객기를 목갑에 담고, 깃대인 타구봉을 경건한 몸가짐으로 그 주인에게 건넸다.

 마찬가지로 공손히 타구봉을 받은 개방의 방주를 보

며, 장평은 물었다.

"이제, 어디로 가실 겁니까?"

"그거야 당연한 거 아닌가?"

대협객 범소는 그 누구보다 쾌활한 미소를 지으며 타구봉을 치켜들었다.

"도움이 필요한 사람들 곁이지!"

* * *

구휼은 가을까지는 계속되리라.

하지만 장평의 일은 이제 끝났다.

오조룡패의 조롱어사건, 무림맹의 대리인이건. 안휘성에서 할 일은 남아 있지 않았다.

장평은 잠시 남궁세가에 머무르며 보고서를 작성했다.

"장 대협. 오늘 저녁에 시간 좀 내주실 수 있으십니까?"

"공교롭게도 공무로 바쁘오."

남궁벽운은 겸연쩍은 표정으로 말했다.

"안휘성 최고의 기루의 특실을 잡아 두었습니다만……."

그는 단순히 술을 대접하러 온 것이 아니었다. 무림의 거물인 장평에게 향응을 제공하는 접대를 하러 온 것이었다.

장평은 붓으로 옆을 가리켰다.

"저기 저 친구를 대신 보내겠소."

배를 벅벅 긁으며 자고 있던 척착호는 손가락질을 당하는 것과 동시에 잠에서 깼다.

"응? 어? 뭐요? 뭐?"

너저분한 모습과 흐트러진 태도에 남궁벽운이 미묘한 표정을 짓자, 장평은 담담히 말했다.

"시야에 들어오지 않는 거대함을 보이지 않는 미약함과 헷갈리지 마시오. 남궁 대협보다 압도적인 고수라 잴 수 없는 거요."

"……그렇군요."

남궁벽운은 척착호에게 말했다.

"척 대협. 바쁘십니까?"

"용무가 뭐냐에 따라 다르오."

장평과 구휼 의회 사이의 파발마 노릇만 반복한 척착호는 뚱한 표정을 지었다.

"심부름 시킬 거면 바쁜 거고, 아니면 안 바쁘오."

"안휘성 제일의 진미가효와 미주가 기다리는 술상은 어떻습니까?"

"남자 둘이서?"

척착호는 찜찜한 표정을 지었다.

"……굳이?"

"기녀야 가서 고르시지요. 직접 고르셔야 취향에 맞출

수 있지 않겠습니까?"

"……!"

놀란 척착호가 잠시 침묵하자, 남궁벽운은 사교적인 미소를 지으며 말했다.

"상관없습니다. 누구건, 몇 명이건 아침까지 대협의 곁에 있을 겁니다."

척착호는 근엄한 표정으로 말했다.

"난 생애에서 바빠 본 적이 없는 사람이오."

남궁벽운은 피식 웃었다.

"술자리를 흥겹게 만들 분 같군요."

"남이 사는 술이라면 늘 흥겹지!"

척착호는 하급 군관과 삼류 낭인으로서 살아왔고, 장평이 무림맹에 영입한 다음에는 항마부에 들어가서 수련만하고 살았다.

그의 생활 수준은 여전히 하급 군관 수준에서 멈춰 있었다.

사실상 초절정고수인 척착호의 무위에 걸맞는 접대는 지금 처음 받아보는 것이었다.

"너무 후하게 대접하진 마시오. 남궁세가에 뺏기면 다시 빼 오기 위한 암투를 준비해야 하니까……."

"그 정도입니까?"

"그는 훗날의 무림지존이오."

장평은 미소를 지었다.

"나와 무림맹을 상대로 사력을 다해 싸워 보고 싶다면, 영입해 가도 좋소."

"남궁세가를 중추절 이후의 만월루로 만들고 싶진 않군요."

남궁벽운은 사교적인 미소와 함께 척착호를 데리고 나갔다.

"아침까지는 돌려보내겠습니다."

척착호는 들뜬 걸음으로 남궁벽운을 따랐다.

"아침의 기준이 몇 시요? 점심 먹기 전까지는 아침 아니오?"

멀어져가는 그들을 보며 장평은 쓴웃음을 지었다.

"자, 그럼 이제 네 문제가 남았군."

"예."

오연은 장평을 바라보았다.

"내게 뭘 바라지?"

"직속 수하로 고용해 주세요."

"필요 없다."

"개인 첩보원 하나쯤은 부려도 되는 입장 아니신가요?"

"믿을 수 있는 사람이라면 첩보원 하나 정도는 수하로 거둬도 괜찮겠지. 하지만 넌 믿을만한 사람이 아니고."

장평은 오연을 바라보았다.

"무엇보다, 네겐 더 이상 내 도움이 필요하지 않다. 목줄 없는 들개를 굳이 길러야 할 필요를 못 느끼겠군."

남궁풍양이 해치지 않겠다고 약속한 이상, 오연이 그의 전 주인이던 남궁세가에 제거당할 일은 없을 것이었다.

"하오문이 남아 있잖아요."

협박의 두목 좌불안석은 하오문주 호로견자의 숙적이었다.

아마 지금쯤 새로운 협박의 두목이 선출되었겠지만, 그건 중요하지 않았다.

좌불안석이 호로견자의 적이었다는 것이 중요하지.

"그가 절 살려 둘까요?"

"아니."

호로견자는 교활하고 조심성 많은 자였다. 실권했다 하여 자신의 숙적이었던 자를 살려 둘 사람이 아니었다.

무림은 기연과 기인이사로 넘치는 곳. 모든 것을 잃었던 사람도 다시 힘을 얻을 기회가 생길 수도 있으니까.

지금. 오연이 무림맹의 실권자인 장평을 마주하고 있듯이.

"그냥 조용히 살겠다면 호로견자와 거래해 주겠다."

"싫어요."

"왜지?"

"호로견자 그 개 같은 자식을 제 손으로 몰락시키고 싶으니까요."

 장평은 이해했다.

 "힘을 쌓을 생각이군. 내 그늘 아래에 숨어서 호로견자를 쓰러트릴 힘을."

 "어차피, 지금 대협에게는 양지의 첩보망뿐. 다른 시선으로 보는 수하 하나쯤 둔다고 손해 보는 일은 않을 텐데요?"

 "그럴듯한 동기고, 합리적인 제안이다. 널 신뢰할 수 없다는 점만 제외하면."

 장평은 차분히 말했다.

 "아무것도 보장하지는 않겠다. 어떠한 도움도 주지 않겠다. 온전히 네가 은닉한 자원과 너 개인의 능력만으로 조직을 재건해라."

 "시험인가요?"

 "통과한다면 시험이겠지."

 "그 시험에 도전하죠."

 장평은 차분히 말했다.

 "그럼, 다음에는 무림맹에서 보겠군."

 세력을 잃은 사파의 거두인 좌불안석은 위험인물이었다. 황궁이 있는 북경에 드나드는 것 자체가 쉽지 않은 일이었다.

 그것도 무림맹 중심에 머물 장평을 만나러 가는 일은

더더욱 어려운 일이고.

그렇기에 시험으로 삼을 만한 일이었다.

"세 달 안에 뵙죠. 무림맹 안에서."

"경고 하나 해 두지."

장평은 보고서를 쓰며 말했다.

"나의 이름을 입에 올리거나 나와의 관계를 암시하는 순간, 넌 내 적이 될 것이다."

"주의하죠."

오연은 그렇게 밤의 어둠 속으로 사라졌다. 그러나 장평은 어렴풋이 느낄 수 있었다.

'조만간 다시 만나겠군.'

비록 하오문의 흑막인 남궁세가의 후원이 있었다 하더라도, 그녀는 하오문의 두목이 될만한 능력이 있는 사람이라는 것을.

'그건 그렇고……'

장평은 휴식 삼아 책상 옆에 세워 둔 흑검을 집어 들었다.

스르릉…….

그는 흑검을 검집에서 뽑아 천천히 훑어보았다. 쇠도 아니고 돌도 아닌 미지의 재질. 그 검은 검신은 감히 빛 따위가 자신을 밝히는 것을 허락지 않는 무저갱의 심연처럼 느껴졌다.

안 그래도 흐릿한 촛불 하나에 의지하던 어두운 방 안이 갑자기 더 어두워진 것처럼 느껴질 정도였다.

장평은 잠시나마 칠채보검을 소지했었고, 용태계의 방 안에서 빨랫대로 쓰이는 천명보검도 직접 보았다.

둘 다, 하늘에서 떨어진 유성을 천하명공이 벼린 신병이기. 무림에서 다섯 손가락 안에 드는 명검이었다.

덕분에 장평은 잘 알고 있었다. 신검에는 그에 걸맞은 존재감이 있다는 것을.

그러나 흑검이 발하는 존재감은 다른 검. 아니, 다른 어떠한 물체와 비견될 수 없었다.

그렇기에 장평은 침중한 표정을 지었다.

'……일단 받기는 했는데, 이걸 대체 어떻게 써먹지?'

지금 이 순간, 장평을 제일 난감하게 만드는 문제를.

* * *

천 년 전.

흑검과 함께 무림에 나타난 신비인 흑검객은 앞을 막아선 모든 것을 베었다. 그러나 그는 살인귀가 아니라 공명정대한 무인이었고, 오직 무기를 사용한 생사결에 동의한 자에게만 흑검을 겨누었다.

그리고 흑검은 두 번 휘둘러지는 법 없이 모든 것을 베었다. 누가 어떤 무기를 들고 덤벼오건, 무기와 사람을 동시에 베었다.

신비고수의 불패 전설.

그 전설을 완성 시킨 것은, 흑검객이 무림에 남긴 마지막 말이었다.

〈내 명은 다했으나, 흑검의 업(業)은 끝나지 않았다. 연자(緣者)를 위해 흑검을 남겨 놓으니, 열 시련을 넘어 흑검을 얻으라.〉

기연.

두루뭉술하고 애매모호한 다른 기연들과는 달리, 실존이 약속되고 확실한 보상이 보장된 최상의 기연이었다.

흑검객이 살아서 이룬 위업보다도, 그가 무림에 남긴 기연이 흑검객의 이름을 천년 동안 이어지도록 만들었다. 천하제일검 흑검의 전설과 함께.

'정작 기연을 준비한 흑검객 본인은 천년이나 걸릴 거라고 예상하고 있었을까?'

마침내 금교오가 찾아내거나 중도 포기하여 동부용이 얻을 때까지, 열 개의 시련은 천년 동안 누구도 풀지 못했다.

흑검객이 대체 어떤 후예를 얻고 싶어서 저런 시련을 남겼는지는 모르겠지만, 장평이 보기엔 실패나 다름없었다.

너무 어렵고, 너무 오래 걸렸으며……

'금교오나 동부용이나 끝이 안 좋았지.'

……기껏 나온 연자는 흑검객의 위업을 이어갈 청년영웅이 아니라, 먹고 살려고 기연을 쫓던 기연추적자에 불과했다는 것을.

'그냥 적당히 재능 있는 사람을 제자로 삼는 편이 나았을 텐데.'

흑검과 안 어울린다는 점은 장평 또한 마찬가지였다. 물론 그는 금교오나 동부용보다 훨씬 뛰어난 고수였지만…….

'……나도 흑검을 제대로 쓰진 못하니까.'

무인으로서의 장평은 흑검에 의지하는 형태의 무인이 아니었기 때문이었다.

흑검의 문제는 아니었다.

모든 것을 베는 칼날과 어떤 것도 막아 내는 검신. 흑검은 의심의 여지 없는 고금제일의 신병이기였다.

특히, 도검과 도검이 격돌하는 중거리 교전에서 아예 상대방의 도검을 잘라 버릴 수 있는 것이 흑검.

도검을 베어 버리던, 도검을 지키기 위해 움츠러들게 만들던, 흑검은 그 존재만으로도 중거리 교전에서의 절대적인 우위를 보장했다.

그리고 사실, 그 중거리 교전은 무림에서 가장 흔히 벌어지는 일반적인 전투 양상이었다.

 '문제는 내가 중거리 교전을 겪는 경우가 별로 없다는 점이지만.'

 하지만 문제는, 장평은 중거리에서의 교전을 그리 선호하지 않는다는 점이었다.

 '여러 가지 심리전을 걸기는 하지만…… 결국 내 승부처는 초근접전.'

 장평의 필승공식은 결국 태허합기공과 초근접전에서의 금나수. 그리고 지면에 상대방을 쓰러트린 상태에서 안면에 무수한 타격을 퍼부어 뇌진탕을 불러오는 것이었다.

 절정고수나 초절정고수들은 대개 근골의 빼어남보다는 공력의 고강함을 추구한 자들이기에, 태허합기공으로 내력을 봉한 뒤 진흙탕 싸움을 벌이면 허망할 정도로 간단히 제압되곤 했다.

 '특히, 현재 내 주적인 혼돈대마나 홍수대마를 생각하면 흑검을 활용하기는 어려워진다.'

 원거리 전투의 전문가인 혼돈대마를 상대하려면 장평이 들어가야 했고, 생물체로서의 격이 다른 홍수대마에게는 모든 기교와 술책이 통하지 않았다.

 '홍수대마가 파고들면, 내가 대응할 수 있는 것은 잘해 봐야 일격.'

돌진해 들어오는 흉수대마에게 다급하게 일격을 펼쳐 봤자, 경이로운 반사신경으로 간단히 피하고 장평을 찍어 누를 것이다.

'어렵구나.'

장평은 쓴웃음을 지었다.

'기연을 얻는 것은 쉬워도 소화하는 것은 어려운 일이구나.'

고금제일의 신병이기를 얻어놓고 활용도가 낮다고 투덜대고 있다니.

이 생각을 알게 되면, 수많은 이가 격분해 장평을 죽이려 들리라.

흑검을 남긴 흑검객의 혼령까지 포함하여.

'잠깐. 그러고 보니, 내가 흑검객의 정통 후계자네?'

장평이 제일 먼저 가로챈 기연. 동인하초.

태허합기공처럼 극적인 역전승을 연출하지 못할 뿐, 동인하초는 장평에게 있어 가장 큰 도움을 주곤 했다.

고독에 대한 든든한 저항력을 보장하는 것과 동시에, 장평의 몸에 민첩함과 순발력. 무엇보다도 빠른 반응속도를 부여했다.

빠른 두뇌 회전에 비해 신체 반응이 늦던 장평에게, 늘 상대방보다 한발 먼저 행동할 기회를 준 것이었다.

'흑검은…… 언젠가 손에 익으면 새 전법을 만들 수 있

겠지.'

동인하초만 하더라도 흑검객은 충분히 그의 은인이자 스승이라 불릴 자격이 있었다.

'다음에 갈 일 생기면 향이라도 올려야겠다.'

철컥.

장평은 흑검을 검집에 납검했다.

한층 밝아진 느낌 속에서, 장평은 한숨을 내쉬었다.

'일단, 오늘의 철야 작업 끝낸 다음에.'

한 가지는 확실했다.

흑검이 아무리 예리하건, 높이 쌓인 서류더미를 벨 수 없는 것이 분명하다는 것은.

(회생무사 10권에서 계속)

환상이 숨쉬는 공간 파피루스 blog.naver.com/gnpd17

서생, 제갈현몽은 꿈을 꾸었다
무와 협이 아닌, 마법과 모험이 공존하는 신세계를!

『무림 속 마법사로 사는 법』

제갈세가 방계 중의 방계로서
표국의 문사로 일하던 제갈현몽

꿈에서 깸과 동시에 마법을 깨우치고
비범한 활약을 통해 명성을 떨치며
감당하기 힘든 별호를 얻게 되는데

"무후재림께서 오셨다! 무후재림 만세!"
"아…… 아아……."

세상은 영웅을 원하고, 출사표는 던져졌다
고금제일의 마법사, 제갈현몽의 행보를 주목하라!

무림속 마법사로 사는 법

김형규 신무협 장편소설